Henry Rider Haggard

SIE

Das Buch

Durch die geheimnisvolle Inschrift auf einer alten Scherbe inspiriert begibt sich der junge Leo Vincey zusammen mit seinem väterlichen Freund Horace Holly auf die Suche nach der geheimnisvollen Königin einer längst als untergegangen gewähnten Kultur im Innersten Afrikas. Unwegsames Gelände überquerend dringen sie tief in unerforschte Gebiete ein, müssen schier unvorstellbare Hindernisse überwinden und entkommen mehrere Male mit knapper Not dem Tode. In der verlassenen Totenstadt von Kôr, dem Überbleibsel einer Zivilisation, die schon lange vor der Blüte des Alten Ägyptens untergegangen ist, begegnen sie schließlich der ebenso schönen wie grausamen Königin Ayesha, die in Leo Vincey ihren Geliebten aus einem weit zurückliegenden Leben wieder zu erkennen glaubt. Von der schönen »Herrin des Todes« unwiderstehlich angezogen, werden die Helden in ein lebensgefährliches Abenteuer verstrickt.

Der Autor

Henry Rider Haggard (1856 - 1925) trat 1875 in den britischen Kolonialdienst in Südafrika. Dort machte er sich mit der Zulu-Kultur vertraut und hatte eine Affäre mit einer afrikanischen Frau, – eine tiefe Beziehung, die seine Darstellung von Frauen beeinflusste und später psychoanalytische Interpretationen seiner Romane nach sich zog. 1881 kehrte Haggard nach England zurück, wo er seine juristischen Examina ablegte und weiter für die Regierung tätig war. Seinen Lebensunterhalt aber verdiente er vor allem als produktiver und erfolgreicher Schriftsteller, dessen Abenteuerromane durch seinen Aufenthalt in Afrika sowie sein Interesse an antiken Kulturen und an allem Okkulten nachhaltig geprägt worden sind.

Henry Rider Haggard

SIE

Abenteuerroman

Benu Fantastik

Die Übersetzung aus dem Englischen des unter dem Originaltitel »She« im Jahr 1887 in London erschienenen Romans stammt von Georg Schröder-Stettin und wurde im Jahre 1926 in der Vaterländischen Verlags- und Kunstanstalt Berlin erstmals unter dem Titel »Die Herrin des Todes« veröffentlicht.

Bibliografische Information der Deutschen Bibliothek

Die Deutsche Bibliothek verzeichnet diese Publikation in der Deutschen Nationalbibliografie; detaillierte bibliografische Daten sind im Internet über http://dnb.ddb.de abrufbar.

© 2014 Bernward Schneider
2. Auflage
Umschlaggestaltung: B. Schneider

Herstellung und Verlag:
Bod – Books On Demand, Norderstedt

ISBN 978-3-7347-3234-8

Inhalt

Einleitung		7
1	Ein nächtlicher Besuch	12
2	Die Jahre entschwinden	19
3	Die Amenartasscherbe	25
4	Die Bö	39
5	Der Negerkopf	48
6	Ein Brauch der ersten Christenheit	57
7	Ustane singt	68
8	Ein Fest und seine Folgen	76
9	Ein zierlicher Fuß	83
10	Irdisches Grübeln	89
11	Die Ebene von Kôr	95
12	Die Herrin des Todes	102
13	Ayescha legt den Schleier ab	110
14	Eine Seele in Qualen der Hölle	120
15	Ayescha auf dem Richterstuhl	125
16	Die Gräber von Kôr	131
17	Am Wendepunkt	139
18	Hinweg mit dir!	147
19	Ein Tanz	155
20	Triumph	163
21	Der Tote und der Lebende	171
22	Job ahnt Unheil	177
23	Der Tempel der Wahrheit	187
24	Über die Schlucht	194
25	Der Geist des Lebens	202
26	Was wir sahen	213
27	Wir springen	219
28	Über den Berg	226

Einleitung

Indem ich die nachfolgenden einzig dastehenden Erlebnisse der Öffentlichkeit übergebe, muss ich vorweg bemerken, dass ich nicht der Verfasser, sondern der Herausgeber bin.

Und das kam so:
Als ich vor mehreren Jahren in Cambridge zu Besuch weilte, fielen mir eines Tages auf der Straße zwei Herren auf, die Arm in Arm spazieren gingen. Der eine war eine stattliche Gestalt mit vornehmer Haltung. Das klassische Ebenbild seiner schönen, jugendfrischen Züge ließ auf große Herzensgüte schließen, und als er eine vorübergehende Dame begrüßte, sah ich, dass sein Haar aus einer reichen Fülle kurzer, goldblonder Locken bestand.

»Ach, Arthur«, sagte ich zu meinem Freunde, »sieh doch einmal dieses Bild männlicher Schönheit! Der reine Apoll, wie eben vom Olymp gestiegen.«

»Ja, Henry, das ist unser ganzer Stolz, der schönste Mann in Cambridge. Vincey heißt er; wir nennen ihn aber den ›Griechengott‹. Nun sieh dir mal den anderen an, seinen Vormund! Den nennen wir ›Charon‹ – soll übrigens ein heller Kopf sein.«

Dieser »Charon«, etwa vierzig Jahre alt, schien mir bei näherem Hinsehen auf seine Art nicht minder interessant zu sein als der jugendliche Apoll. Er war mindestens ebenso hässlich wie dieser schön war; mit seinen krummen Beinen nur von mittlerer Größe, hatte er ungewöhnlich lange Arme, eine breite Brust und auffallend kleine Augen. Das volle, dunkle Haar wuchs ihm bis mitten auf die Stirn herab, und der Vollbart reichte bis zur Stirn hinauf, so dass von seinem Gesicht nicht viel zu sehen war. Ich musste an einen Gorilla denken; doch bei alledem machten seine Augen einen recht sympathischen Eindruck und verrieten, dass der Mann kein Dummkopf war. Ich gab meinem Freund zu verstehen, dass es mich freuen würde, seine Bekanntschaft zu machen.

»Nichts leichter als das. Komm, ich stelle dich vor. Vincey kenne ich.«

Gesagt, getan. Bei der gegenseitigen Vorstellung erfuhr

ich, dass »Charon« in Wirklichkeit Holly hieß. Dann standen wir eine Zeitlang beisammen und plauderten von den Zulus; ich war nämlich kurz zuvor aus Südafrika zurückgekommen.

Als während dieses Gesprächs eine Dame mit einem niedlichen Backfisch vorbeikam, schoss Vincey, der beide offenbar gut kannte, sogleich auf sie los und ging mit ihnen eine Strecke weiter. Holly aber setzte eine verkniffene Miene auf, blickte dem »Griechengott« vorwurfsvoll nach, brach das Gespräch ab und schritt, uns hastig zunickend, kurz entschlossen zur anderen Seite der Straße hinüber.

Nachher erzählte mir mein Freund, Holly sei ein ausgemachter Weiberfeind, und vor jungen Damen gar habe er eine Scheu, wie andere Leute vor tollen Hunden. Vincey hingegen schien dem weiblichen Geschlecht nicht abhold zu sein; jedenfalls erinnere ich mich noch, dass ich zu meinem Freunde sagte: »Weißt du Arthur, wenn ich noch verlobt wäre – dem jungen Mann würde ich mit meiner Braut aus dem Wege gehen; dem müssen die Herzen der Mädchen ja nur so zufliegen.« Und dabei schien dieser »Griechengott« ganz frei von jener Selbstgefälligkeit zu sein, die sonst bei schönen Männern so unangenehm berührt und die sie bei anderen ihres Geschlechts unbeliebt macht.

Noch am selben Abend fuhr ich nach London zurück und hatte die ungleichen Freunde bald vergessen. Nie habe ich sie wieder gesehen und werde auch schwerlich jemals Gelegenheit dazu haben.

Vor vier Wochen jedoch erhielt ich durch die Post einen Brief und zwei Pakete; das eine enthielt ein dickes Manuskript; der Brief aber trug die Unterschrift Horace Holly – ein Name, der mir im ersten Augenblick nicht mehr gegenwärtig war – und hatte folgenden Wortlaut:

»Cambridge, 1. Mai 18 – –, College.
Sehr geehrter Mr. Haggard!

Nehmen Sie es mir nicht übel, wenn ich mir trotz unserer nur oberflächlichen Bekanntschaft erlaube, einige Zeilen an Sie zu richten. Erinnern Sie sich noch, dass wir, mein Adoptivsohn Leo Vincey und ich, vor fünf Jahren die Ehre hatten, Ihnen hier in Cambridge auf der Straße vorgestellt zu werden? Doch ich will mich kurz fassen. Neulich las ich mit großer Spannung ein Buch von Ihnen über ein Abenteuer im Inneren Afrikas, das vermutlich aus Wahrheit und Dichtung gemischt ist. Wie dem aber auch sei, es hat mich auf einen guten Gedanken gebracht. Mit meinem Adoptivsohn habe ich nämlich vor kurzem selber ein Abenteuer in Afrika erlebt, ein echtes Abenteuer, das noch viel wunderbarer ist. Offen gestanden, ich scheue mich fast, es Ihnen vorzulegen; ich fürchte, Sie werden uns wenig Glauben schenken. Dennoch übersende ich Ihnen in den beiliegenden Paketen mein Manuskript sowie die Amenartasscherbe, die Pergamente und den Skarabäus »Sohn der Sonne«. Im Manuskript werden Sie lesen, dass wir beschlossen hatten, unsere Geschichte, solange wir leben, nicht an die Öffentlichkeit zu bringen. Diesem Entschluss wären wir auch treu geblieben, wenn sich nicht kürzlich etwas ganz Besonderes ereignet hätte. Aus gewissen, hiermit zusammenhängenden Gründen, die Sie vielleicht, wenn Sie alles gelesen haben, erraten werden, wollen wir bald wieder auf die Reise gehen; dieses mal aber ins Innere Asiens, wo vielleicht wahre Weisheit zu finden ist. Ob wir von dort zurückkommen werden, ist sehr die Frage. Ist es daher nicht unsere Pflicht, das Schweigen zu brechen? Dürfen wir der Menschheit ein Erlebnis von so gewaltiger Bedeutung noch länger vorenthalten? In diesem Zwiespalt bin ich, wie gesagt, durch Ihr Buch auf den Gedanken gekommen, Ihnen, geehrter Herr, meine Niederschrift zu übersenden und es Ihnen anheim zu stellen, ob Sie diese veröffentlichen wollen oder nicht. Wenn Sie es tun, so bitten wir Sie nur, unsere Namen zu verschweigen und natürlich keine Änderung vorzunehmen, die die bona fides unserer Erzählung beeinträchtigen könnte.

Weiter habe ich nichts hinzuzufügen. Nur gebe ich Ihnen noch die Versicherung, dass ich alles genauso geschildert habe, wie es sich zugetragen hat. Auch über Ayescha[1] habe ich nichts hinzuzufügen. Tatsächlich bedauern wir es sehr, die Gelegenheit zur Belehrung durch sie nicht besser aus-

---

[1] Sprich: Escha.

genutzt zu haben. Oft fragen wir uns: Wer mag sie gewesen sein? Wie mag sie einst die Höhlen von Kôr entdeckt haben? Was mag ihre wahre Religion gewesen sein? Auf alle solche Fragen haben wir noch keine Antwort gefunden und werden wohl auch keine mehr finden; vorläufig sicher nicht. Doch was nutzt es, sich noch darüber den Kopf zu zerbrechen?

Also, verehrtester Mr. Haggard, wollen Sie es wagen? Wir lassen Ihnen volle Bewegungsfreiheit. Ihren Lohn finden Sie vielleicht – wenn es nicht anmaßend ist, so von unserer Geschichte zu sprechen – in dem Ruhm, der Welt ein solches mitgeteilt zu haben. Glauben Sie mir, so romantisch auch manches erscheint, die Geschichte ist trotzdem durchaus kein Roman. Ich habe alles noch einmal für Sie abgeschrieben. Lesen Sie es also, bitte, und benachrichtigen Sie baldigst

Ihren Sie hochachtungsvoll grüßenden

L. Horace Holly.

P.S. Wenn Sie sich zur Veröffentlichung entschließen sollten und durch den Vertrieb des Werkes einen Überschuss erzielen, so verfügen Sie hierüber nach Belieben! Kommen Sie aber nicht auf Ihre Kosten, so werden Sie von meinen Anwälten, den Herren Geoffrey und Jordan, entschädigt werden. Die Amenartasscherbe und den Skarabäus behalten Sie wohl in Aufbewahrung, bis wir Sie vielleicht einmal um die Rückgabe bitten.«

Dieser Brief setzte mich natürlich in nicht geringes Erstaunen; als ich aber, durch dringendere Arbeiten verhindert, nach vierzehn Tagen endlich dazu kam, das Manuskript zu lesen, sollte ich noch viel mehr erstaunen. Mein Entschluss zur Veröffentlichung stand sogleich fest, und ich teilte dies Mr. Holly umgehend mit. Acht Tage darauf aber sandten mir seine Anwälte meinen Brief zurück mit dem Vermerk, dass ihr Klient mit Mr. Leo Vincey nach Tibet gereist und ihre gegenwärtige Anschrift ihnen unbekannt sei.

Das ist alles, was ich, der Herausgeber, vorauszuschicken habe. Ich übergebe dem Leser die Geschichte so, wie ich sie erhalten habe, mit alleiniger Ausnahme der erwähnten geringen Änderungen, was die Namen und Persönlichkeiten der beiden Hauptpersonen betrifft, die ja unerkannt zu bleiben wünschen.

Auch jedes erläuternden Zusatzes will ich mich enthalten. Zuerst hielt ich die Geschichte dieser Frau in der majestätischen Würde ihrer ungezählten Jahre für eine gewaltige Allegorie, deren tiefere Bedeutung mir freilich verborgen blieb. Heute aber muss ich sagen, dass die Geschichte für mich den Stempel der Wahrheit trägt; ihre sachliche Erklärung freilich muss ich anderen überlassen.

Auf einen Umstand, der mir erst bei erneutem Lesen auffiel, möchte ich hinweisen. Vinceys Charakter – soweit wir ihn hier kennen lernen – ist nach meinem Dafürhalten eigentlich nicht dazu angetan, eine Frau wie Ayescha dauernd an sich zu fesseln. Vielleicht aber berühren sich auch hier die Gegensätze, so dass es sie trieb, die rein körperliche Schönheit eines Mannes zum Gegenstand ihrer Verehrung zu machen. Noch besser ist vielleicht eine andere Deutung: Ayescha, tiefer blickend als wir Sterblichen und in der Seele des Geliebten einen – wenn auch nur leise glimmenden – Funken geistiger Größe erkennend, war überzeugt, dass, wenn er gleichfalls eine unbegrenzte Lebensdauer erlangte und, von ihrer weisen Hand geführt, stets bei ihr weilte, dieser Funke bald immer heller erglühen und schließlich die Welt mit einem Meer von Licht erfüllen werde. Eine Entscheidung jedoch maße ich mir durchaus nicht an.

Nachstehend findet der Leser alle Tatsachen genau, wie Holly sie schildert, und muss sich danach selbst sein Urteil bilden.

1 Ein nächtlicher Besuch

Manche Ereignisse prägen sich uns mit allem Drum und Dran so fest ein, dass wir sie kaum vergessen können. So geht es mir mit einem Erlebnis, das sich vor mehr als zwanzig Jahren zugetragen hat, und das mir noch heute so klar vor Augen steht, als wäre es erst gestern gewesen.

Ich, Ludwig Horace Holly, stand wenige Tage vor der Dozentenprüfung, für welche mein Tutor und meine Kameraden mir ein glänzendes Ergebnis vorausgesagt hatten. Spät abends saß ich auf meiner Stube in Cambridge und quälte mich mit einer mathematischen Aufgabe. Endlich, schon ganz abgespannt, warf ich das Buch in die Ecke, ging zum Kamin und stopfte mir eine der dort stehenden Pfeifen. Auf dem Kamin stand auch eine brennende Kerze und hinter ihr ein schmaler, länglicher Spiegel. Beim Anreißen des Streichholzes fiel mein Blick auf mein Bild im Spiegel, und statt die Pfeife anzubrennen, versank ich in tiefes Nachsinnen.

»Na«, sagte ich endlich zu mir selber, »was da am Kopf dran ist – damit ist nicht viel Staat zu machen, aber vielleicht kommt dir mal das, was drin ist, zustatten.«

Zum besseren Verständnis sei bemerkt, dass ich meine körperlichen Mängel im Sinne hatte. Andere junge Männer von zweiundzwanzig Jahren pflegen wenigstens etwas Anziehendes im Äußeren zu haben, ich aber hatte nichts dergleichen. Klein und untersetzt hatte ich eine unförmig breite Brust und lange, sehnige Arme; mein grobknochiges Gesicht hatte plumpe Züge, und die kleinen grauen Augen lagen tief in ihren Höhlen. Am meisten aber verdross mich meine niedrige Stirn, deren obere Hälfte durch einen Wulst dichter, schwarzer Haare verdeckt war. Kurz, ich sah schon damals, vor fünfundzwanzig Jahren, fast abstoßend hässlich aus und habe mich seitdem nicht viel zum Besseren verändert. Die Natur hatte mir eine ungewöhnliche Hässlichkeit, andererseits aber auch stählerne Kraft und nicht geringe geistige Fähigkeiten in die Wiege gelegt. Meine stets schmucken Kameraden mochten sich nicht mit mir zusammen sehen lassen, meine Kraftleistungen beim Sport jedoch bewunderten sie rückhaltlos. War es ein Wunder, dass ich die Menschen hasste und zu keiner rechten Lebensfreude kam? War es ein Wunder, dass ich mich in meine Gedanken einspann und immer allein bei der Arbeit hockte? So genannte Freunde hatte ich höchstens einen, sonst aber war ich zur Einsamkeit verdammt, und Trost fand ich nur am Busen der Natur.

Dem weiblichen Geschlecht gar war ich ein garstiger Anblick; noch kurz zuvor hatte ich zufällig gehört, wie ein junges Mädchen, das meine Anwesenheit nicht ahnte, mich das »Scheusal« nannte und offen sagte, mein Aussehen habe sie zur Theorie der Affenabstammung bekehrt. Ein einziges Mal hatte mich ein Mädchen seiner Liebe versichert, und ich hatte alle aufgespeicherte Zärtlichkeit an sie verschwendet. Dann aber ging mir ein kleines Vermögen, auf das ich gerechnet hatte, verloren, und sofort wandte sie mir den Rücken zu. Ich bettelte, wie ich nie in meinem Leben gebettelt habe; denn ich war in ihr süßes Gesicht wie vernarrt und liebte sie von ganzem Herzen. Sie aber führte mich vor einen Spiegel, stellte sich neben mich und sagte: »Nun sagen Sie mal ehrlich, Mr. Holly, wenn man mich schön nennt, wie nennt man Sie dann wohl?« Und ich war doch erst zwanzig Jahre alt.

In den Anblick meines Spiegelbildes versunken, stand ich also am Kamin, und da ich keine Verwandten hatte, weder Eltern noch Geschwister, so beschloss ich mit einem Anflug von Galgenhumor, fortan nur noch mir selber zu leben.

Plötzlich klopfte es. Da es schon fast Mitternacht war, hatte ich keine Lust mehr, noch Freunde einzulassen und öffnete nicht sogleich, sondern stand erst noch da und horchte. Ich hatte, wie gesagt, nur einen Freund, und der war im selben College wie ich – vielleicht war er es. Da hustete der Betreffende draußen. Diesen Husten kannte ich nur zu gut; nun öffnete ich die Tür. Er war es tatsächlich.

Dieser, mein einziger Freund, war ein stattlicher Mann von dreißig Jahren, der einst gewiss eine Schönheit gewesen war, jetzt aber nur noch die letzten Spuren dieser Schönheit besaß. Eilends trat er ein, unter der Last eines eisernen Kastens keuchend, den er am Griffe trug. Als er den Kasten auf den Tisch gestellt hatte, befiel ihn ein grässlicher Hustenanfall, so dass er im Gesicht ganz dunkelrot wurde. Schließlich warf er sich auf einen Stuhl und begann Blut zu speien. Ich reichte ihm einen Kognak; er trank und schließlich erholte er sich ein wenig.

»Warum lässt du mich so lange warten?«, fragte er verdrießlich. »Du weißt doch, Zug ist reines Gift für mich.«

»Konnte ich ahnen, dass du es bist? Du kommst sehr spät.«

»Ja, und es wird wohl das letzte Mal gewesen sein. Es geht zu Ende, Holly. Den Morgen erlebe ich nicht mehr.«

»Ach was, dummes Zeug, ich hole lieber den Arzt.«

»Nein, Holly, es ist mir bitterer Ernst, ich brauche keinen Arzt mehr. Ich habe selber Medizin studiert, und weiß, woran ich mit mir bin. Mir kann doch keiner mehr helfen. Seit Monaten schon halte ich mich nur noch wie durch ein Wunder am Leben. – Aber nun höre mal ganz genau zu! Seit zwei Jahren sind wir doch gute Freunde, nicht wahr? Nun sage mal, was weißt du eigentlich von mir?«

»Na, ich weiß, du hast Geld, und hast dein Studium in einem Alter begonnen, wo andere damit fertig sind. Dann weiß ich, dass du eine Frau gehabt hast, und sie dir gestorben ist. Vor allen Dingen aber weiß ich, dass du mein bester Freund bist und überhaupt mein einziger.«

»Weißt du auch, dass ich einen Sohn habe?«

»Nein.«

»Er ist jetzt fünf Jahre alt. Durch seine Geburt habe ich meine Frau verloren. Das habe ich ihm nie verzeihen können; es hat mir seinen Anblick verleidet. – Holly, du musst sein Vormund werden!«

»Was, ich?«, rief ich, emporfahrend.

»Ja, du, Holly. Ich habe dich nicht zwei Jahre lang umsonst studiert. Seit ich weiß, dass es zu Ende geht, suche ich jemand, dem ich den Jungen anvertrauen kann, den Jungen – und dieses hier.«

Dabei tippte er auf den eisernen Kasten.

»Du bist der Rechte, Holly; bist ein knorriger Baum und bist kerngesund. Also höre! Mein Junge ist der letzte Spross einer der ältesten Familien der Welt. Lache nicht, eines Tages wirst du den sonnenklaren Beweis in Händen haben, dass mein fünfundsechzigster oder sechsundsechzigster direkter Vorfahre, obgleich von Geburt ein Grieche namens Kallikrates[2], ein ägyptischer Priester der Isis gewesen ist. Sein Vater war griechischer Söldner eines Pharaos der neunundzwanzigsten Dynastie, von dessen Schönheit und Tod in der Schlacht bei Plätää Herodot[3] erzählt. Als das Pharaonenreich unterging, um 339 vor Christus, brach dieser Kallikrates sein Priestergelübde und entfloh mit einer Prinzessin, die sich in ihn verliebt hatte. An der afrikanischen Küste, in der Gegend der heutigen Delagoa-Bucht, wahrscheinlich nördlich derselben, erlitten sie Schiffbruch. Die ganze Besatzung ging zugrunde, nur ihm und seiner Frau gelang es, sich zu retten. Hier standen sie viel Mühsal aus, wurden aber schließlich von der mächtigen Königin eines wilden Volksstammes im Inneren des Landes aufgenommen. Diese Königin, eine weiße Frau von ganz besonderer Schönheit, hat nachher meinen Vorfahr, diesen Kallikrates, ermordet. Auf die näheren Umstände der Tat kann ich jetzt nicht eingehen, aber du wirst sie vielleicht eines Tages durch das, was sich in diesem Kasten befindet, erfahren. Kallikrates` Frau jedoch entkam den Händen der Mörderin und gelangte mit ihrem inzwischen geborenen Sohn nach Athen. Diesem Sohn gab sie den Namen Tisisthenes, der ›starke Rächer‹. Aus nicht mehr festzustellenden Gründen siedelte die Familie gut fünfhundert Jahre später nach Rom über, wo fast alle den Beinamen Vindex, ›der Rächer‹, annahmen. In Rom waren sie dann weitere fünfhundert Jahre ansässig, worauf sie sich in die Lombardei begaben; jedenfalls waren sie im Jahr 770, als Karl der Große nach Italien zog, schon dort sesshaft. Als der Kaiser aber über die Alpen zurückkehrte, schloss sich ihm das damalige Familienoberhaupt meines

---

[2] Der Schöne und Starke. L.H.H.
[3] Herodot, IX 72. L.H.H.

Geschlechts an und schlug seinen Wohnsitz schließlich in der Bretagne auf. Dessen direkter Nachkomme, acht Generationen später, zog mit Eduard dem Bekenner nach England und hat es dort unter Wilhelm dem Eroberer zu einer angesehenen Stellung gebracht. Von da an bis zum heutigen Tage habe ich meinen Stammbaum ohne jede Lücke festgestellt. Im Übrigen aber haben sich die Vinceys – so nannten sie sich nachher in England – nicht gerade ausgezeichnet. Einige waren beim Militär, andere trieben Handel, und im Großen und Ganzen waren es lauter achtbare, aber nicht eben hervorragende Bürger unseres Vaterlandes. Von der Zeit Karls II. bis gegen 1800 haben alle dem Kaufmannstand angehört. Um 1790 erwarb mein Großvater durch den Betrieb einer Brauerei ein ansehnliches Vermögen, mein Vater aber hat das meiste verschwendet und mir, als er vor zehn Jahren starb, nur noch eine Jahresrente von zweitausend Pfund hinterlassen. Daraufhin unternahm ich eine mit dem Kasten da zusammenhängende Reise, die aber nicht den gewünschten Erfolg hatte. Auf der Rückreise kam ich auch nach Athen. Dort lernte ich meine Frau kennen, die sich, ganz wie mein Urahne Kallikrates, durch besondere Schönheit auszeichnete. Wir heirateten, und ein Jahr später schenkte sie mir einen Sohn, dessen Geburt sie aber das Leben gekostet hat.«

Er hielt inne und stützte den Kopf in die Hand. Endlich fuhr er fort: »Meine Heirat hatte mich von einem gewissen Plan, auf den ich jetzt nicht eingehen kann, abgelenkt. Wenn du die Vormundschaft übernimmst, wirst du eines Tages alles Nötige erfahren. Nach dem Tode meiner Frau erwog ich den Plan von neuem. Erst musste ich aber die orientalischen Sprachen lernen, insbesondere das Arabische; wenigstens hielt ich das für nötig, und nur deshalb bin ich nach Cambridge gekommen. Bald aber wurde ich krank – und jetzt ist es aus mit mir.«

Wie zur Bekräftigung bekam er einen neuen Hustenanfall. Nachdem er sich durch einen Schluck Kognak wieder erholt hatte, fuhr er fort: »Meinen Sohn habe ich nicht wieder gesehen, seit er in der Wiege lag; sein Anblick war mir verlei-

det. Er soll aber ein hübscher, aufgeweckter Junge sein. In diesem Brief hier, der deine Anschrift trägt, habe ich kurz ausgeführt, wie ich mir seine Erziehung denke. Sie ist ein bisschen eigenartig, einem Fremden kann ich sie nicht anvertrauen. Daher habe ich an dich gedacht, und du wirst mich hoffentlich nicht im Stich lassen.«
»Aber ich muss doch erst wissen, was ich alles zu tun habe.«
»Schön. Du sollst den Jungen bei dir behalten, bis er fünfundzwanzig Jahre alt ist, und ihn nicht zur Schule schicken; vergiss das nicht! An seinem fünfundzwanzigsten Geburtstag hört deine Vormundschaft auf. An diesem Tage eröffnest du mit diesen Schlüsseln, die ich dir hiermit übergebe, den eisernen Kasten.«
Er legte einige Schlüssel auf den Tisch.
»Dann muss Leo, so heißt mein Junge, alles, was darin ist, sorgfältig prüfen und sich entscheiden, ob er die bewusste Fahrt unternehmen will oder nicht; aber wohlgemerkt, verpflichtet ist er nicht dazu. – Und nun zum geschäftlichen Teil. Mein jährliches Einkommen beträgt jetzt zweitausendzweihundert Pfund. Die Hälfte davon, vorausgesetzt, dass du die Vormundschaft übernimmst, habe ich dir auf Lebenszeit vermacht und zwar tausend Pfund jährlich für dich selbst, da du dich ja ganz der Erziehung des Jungen widmen musst, und hundert Pfund jährlich für den Unterhalt des Jungen. Die andere Hälfte bleibt, bis er fünfundzwanzig Jahre alt ist, auf Zinsen stehen, damit er, falls er die Fahrt unternimmt, die nötigen Mittel dazu besitzt.«
»Wenn ich aber inzwischen sterbe?«
»Dann muss das Vormundschaftsgericht sich seiner annehmen, und er muss sehen, wie er allein fertig wird. Vergiss aber nicht, ihm den Kasten zu vermachen! In fremde Hände darf der Kasten nicht gelangen. Also nochmals Holly, schlage es mir nicht ab! Es wird dir nicht zum Schaden gereichen. Sonst bist du ja doch nur zu einem Einsiedlerleben verurteilt. Bald wirst du hier angestellt und kannst dich dann mit deiner Pfründe und dem, was ich dir vermache, zusammen mit Leo ganz der Gelehrsamkeit widmen. Selbst deinen

geliebten Sport kannst du dabei nach Herzenslust betreiben.«

Er sah mich erwartungsvoll an, aber ich konnte mich immer noch nicht zum entscheidenden Ja entschließen.

»Tu es doch, mir zuliebe! Sieh mal, wir sind doch gute Freunde, und anderweitig kann ich mich nicht mehr umsehen.«

»Na schön, meinetwegen. Aber nur, wenn in dem Brief da nichts steht, was mich anderen Sinnes machen könnte.«

»Danke, Holly, vielen Dank! Nein, da steht nichts dergleichen drin. Schwöre mir also, dass du meinem Leo ein guter Vater sein willst und meine Erziehungsgrundsätze genau befolgen wirst.«

»Ich schwöre es«, antwortete ich feierlich.

»Danke, lieber Holly! Vergiss auch nicht, dass du mir einst Rechenschaft ablegen musst! Wenn ich auch tot und vergessen bin, glaube mir, ich lebe dennoch. Es gibt keinen Tod, nur den Wechsel der Dinge. Ich persönlich bin sogar überzeugt, und auch du wirst vielleicht noch die Erfahrung machen, dass unter Umständen selbst dieser Wechsel sich auf unbestimmte Zeit hinausschieben lässt.«

Und wieder befiel ihn ein Hustenanfall.

»Na«, sagte er endlich, »nun muss ich gehen. Den Kasten hast du, und mein Testament ist unter den Papieren. Daraufhin wird dir der Junge übergeben werden. Ich verlange es ja nicht umsonst – und du bist ein Ehrenmann. Wenn du deinen Eid aber doch brichst, so lasse ich dir auch im Grabe keine Ruhe.«

Ich war sprachlos.

Dann hielt er die Kerze empor und sah auf sein Spiegelbild. »Fraß für die Würmer! Bei dem Gedanken, dass man bald auf der Bahre liegt, wird einem doch recht sonderbar zumute. Na, auch gut, die Reise ist zu Ende, das Spiel ist aus. Ach Holly, das Leben ist all die Mühsal nicht wert, wenigstens nicht ohne Liebe. Vielleicht hat mein Junge mehr Glück – wenn es ihm nur nicht an Glauben und Mut fehlt. Lebe wohl, lieber Holly!«

Er umarmte mich noch und wandte sich dann gleich zur

Tür. »Hör mal, Vincey«, sagte ich nun, »wenn du wirklich so krank bist, dann laufe ich doch lieber schnell zum Arzt.«

»Nein, nein, versprich mir, das nicht zu tun! Ich lege mich jetzt zum Sterben nieder und will allein sterben – und unbelästigt.«

»Ach Unsinn, du wirst doch so etwas nicht tun!«

Er aber sagte nur noch: »Vergiss nicht!«, – und draußen war er.

Ich setzte mich hin und rieb mir die Augen. War es nicht ganz undenkbar, dass er seinen eigenen Sohn in den ersten fünf Lebensjahren nicht hatte wieder sehen wollen? Dass er seinen Stammbaum so weit zurückverfolgen konnte? Dass er seinen Tod so bestimmt voraussehen konnte? Er hatte wohl ein Glas zuviel getrunken oder war überhaupt nicht mehr ganz zurechnungsfähig.

Endlich gab ich das Raten auf, steckte den Brief nebst Schlüsseln in meine Dokumentenmappe und den Kasten in einen Reisekoffer, und schlief bald darauf den Schlaf des Gerechten.

Plötzlich hörte ich meinen Namen rufen. Ich fuhr empor – es war heller Tag.

»Nanu, John, wie siehst du aus?«, fragte ich unseren Collegediener, der auch bei Vincey die Aufwartung hatte. »Hast du Gespenster gesehen?«

»Nein, Mr. Holly, viel Schlimmeres! Eben wollte ich Mr. Vincey wecken, und da lag er tot auf dem Bett.«

2 Die Jahre entschwinden

Vinceys Tod erregte großes Aufsehen. Da man aber von seiner langen Krankheit wusste und der Arzt unbedenklich den Totenschein ausschrieb, stellte niemand weitere Nachforschungen an, und ich selbst sagte natürlich nichts weiter, als dass er noch am letzten Abend bei mir gewesen war.

Am Begräbnistag kam ein Anwalt aus London, gab meinem armen Freund das letzte Geleit und fuhr dann mit den Nachlasspapieren wieder ab. Eine Woche lang hörte ich nichts von dem Ereignis, denn meine Aufmerksamkeit war durch die Prüfung in Anspruch genommen, so dass ich selbst weder an dem Begräbnis teilnehmen noch mit dem Anwalt sprechen konnte. Endlich war die Prüfung beendet, und ich machte es mir zu Hause bequem – in dem schönen Gefühl, tatsächlich mit Auszeichnung bestanden zu haben.

Nun fing ich auch wieder an nachzugrübeln, und meine Gedanken kehrten zu der Nacht von Vinceys Tod zurück. Ich fragte mich, was das alles zu bedeuten hatte und ob ich wohl noch etwas von dieser Sache hören würde, und falls nicht, was ich dann mit dem merkwürdigen Eisenkasten anfangen sollte, der sich in meinem Besitz befand. Ich saß da und dachte über die Vorkommnisse nach, bis mir ganz wirr im Kopf wurde: über den geheimnisvollen mitternächtlichen Besuch, über den feierlichen Eid, den ich geleistet hatte, und über die seltsame Andeutung meines Freundes, dass er in der anderen Welt Rechenschaft von mir verlangen würde. Hatte Vincey womöglich Selbstmord begangen? Fast sah es danach aus! Und von welcher Suche hatte er gesprochen?

Die ganzen Umstände waren so unheimlich, dass ich, obwohl ich eigentlich kein ängstlicher Mensch bin, es mit der Angst zu tun bekam und mir zu wünschen begann, nichts mit der Sache zu tun zu haben. Und um wie viel mehr wünsche ich mir das heute; mehr als zwanzig Jahre danach!

Während ich noch dasaß und grübelte, klopfte es plötzlich an der Tür, und ein Brief in einem großen blauen Umschlag wurde mir überbracht. Ich sah sofort, dass der Brief von einem Anwalt kam, und mein Instinkt sagte mir: Aha, nun geht es also los! Und richtig, der Brief hatte folgenden Wortlaut:

»Mr. L. H. Holly, Cambridge, College.

Unser früherer Klient, der am 9. des Monats zu Cambridge verstorbene Mr. L. Vincey, hat ein Testament hinterlassen, zu dessen Vollstreckern wir ernannt worden sind und von dem wir Ihnen anbei eine Abschrift übersenden. In diesem Testament hat der Verstorbene Ihnen, falls Sie über seinen einzigen, gegenwärtig fünfjährigen Sohn Leo

Vincey die Vormundschaft übernehmen, die Hälfte seines jetzt in Staatspapieren angelegten Vermögens hinterlassen. Hätten wir besagtes Dokument nicht nach Mr. Vinceys klaren und ausführlichen Angaben eigenhändig angefertigt, und hätte er uns hierbei nicht versichert, dass er triftige Gründe habe, so müssten wir Ihnen jetzt eröffnen, dass besagte Bestimmung höchst ungewöhnlich ist und dass wir die Aufmerksamkeit des Obervormundschaftsgerichts auf sie lenken würden, um eventuell die Zurechnungsfähigkeit des Erblassers nachprüfen zu lassen. Da wir den Erblasser jedoch als Mann von klarem Verstand und großem Scharfsinn gekannt haben, und da nachgewiesen ist, dass tatsächlich keine Anverwandten des Erblassers mehr am Leben sind, denen besagte Vormundschaft übertragen werden könnte, so müssen wir von derartigen Schritten Abstand nehmen.

Ihren gefl. Entscheidungen entgegensehend zeichnen wir
in vorzüglicher Hochachtung,
Geoffrey und Jordan.«

Nun überflog ich die Abschrift des Testaments. Dem Juristenstil zufolge war es sicher nach dem Buchstaben des Gesetzes abgefasst worden. Soviel ich daraus entnehmen konnte, enthielt es dasselbe, was mein Freund mir schon auseinandergesetzt hatte. Also hatte alles seine Richtigkeit: Ich musste den Knaben zu mir nehmen.

Da fiel mir Vinceys Brief wieder ein. Ich holte ihn hervor und öffnete ihn. Er enthielt nur die mir schon bekannte Anweisung betreffs der Öffnung des Kastens an Leos fünfundzwanzigstem Geburtstag und die Richtlinien für seine Erziehung, die auch Griechisch, die höhere Mathematik und Arabisch umfassen sollte. Am Schluss kam noch eine Nachschrift: Falls Leo vor seinem fünfundzwanzigsten Geburtstag stürbe, sollte ich selbst vom Inhalt des Kastens Kenntnis nehmen und nach eigenem Ermessen handeln. Gedächte ich den darin enthaltenen Anweisungen nicht zu folgen, so sollte ich den Inhalt des Kastens vernichten, auf keinen Fall aber in fremde Hände gelangen lassen.

Da dieser Brief keinen Anlass gab, Einspruch zu erheben,

teilte ich den Anwälten mit, ich sei zum Antritt der Vormundschaft bereit, und zwar in acht Tagen.

Dann ging ich aufs Sekretariat und erzählte von meiner Geschichte soviel ich für nötig hielt, worauf die Herren ein Auge zudrückten und mir, falls ich angestellt würde, die Erlaubnis gaben, das Kind zu mir zu nehmen. Nur musste ich dann natürlich mein Zimmer im College aufgeben. So ging ich denn auf Wohnungssuche, und bald war eine Wohnung, die mir zusagte, gefunden. Dann hieß es, jemand zur Bedienung meines Mündels zu gewinnen. Und da raffte ich mich zu einem kühnen Entschluss auf, nämlich dem, keine weibliche Person ins Haus zu nehmen, da eine solche mir vielleicht die Zuneigung des Knaben entziehen könnte. Er war ja auch alt genug, um ohne weiblichen Beistand fertig zu werden. Nach längerem Suchen machte ich einen kräftigen jungen Mann namens Job aus achtbarer Familie ausfindig, der bei einem Rennstallbesitzer gedient hatte, mit sechzehn Geschwistern aufgewachsen war, und daher mit Kindern gut Bescheid zu wissen behauptete. Da er bereit war, seinen Dienst sogleich bei Leos Ankunft anzutreten, wurden wir schnell einig. Dann fuhr ich mit dem Eisenkasten nach London, deponierte ihn in meiner Bank und kaufte mir einige Bücher über Kinderpflege. Diese las ich zu Hause erst selbst durch, las dann Job das für ihn Wichtigste daraus vor und erwartete die Ankunft des Knaben.

Endlich kam mein Mündel an und zwar unter der Obhut einer ältlichen, in Tränen schwimmenden Kinderfrau. Mit seiner hohen Stirn, seinen grauen Augen und dem niedlichen Gesicht, dessen Züge schon damals so ebenmäßig und fein geschnitten waren wie die einer Gemme, war er in der Tat ein ganz reizendes Kind. Das Schönste an ihm aber waren seine wie Gold schimmernden und den edel geformten Kopf in dichten kurzen Locken bedeckenden Haare. Als die Alte sich schließlich von ihm losriss, brach auch er in Tränen aus.

Ein köstliches Bild: Die Sonnenstrahlen umspielten seine goldenen Locken; ein Auge mit der Hand bedeckend, musterte er uns mit dem anderen. Von meinem Stuhl aus streckte ich ihm die Hand entgegen, während Job, um ihn zu trösten, wie ein Huhn gackerte und ein Schaukelpferd auf- und nieder galoppieren ließ. Endlich streckte der Junge beide Ärmchen aus, kam auf mich zugelaufen und umarmte mich. »Dich mag ich leiden! Hübsch bist du nicht, aber hübsche Augen hast du.«

Kurze Zeit darauf erhielt ich meine Anstellung, und Leo war bald der erklärte Liebling des ganzen College. Trotz aller gegenteiligen Verordnungen ging er dort ein und aus, und man wetteiferte förmlich, ihn durch Geschenke zu verhätscheln. Mit einem als griesgrämiger Kinderfeind verschrienen alten Professor hatte ich seinetwegen einmal eine ernste Auseinandersetzung. Da Leo sich nämlich mehrmals den Magen verdorben hatte, passten wir genau auf ihn auf, und richtig, Job entdeckte, dass jener Alte ihn zu sich ins Zimmer lockte, dort mit Likörbonbons fütterte und ihm dabei einschärfte, ihn ja nicht zu verraten. Job war außer sich und sagte ihm gründlich seine Meinung: Er solle sich schämen, solche Streiche zu machen, noch dazu bei seinem Alter, wo er längst Großvater sein könnte, wenn er seine Pflicht getan hätte – was natürlich heißen sollte, wenn er sich verheiratet hätte. Und dann geriet auch ich mit dem Alten zusammen.

Doch bei diesen köstlichen Zeiten darf ich hier nicht lange verweilen. Die Jahre entschwanden, und mit ihnen wuchs unsere gegenseitige Zuneigung. Aus dem Knaben wurde ein Jüngling, aus dem Jüngling ein Mann, und je mehr der unerbittlichen Jahre dahin flossen, desto größer wurden Leos körperliche und geistige Vorzüge. Als Jüngling hieß er im College nur noch Adonis, während ich mich des Namens »der Affe« erfreute. »Adonis und der Affe«, so hieß es bei unseren täglichen Spaziergängen. Eines Tages stürzte sich Leo wutentbrannt auf einen stämmigen Fleischergesellen, der dies hinter uns her gerufen hatte, und verprügelte ihn, bis er um Gnade bat.

Später legte man uns neue Namen bei. Ihn hieß man jetzt den »Griechengott«, mich aber nannte man »Charon«. Über meinen eigenen Beinamen will ich bescheiden hinweggehen, Leos Name aber war so treffend wie nur möglich, und mit einundzwanzig Jahren hätte er für eine Apollostatue Modell stehen können – und war sich dabei seiner Schönheit völlig unbewusst.

Er hatte einen klaren, hellen Kopf, zum Gelehrten aber taugte er nicht; dazu fehlte es ihm leider an Ausdauer und Beharrlichkeit. Das Unterrichtsprogramm seines Vaters hielt ich gewissenhaft ein, und mit seinen Fortschritten, besonders in den Sprachen, war ich voll und ganz zufrieden. Um ihm im Arabischen helfen zu können, musste auch ich diese Sprache erlernen, aber nach fünfjähriger Beschäftigung mit ihr war er darin mindestens ebenso beschlagen wie ich, ja, fast ebenso wie unser gemeinsamer Dozent. Da ich ein großer Sportsfreund bin – meine einzige Leidenschaft – gingen wir in jedem Herbst auf die Jagd und auf den Fischfang, bald in Schottland, bald in Norwegen; einmal reisten wir sogar nach Russland. Ich bin selbst kein schlechter Schütze, aber auch im Schießen war er mir bald überlegen.

Mit achtzehn Jahren ließ sich Leo immatrikulieren, so dass ich jetzt wieder meine alte Wohnung beziehen konnte. Mir einundzwanzig Jahren bestand er die Prüfung als Bakkalaureus. Da erzählte ich ihm zum ersten Mal von seiner eigenen Geschichte und von dem auf ihn harrenden Geheimnis. Natürlich hätte er gern mehr erfahren, aber den Gefallen durfte ich ihm ja nicht tun. Dann schlug ich ihm, um die Zeit hinzubringen, das Studium der Rechte vor. Er war es zufrieden und hörte jetzt auch juristische Vorlesungen.

Sorgen hatte mir mein Leo nie gemacht, es sei denn dadurch, dass fast alle jungen Mädchen sich auf den ersten Blick in ihn verliebten; doch auf die dadurch entstehenden Verdrießlichkeiten brauche ich hier nicht einzugehen. Mit seinem Verhalten war ich stets durchaus zufrieden – und dass will viel sagen.

So erreichte er endlich seinen fünfundzwanzigsten Geburtstag, den Tag, an welchem diese seltsame und in mancher Hinsicht unheimliche Geschichte ihren Anfang nimmt.

3 Die Amenartasscherbe

Am Tag zuvor fuhren wir nach London und holten den vor zwanzig Jahren deponierten Kasten ab, mit dem wir am Abend wieder zurückfuhren. In dieser Nacht konnten wir vor Aufregung kaum ein Auge schließen, und Leo wollte schon in aller Herrgottsfrühe ans Werk gehen. Ich aber verwies ihm solche unziemliche Neugier, und so musste er bis nach dem Frühstück warten.

Endlich wurde abgeräumt. Job, der von unserer Aufregung angesteckt schon meine schöne Sèvres-Tasse zerbrochen hatte, musste den Kasten holen und stellte ihn behutsam, fast ängstlich auf den Tisch. Als er schon an der Tür war, sagte ich, einer plötzlichen Eingebung folgend: »Warte mal, Job! Du kannst doch schweigen? Wenn Mr. Leo nichts dagegen hat, so möchte ich auch einen unparteiischen Zeugen dabei haben.«

»Ganz meine Meinung, Onkel Horace«, antwortete Leo; denn ich hatte ihm beigebracht, mich ›Onkel‹ zu nennen; in besonders guter Stimmung nannte er mich zuweilen auch sein ›Onkelchen‹ oder ›alter Junge‹.

Nach einem militärischen Gruß als Dank für das Vertrauen verschloss Job die Tür, und dann entnahm ich meiner Dokumentenmappe die mir von Leos Vater anvertrauten Schlüssel. Es waren ihrer drei: Der größte war ein ganz gewöhnlicher, moderner; der zweite war schon ein recht altes Inventar; der dritte aber war ein ganz eigenartiges Ding. Ein längliches Stück massiven Silbers mit mehreren Kerben und einer als Griff dienenden Querstange; ich hätte es eher für einen vorsintflutlichen Schraubenschlüssel gehalten.

»Fertig?«, fragte ich dann, als ob es eine Mine zu entzünden gelte.

Da alles schwieg, bestrich ich den Bart des modernen Schlüssels mit Salatöl, steckte ihn ins Schlüsselloch des Kastens und drehte um, worauf Leo mit beiden Händen den schweren Deckel mühsam aufklappte; die Scharniere waren offenbar verrostet. Im Inneren stand ein zweiter, mit dickem Staub bedeckter Kasten, den wir heraushoben und säuberten. Er war aus Ebenholz und von flachen Eisenbändern umschlossen. Stellenweise war das Holz schon ganz morsch und zerbröckelt, der Kasten musste also sehr alt sein. Dann führte ich den zweiten Schlüssel ein. Er drehte sich, ich klappte den Kasten auf – und sogleich erschall ein dreifaches »Ah«. Innen stand ein silbernes Schmuckkästchen, etwa dreißig Zentimeter im Quadrat, zwanzig Zentimeter hoch, dessen gewölbter Deckel eine Sphinx trug und dessen Füße gleichfalls sphinxartig geformt waren, das also offenbar aus Ägypten stammte. Infolge hohen Alters hatte es den Glanz verloren und war vielfach verbeult, sonst aber gut erhalten. Ich hob es heraus und fuhr mit dem eigenartigen Silberding ins Schlüsselloch. Nach einigen vergeblichen Drehversuchen gab das Schloss nach, und das Kästchen stand geöffnet vor uns, bis zum Rand mit uns unbekannten braunen Pflanzenfasern gefüllt. Nach Entfernung der obersten Schicht stieß ich auf einen versiegelten Briefumschlag mit der Aufschrift »An meinen Sohn Leo« in der mir unvergesslichen Handschrift meines toten Freundes. Leo betrachtete die Aufschrift eine Weile, legte dann den Brief beiseite und winkte mir zu, fortzufahren.

Zuerst fand ich ein sorgfältig zusammengerolltes Pergament. Beim Aufrollen zeigte sich, dass es gleichfalls mit Vinceys Schriftzügen bedeckt war. Die Überschrift lautete: »Übersetzung der griechischen Unzialen auf der Scherbe«.

Dann fand ich ein zweites, stark vergilbtes und zerknittertes Pergament. Beim Aufrollen ergab sich, dass es nach der Überschrift eine lateinische Übersetzung derselben griechischen Unzialen enthielt, jedoch in gotischen Lettern, deren Form auf den Anfang des 16. Jahrhunderts hinwies. Unter dieser Rolle, auf einer neuen Schicht des Faserstoffes, lag in gelbe Leinwand gehüllt ein harter, schwerer Gegenstand. Vorsichtig wickelten wir ihn aus und fanden eine große, schmutzig gelbliche Scherbe, die einst einer mittelgroßen Amphora angehört haben musste. Sie war gut fünfundzwanzig Zentimeter lang, etwa zwanzig Zentimeter breit und fast einen Zentimeter dick. Die gewölbte Seite war mit vielen Reihen frühgriechischer Unzialen bedeckt, welche zwar hier und da etwas verblichen, aber meist noch ganz gut lesbar waren. Die Schrift war offenbar mit größter Sorgfalt angefertigt worden und zwar vermittels einer Rohrfeder, wie sie bei den Alten in Gebrauch gewesen war. Diese Scherbe war in zwei Stücke geborsten, aber mit Zement und acht langen Nieten wieder zusammengefügt worden. Auch die Innenseite war ganz mit Schriftzügen bedeckt, die aber sehr ungleichmäßig und ganz verschiedenartig waren, also wohl aus sehr verschiedenen Zeiten und von ganz verschiedenen Händen herrührten.

»Ist noch mehr drin?«, flüsterte Leo aufgeregt.

Ich suchte weiter und brachte etwas Hartes zum Vorschein, das in einen kleinen Leinenbeutel eingenäht war. Diesen trennte ich auf und holte ein hübsches elfenbeinernes Miniaturbild und einen ganz kleinen schokoladenbraunen Bild-Skarabäus hervor mit nachstehender Zeichnung:

Wie wir späterhin feststellten, bedeuten diese Hieroglyphen: »Suten se Rā«, d. h. Sohn des Ra, Sohn der Sonne.

Das Miniaturbild stellte Leos Mutter dar, eine reizende Griechin; auf der Rückseite stand nämlich in Vinceys Handschrift: »Mein geliebtes Weib.«

»Das ist alles«, sagte ich nun.

»Schön«, sagte Leo, betrachtete das Bildnis und rief dann: »Nun zu dem Brief!«

Ohne Zögern erbrach er das Siegel und las folgendes vor: »Mein Sohn Leo!

Wenn du dieses Schreiben öffnest, hast du das Mannesalter erreicht, ich selbst aber bin längst tot und vergessen. Beim Lesen dieser Zeilen bedenke jedoch folgendes: Auch ich habe einst gelebt und lebe vielleicht noch – wer kann es wissen? In diesem Brief reiche ich Dir über den Abgrund des Todes hinweg die Hand, so dass jetzt aus der Stille des Grabes meine Stimme an Dein Ohr klingt. Wenn ich auch tot bin, so weile ich in dieser Stunde dennoch bei Dir. Seit dem Tag Deiner Geburt habe ich Dich nicht wieder gesehen. Verzeih mir das, mein Sohn! Dein Leben kostete das Leben einer Frau, die mir über alles lieb und teuer war, und mein Schmerz hält heute noch an. Bei längerem Leben hätte ich meine törichte Abneigung gegen Dich vielleicht überwunden, aber es sollte nicht sein. Meine Leiden übersteigen meine Kraft, und sobald meine Vorkehrungen für Dein Wohlergehen erledigt sind, gedenke ich, ein Ende zu machen. Ist es Sünde, so möge Gott mir verzeihen. Ein Jahr höchstens könnte ich doch nur noch am Leben bleiben.«

»Er hat sich das Leben genommen!«, rief ich aus, »ich habe es mir gleich gedacht.«

»Doch jetzt genug von mir dem Toten«, las Leo unbeirrt weiter, »jetzt zu Dir, mein Sohn! Mein Freund Holly, der hoffentlich Deine Erziehung übernommen hat, wird Dir schon von dem ungewöhnlich hohen Alter Deines Geschlechts erzählt haben. In diesem Kästchen findest Du die Beweise. Die Scherbe mit der Inschrift Deiner fernen Ahnfrau hat mir mein Vater auf seinem Sterbebett übergeben. Sie hat meine Phantasie gewaltig angeregt, so dass ich schon mit neunzehn Jahren die Wahrheit zu erforschen beschloss, ebenso wie einer unserer Ahnen zur Zeit Elisabeths, dem dieses Vorhaben jedoch zum Verderben gereichte. Auf meine Erlebnisse dabei brauche ich hier nicht einzugehen. Doch höre, was ich mit eigenen Augen gesehen habe: An der Küste Afrikas, nördlich von Sambesi, in noch unerforschter Gegend, gibt es ein Vorgebirge, auf dessen äußerstem Vorsprung ein Fels emporragt, in Gestalt eines Negerkopfes, ganz wie ihn die Inschrift schildert. Dort bin ich gelandet und habe von einem umherziehenden Eingeborenen, den sein Stamm ausgestoßen hatte, erfahren, dass landeinwärts zwischen großen, unabsehbaren Sümpfen hohe Ringgebirge mit großen Höhlen liegen. Er erzählte mir auch, dass der dort wohnende Stamm arabisch spricht und unter der Herrschaft einer schönen weißen Frau steht, die sich ihrem Volke aber nur selten zeigt und die über alles Lebende und Tote Gewalt haben soll. Zwei Tage nach diesem Gespräch erlag er dem Sumpffieber, und ich selbst musste aus Mangel an Lebensmitteln und der Anzeichen einer nahenden

Krankheit wegen zu meiner Dau zurückkehren. Bei Madagaskar erlitt ich Schiffbruch und wurde einige Monate später von einem englischen Schiff aufgenommen. So kam ich nach Aden und von dort nach England zurück. Unterwegs, in Athen, lernte ich noch Deine geliebte Mutter kennen. Omnia vincit amor.[4] Wir heirateten, und dort wurdest Du geboren, und dort ist Deine Mutter gestorben. Damals befiel mich mein jetziges Leiden. Ich kehrte nach England zurück, um in der Heimat zu sterben. Die Hoffnung aber gab ich dennoch nicht auf, sondern ich fing an, arabisch zu lernen, um vielleicht doch noch nach Afrika zurückzukehren und dort das große Geheimnis zu lösen. Ich bin aber leider nicht gesund geworden, und damit ist dies für mich erledigt.

Jetzt bist Du meine Hoffnung. Nimm also heute die Ergebnisse meiner Forschung und die uns erblich überkommenen Beweise entgegen! Du bist nun alt genug, um selber zu entscheiden, ob Du das größte Geheimnis der Welt entschleiern oder ob Du alles als dumme Phantasterei von Dir weisen willst. Ich persönlich halte es nicht dafür. Nein, ich glaube wirklich, es gibt einen Ort, wo uns die Lebenskräfte der Erde sichtbar entgegentreten. Es fragt sich nur, ob wir diesen Ort wieder aufzufinden vermögen. Das Leben ist da; warum sollten nicht auch Mittel und Wege da sein, es unbegrenzt zu verlängern?

Doch es sei mir fern, Dich beeinflussen zu wollen! Lies und urteile selbst! Willst Du es unternehmen, so habe ich dafür gesorgt, dass Dir die nötigen Mittel zur Verfügung stehen. Bist Du aber überzeugt, dass alles Unsinn ist, so beschwöre ich Dich, die Scherbe mitsamt den Schriftstücken zu vernichten und so unser Geschlecht von dem unseligen Erbe zu befreien. Ja, vielleicht ist dies sogar das Klügste. Wer sich mit den geheimen Kräften der Welt befasst, kann ihnen leicht zum Opfer fallen. Und wenn Du andererseits das große Ziel wirklich erreichen solltest, wenn Du wirklich in dauernder Jugend und Schönheit, als Mensch, der Zeit und Leiden überwunden und sich über den Verfall von

---

[4] Über alles siegt die Liebe.

Fleisch und Geist hinweg geschwungen hat, aus dieser Prüfung hervorgehen solltest, ja, wer möchte dann entscheiden, ob Dir dieser ungeheure Wechsel zum Glück gereicht? Wähle also mein Sohn, und die göttliche Allmacht, die da spricht: ›Bis hierher und nicht weiter!‹ möge jetzt auch Deine Wahl leiten, so dass sie Dir zum Glück gereicht, ja, vielleicht zum Glück der ganzen Menschheit, die Du Dir, im Falle des Erfolges, kraft Deiner unendlichen Erfahrung dereinst untertan machen wirst. – Lebe wohl!«

So brach das Schreiben ab, ohne Unterschrift und Datum.

»Was meinst Du dazu, Onkel?«, fragte Leo in atemloser Aufregung. »Wir haben ein Geheimnis gesucht; hier ist es.«

»Was ich dazu meine? Ganz einfach: Dein armer Vater hat nicht seinen Verstand mehr beisammen gehabt. Ich habe mir das ja gleich gedacht, schon damals, als er zum letzten Mal bei mir war. Du siehst ja auch, er hat seinen Tod beschleunigt, der Arme. – Nein, nein, das ist lauter Unsinn!«

»Ja, das meine ich auch«, sagte Job, der natürlich erst recht ein prosaischer Wirklichkeitsmensch war.

»Jedenfalls müssen wir sehen, was die Scherbe erzählt«, meinte Leo, nahm die Übersetzung seines Vaters zur Hand und las folgendes vor:

»Ich, Amenartas, aus dem königlichen Geschlecht Ägyptens, Frau des Kallikrates, Priesterin der Isis, welche die Götter lieben und die Dämonen fürchten, an meinen kleinen Sohn Tisisthenes: Zur Zeit des Nektanabis[5] bin ich mit deinem Vater, der mir zuliebe sein Gelübde brach, aus Ägypten entflohen. Gen Süden flohen wir über das Meer und wanderten vierundzwanzig Monate lang an der Küste Libyens, die gen Osten liegt, wo an einem großen Flusse ein hoher Fels steht, geformt wie der Kopf eines Äthiopiers. Vier Tage weit von der Mündung des Flusses erlitten wir Schiffbruch. Einige ertranken, die anderen erkrankten und starben. Wir beide aber wurden endlich von Wilden durch Wüsten und Sümpfe geführt, über denen die Scharen der Seevögel den Himmel

---

[5] Nektanabis II., der letzte der Pharaonen Ägyptens, floh im Jahr 339 v. Chr. vor Ochus nach Äthiopien. Haggard.

verdunkelten. Sie trugen uns zehn Tage lang, bis wir an einen ausgehöhlten Berg kamen, wo einst eine große Stadt gestanden hat, die aber jetzt in Trümmern liegt, und wo Höhlen sind, deren Ende noch kein Mensch gesehen hat. Dort brachten sie uns zur Königin der Leute, die allen Fremden Krüge über den Kopf stürzen. Sie aber besitzt große Zauberkraft und die Kenntnis aller Dinge und Leben und Schönheit, die niemals vergehen. Und sie blickte auf deinen Vater mit den Augen der Liebe und hätte mich gern getötet, um ihn zum Mann zu nehmen. Er aber liebte mich und fürchtete sie und wollte es nicht. Dann führte sie uns auf Wegen des Schreckens durch schwarze Zauberkraft dorthin, wo die große Schlucht ist, an deren Eingang die Leiche des alten Philosophen lag, und zeigte uns die Flammensäule des Lebens, die niemals erlischt und deren Stimme dem Donner gleicht. Dann trat sie mitten in die Flammen hinein und kam unversehrt und noch viel schöner wieder hervor. Darauf schwur sie deinem Vater, auch ihn unsterblich zu machen, wenn er mich tötete und sie zum Weibe nähme; denn mich vermochte sie nicht zu töten, da sie gegen die Zauberkraft meines eigenen Volkes machtlos war. Er aber weigerte sich und bedeckte die Augen mit den Händen, um ihre Schönheit nicht zu sehen. Da erschlug sie ihn im Zorn durch ihre Zauberkraft. Dann aber warf sie sich, laut weinend, über ihn und trug ihn fort mit lauten Klagen. Und mich ließ sie zur Mündung des großen Flusses führen, wohin die Schiffe kommen. Ein Schiff, auf dem ich dich gebar, trug mich weit hinweg, und endlich, nach vielen Wanderungen, kam ich in Athen an. Nun sage ich dir dies, mein Sohn Tisisthenes: Suche du die Frau auf und erforsche das Geheimnis des Lebens, und wenn du kannst, so töte sie und räche deinen Vater Kallikrates! Wenn du aber Furcht hast oder wenn du es nicht vermagst, dann sage ich dies zu allen deines Geschlechtes, die nach dir kommen werden, bis endlich unter ihnen ein starker Mann sich findet, der das Flammenbad nimmt und dann auf dem Stuhl des Pharaonen die Menschen beherrschen wird. Dies alles, was ich dir hier sage, so unglaublich es klingt, ich habe es selbst gesehen und lüge nicht.«

»Das mag der Himmel ihr vergeben!«, stöhnte Job.
Ich selbst war sprachlos. Zuerst glaubte ich, mein Freund habe sich in seinem Wahn die ganze Geschichte ausgedacht, wenn es auch kaum zu glauben war, dass ein Mensch so etwas ersinnen könnte. Dann nahm ich die Scherbe und begann, die Unzialen zu studieren. Obwohl sie von einer Ägypterin stammten, muss ich doch sagen, dass sie recht gutes Griechisch waren. Vinceys gewandte Übersetzung erwies sich als durchaus richtig, wovon man sich durch Vergleich leicht überzeugen konnte. Außer den Unzialen trug die Scherbe auf der gewölbten Seite auch noch den gleichen Bildschmuck wie der kleine Skarabäus, und zwar am oberen Rande, wo einst die Tülle der Amphora gewesen war. Hier jedoch waren die Hieroglyphen umgekehrt, wie in Wachs gedrückt. Ob dies die Kartusche des Kallikrates[6] war oder die eines Prinzen oder gar eines Pharaos, von dem seine Frau abstammte, mag dahingestellt bleiben. Es war auch nicht zu erkennen, ob sie mit den Unzialen zugleich oder erst späterhin nach dem Vorbild des Skarabäus angebracht worden war.

Doch dies war noch nicht alles. Am unteren Ende der Unzialen befanden sich im gleichen Mattrot die schwachen Umrisse der unbeholfenen Zeichnung eines Sphinxkopfes mit zwei Federn, den Symbolen der Königswürde, die auf den Bildern von Göttern und heiligen Ochsen nicht selten sind, die ich an einer Sphinx jedoch noch nicht gesehen hatte. Rechts neben den Unzialen stand schließlich noch in englischer Sprache der zierlich in Blau gemalte Vers:
»*Im Himmel und auf Erden*
Der Wunder viel gefunden werden.
Hoc fecit
Dorothea Vincey.«
Betroffen drehte ich die Reliquie um. Von oben bis unten

---

[6] Diese Kartusche, wenn es wirklich eine solche ist, kann nicht die des Kallikrates gewesen sein; als Priester war er nicht zu einer Kartusche berechtigt. Kartuschen waren das Vorrecht des ägyptischen <u>Thrones</u>. Er hätte seinen Namen oder Titel aber auf einem Oval anbringen können. Haggard.

war sie mit allerhand Sätzen und Namen in griechischer, lateinischer und englischer Sprache bedeckt. Die oberste Inschrift in Unzialen stammte von Tisisthenes und lautete: »Ich konnte nicht gehen. Tisisthenes an seinen Sohn Kallikrates.«

Dieser Kallikrates, der wohl nach griechischer Sitte wie sein Großvater hieß, versuchte, die Fahrt anzutreten, denn seine matten, fast schon unleserlichen Unzialen besagten: »Ich gab die Fahrt auf; die Götter waren gegen mich. Kallikrates an seinen Sohn.« Diese zweite Unzialschrift der Innenseite stand quer, und zwar gerade an der Stelle der Scherbe, die durch häufiges Anfassen am meisten mitgenommen war, so dass die Lettern schon stark abgegriffen waren.

Zwischen diesen Inschriften stand noch der forsche, moderne Namenszug: »Lionel Vincey. Aetate sua 17«, der wahrscheinlich von Leos Großvater herrührte. Rechts daneben standen die Initialen »I.B.V.« und darunter allerhand Namen in griechischen Unzialen und in Kursivschrift, sowie die oft wiederkehrenden, vielfach nachlässig ausgeführten Worte »an meinen Sohn«, woraus man ersah, wie gewissenhaft die Reliquie von Geschlecht zu Geschlecht vererbt und weitergegeben worden war.

Die nun kommenden Worte »ROMAE, A. U. C.« zeigten, dass die Familie inzwischen nach Rom übergesiedelt war; das Datum ihres Umzugs war jedoch mit Ausnahme der Endung CVI verloren gegangen; denn gerade da, wo es offenbar gestanden hatte, war ein Stück der Scherbe abgebrochen.

Dann kamen an verschiedenen Stellen, wie die Schreibenden sie wohl gerade für geeignet hielten, zwölf lateinische Namen. Mit nur drei Ausnahmen endeten sie alle auf »Vindex«, »der Rächer«, einen Namen, den die Familie nach ihrer Übersiedelung offenbar als Ersatz für »Tisisthenes« angenommen hatte. Dann aber wurde »Vindex« in »de Vincey« und schließlich in »Vincey« umgewandelt. So war der vor Christi Geburt von der Ägypterin gesäte Rachegedanke in einem modernen englischen Familiennamen verewigt worden. Von den zwölf lateinischen Namen habe ich später in römischen Geschichtswerken und anderen Urkunden einige tatsächlich wieder gefunden; nämlich: MVSSIVS VINDEX, SEX. VARIVS MARVLLVS, C. FVFIDIVS C. F. VINDEX und LABERIA POMPEIANA CONIVX MACRINI VINDICIS. Auf diese Namen folgte augenscheinlich eine Lücke von mehreren Jahrhunderten. Was für Schicksale die Scherbe in diesen dunklen Zeiten gehabt haben mag, und wie es kam, dass sie nicht verloren ging, wird ungeklärt bleiben. Mein Freund Vincey hatte mir zwar erzählt, seine Ahnen hätten sich später in der Lombardei niedergelassen, seien dann mit Karl dem Großen über die Alpen gezogen, so in die Bretagne und von dort nach England gekommen, woher er dies alles aber wusste, war mir unbegreiflich, da die Scherbe auf die Lombardei oder Karl den Großen keinerlei Hinweise enthielt, während, wie man noch sehen wird, die Bretagne tatsächlich erwähnt wurde.

Nach einem länglichen Fleck aus Blut oder roter Farbe kamen zwei rote Kreuze, die wohl die Schwerter von Kreuzfahrern darstellten, sowie ein zierlich in Scharlach und Blau gemaltes Monogramm D. V., das vielleicht eben von jener Dorothea Vincey herrührte, die den Vers gemalt hatte. Rechts daneben standen die mattblauen Zeichen A. V. mit dem Datum 1300.

Dann kam die merkwürdigste Inschrift. Sie war lateinisch, trug das Datum 1445 und lief in gotischen Lettern quer über die beiden Kreuze hinweg. Ihr Verfasser musste ein geschulter Lateiner gewesen sein.

»Ista reliquia est valde misticum et myrificum opus, quod majores mei ex Armorica, scilicet Britannia Minore, secum convehebant ; et quidam sanctus clericus semper patri meo in manu ferebat quod penitus illud destrueret, affirmans quod esset ab ipso Sathana conflatum prestigiosa et diabolica arte, quare pater meus confregit illud in duas partes, quas quidem ego Johannes de vinceto salvas servavi et adaptavi sicut apparet die lune proximo post festum beate Marie Virginis anni gratie MCCCCXLV.«

Und nachher fanden wir zu unserer Überraschung noch

ein Pergament, das eine altenglische Übersetzung der lateinischen Inschrift auf der Scherbe enthielt, die folgendermaßen lautete:

»Diese Reliquie ist ein sehr mystisches und seltsames Werk, das meine Vorfahren aus Armorika, d. h. der Bretagne, mitgebracht haben. Ein gewisser Geistlicher riet meinem Vater dringend, sie gänzlich zu vernichten, da sie vom Satan selbst mit Teufelskünsten angefertigt sei, weshalb mein Vater sie in zwei Stücke zerbrach. Ich aber, Johannes de Vincey, habe sie so, wie sie jetzt ist, wieder zusammengefügt, am heutigen Montag nach dem Fest der heiligen Jungfrau Maria im Jahre des Heiles 1445.«

Die nächste und letzte Scherbeninschrift war englisch und trug das Datum 1564, stammte also aus der Zeit Elisabeths:

»Eine höchst seltsame Geschichte, die meinen Vater das Leben gekostet hat; auf der Suche nach der Stelle an der ostafrikanischen Küste wurde seine Pinasse von einer portugiesischen Galeone bei Lorenzo Marquez versenkt, und er selbst ertrank. – Johann Vincey.«

Jetzt war nur noch ein letztes Dokument zu prüfen, die zuvor erwähnte Übersetzung der großen Scherbeninschrift im mittelalterlichen Latein. Sie war verfasst im Jahre 1495 von Edmundus de Prato, Lizentiat für kanonisches Recht am Exeter College zu Oxford. Er war ein Schüler Grocyns gewesen, der die ersten griechischen Vorlesungen in England hielt. Als der damalige Vincey von dieser neuen Gelehrsamkeit hörte, ging er wahrscheinlich nach Oxford und ließ sich dort von Pratt die Inschrift entziffern. Diese Übersetzung, ein prächtiges Beispiel der mittelalterlichen Gelehrsamkeit, möge hier in modernen Lettern Platz finden.

»AMENARTAS, e genere regio Egyptii, uxor Callikratis, sacerdotis Isidis, quam dei fovent demonia attendunt, filiolo suo Tisistheni jam moribunda ita mandat: Effugi quondam ex egypto, regnante Nectanebo, cum patre tuo, propter mei amorem pejerato. Fugientes autem versus Notum trans mare, et viginti quattuor menses per litora Libye Orientem errantes, ubi est petra quedam magna sculpta instar Ethiopis capitis, deinde dies quattuor ab ostio fluminis magni

ejecti partim submersi sumus partim morbo mortui sumus: in fine autem a feris hominibus portabamur per paludes et vada, ubi aviummultitudo celum obumbrat, dies decem, donec advenimus ad cavum quendem montem, ubi olim magna urbs erat, caverne quoque immense; duxerunt autem nos ad reginam Advenaslasaniscoronantium, que magica utebatur et peritia omnium rerum, et saltem pulchritudine et vigore insenescibilis erat. Hic magno patris tui amore perculsa, primum quidem ei connubium mihi mortem parabat; postea vero, recusante Callicrati, amore mei et timore regine affecto nos per magicam abduxit per vias horribiles ubi est puteus ille profundus, cujus juxta aditum jacebat senioris philosphi cadever, et advenientibus monstravit flammam Vite erectam, instar columne volutantis, voces emittentem quasi tonitrus: tunc per ignem impetu nocivo expers transiit et jam ipsa sese formisior visa est. Quibus factis juravit se patrem tuum quoque immortalem ostensuram esse, si me prius occisa regine contubernium mallet; neque enim ipsa me occidere valuit, propter nostratum magicam, cujus egomet partem habeo. Ille vero nihil hujus generis malebrat, manibus oculos possis, ne mulieris formositatem adspiceret : postea Ilium magica percussit arte, ad mortuum efferebat inde cum fletibus et vagitibus, at me per timorem expulit ad ostium magni fluminis, velivoli, porro in nave, in qua te peperi, vix post dies huc Athenas vecta sum. At tu, O Tisisthenes, ne quid quorum mando nauci fac: necesse enim est mulierem exquirere si qua vite mysterium impetres et vindicare, quantum in te est, patrem tuum Callicratem in regina morte. Sin timore seu aliqua causa rem relinquis infectam, hoc ipsum omnibus posteris mando, dum bonus quis inveniatur qui ignis lavacrum non perhorrescet, et potentia dignus dominabitur hominum.

Talia dico incredibilia quidem at minime ficta de rebus mihi cognitis.

Hec Grece scripta Latine reddidit vir doctus Edmundus de Prato, in Decretis Licentiatus, e Collegio Exoniensi Oxoniensi doctissimi Grocyni quondam e pupillis, Idibus Aprilis Anno Domini MCCCCLXXXXV.«

»So, Leo«, sagte ich, nachdem ich alle diese Schriftstücke, soweit sie leicht lesbar waren, vorgelesen und geprüft hatte, »das wäre gemacht! Nun überlege dir mal die Sache! Meine Meinung steht schon fest.«

»Und die ist wie?«, fragte er.

»Ich denke, dass die Scherbe echt ist und sich tatsächlich seit dem 4. Jahrhundert vor Christus in eurer Familie fortvererbt hat. Aber das ist auch alles. Dass deine Ahnfrau, die Prinzessin, oder ein von ihr angestellter Schreiber die Unzialen geschrieben hat, ist nicht zu bezweifeln, aber ihre Leiden und der Verlust ihres Mannes hatten ihr den Kopf verwirrt.«

»So! Und wie erklärst du dir, was mein Vater gesehen und gehört hat?«

»Zufall, reiner Zufall! An der Küste Afrikas gibt es wahrscheinlich verschiedene Felsen, die wie Menschenköpfe aussehen, und viele Stämme, die ein unreines Arabisch sprechen. Auch an Sümpfen ist da kein Mangel. Und als dein Vater den Brief schrieb, ist er nicht mehr ganz klar gewesen. Er hatte viel gelitten, und diese Geschichte hat seine sowieso rege Phantasie noch mehr angeregt; er sagte es ja auch selbst. Nein, Leo, die Geschichte deiner Ahnfrau ist blühender Unsinn. Natürlich gibt es in der Natur seltsame Dinge und Kräfte, von denen wir kaum etwas merken, und die wir, wenn wir sie wahrnehmen, doch nicht begreifen; aber dass es Mittel gibt, die Macht des Todes zu brechen, oder dass in den Sümpfen Afrikas eine weiße Zauberin lebt, oder einst gelebt hat – nein, das glaube ich nie und nimmer, ich müsste es denn mit eigenen Augen sehen. Nichts als Unsinn, mein lieber Junge! Was meinst du dazu, Job?«

»Ich glaube, das Frauenzimmer ist übergeschnappt gewesen, Mr. Holly. Wenn das alles aber doch wahr ist, so wird sich Mr. Leo doch nicht auf so etwas einlassen! Da springt nichts Gutes bei heraus.«

»Ihr mögt ja nicht Unrecht haben«, war Leos ruhige Erwiderung. »Ich selbst will auch gar nichts gesagt haben, aber soviel ist sicher: Aufgeklärt muss die Sache werden. Und das will ich besorgen. Ich gehe der Sache auf den Grund. Und wenn du nicht mit willst, Onkel, dann gehe ich allein!«

Es war ihm wirklich Ernst. Konnte ich ihn aber allein gehen lassen? Nein, dazu hatte ich den guten Jungen, der mein ein und alles war, viel zu lieb. Wenn er sich nicht von mir abwandte, ich konnte mich unmöglich von ihm trennen. Durfte ich ihn aber merken lassen, welche Macht er über mich besaß? Während ich auf einen Ausweg sann, sagte Leo: »Ja, Onkel, ich tue es ganz sicher. Und wenn ich die Flammensäule des Lebens auch nicht finde, so wird es da doch famose Jagden geben.«
Halt, da war ein Ausweg. Ich griff sofort zu. »Jagden? Alle Wetter, das ist ein Gedanke! Ja, da kann man sicher auch mal was anderes aufs Korn nehmen. Ein Büffel ist schon immer mein Wunsch gewesen. Weißt du, Leo, an deine große Entdeckung glaube ich nicht, aber großes Wild – ja, das ist etwas anderes. Und wenn du wirklich losgehst, dann mache ich mich hier frei und komme mit.«
»Siehst du, Onkelchen, das habe ich mir gleich gedacht. Eine solche Gelegenheit wirst du dir doch nicht entgehen lassen. Aber, aber – werden wir uns das auch leisten können? Das wird verdammt kostspielig werden.«
»Oh, da mach dir keine Kopfschmerzen! Dein ganzes Einkommen hat all die Jahre auf Zinsen gestanden, und von dem, was dein Vater mir hinterlassen hat – du weißt doch, für dich hinterlassen hat –, habe ich auch noch zwei Drittel gespart. An Geld fehlt es uns also nicht.«
»Famos, Onkelchen! Dann wollen wir nur schnell wieder einpacken und nach London fahren, um unser Schießzeug instand zu setzen. Wie wäre es denn, Job? Möchtest du nicht auch mit? Es wird Zeit, dass du dich mal ein bisschen in der Welt umsiehst.«
»Ach, nein«, antwortete Job, »mit fremden Ländern habe ich nichts im Sinn, aber wenn Sie beide hingehen, dann brauchen Sie doch einen, der für Sie sorgt; und nachdem ich Ihnen zwanzig Jahre lang treu gedient habe, werde ich Sie doch nicht jetzt im Stich lassen!«
»Das ist brav von dir, Job«, sagte ich. »Große Wunder wirst du zwar nicht erleben, aber ein paar schöne Jagden hoffe

ich doch dabei herauszuschlagen. Aber das sage ich euch beiden: Dass ihr mir nichts von der Geschichte da ausplaudert! Wenn das herauskäme und mir stieße was Menschliches zu, dann würden alle meine Verwandten, die ich nicht habe, mich für verrückt erklären und mein Testament anfechten! Und hier in Cambridge wäre ich nur noch der reine Kinderspott.«

Ein Vierteljahr später waren wir auf hoher See – unterwegs nach Sansibar.

4 Die Bö

Welch anderes Bild! Verschwunden waren unsere stillen Arbeitszimmer mit ihren freundlich winkenden Bücherreihen; unser lauschiger Garten mit den schwankenden Ulmen und dem Krähengekrächze! Um uns gab es nichts als Himmel und Wasser, das Weltenmeer im Silberglanz des afrikanischen Vollmonds. Im Großsegel unserer Dau ruhte eine leise Brise und führte uns sanft durch rhythmisches Wellengeplätscher.

Es war kurz vor Mitternacht. Die ganze Bemannung lag vorn in tiefem Schlaf; nur Muhamed, ein baumstarker, tiefbrauner Araber stand am Steuerruder und nahm gemächlich den Kurs nach den Sternen. Auf Steuerbord wurde, eine Meile entfernt, ein trüber Streifen sichtbar, die Ostküste Afrikas am Kanal von Mozambique. Zwischen dieser gefahrvollen Küste und den sie umsäumenden Riffen segelten wir südwärts vor dem Nordost-Passat. Die Nacht war so still, dass man jedes Flüstern auf Deck vernahm. Sogar vom fernen Land her drang ein schwacher, dumpfer Laut zu uns herüber.

Der Mann am Steuer hob die Hand und sagte nur »Simba«, was Löwe heißt.

Wir richteten uns in unseren Stühlen auf und lauschten. Da kam er wieder, der majestätische Klang, und ließ uns erschauern.

»Wenn der Kapitän sich nicht verrechnet hat, müssen wir

morgen gegen zehn Uhr am Felsen mit dem Negerkopf sein; dann kann die Jagd beginnen, Leo.«

»Ja, und das Suchen nach der verfallenen Stadt und nach der Flammensäule«, verbesserte er mich sogleich, indem er lächelnd die Pfeife aus dem Mund nahm.

»Ach, Unsinn! Übrigens, du hast wohl heute Nachmittag bei dem Mann da dein Arabisch probiert? Was hat er dir denn erzählt? Der ist ja sein halbes Leben lang in diesen Gewässern gefahren, hat sicher auch mit ›schwarzem Elfenbein‹ gehandelt. Am Negerfelsen ist er auch mal gelandet. Hat der schon von der verfallenen Stadt und den großen Höhlen gehört?«

»Nein, das nicht; er meinte, dahinter seien nur Sümpfe mit Schlangen und allerlei Raubzeug, aber Menschen könnten da nicht leben. Solch ein Sumpfgürtel zieht sich aber doch an der ganzen Küste hin, also will das nicht viel bedeuten.«

»Doch, es bedeutet Malaria. Jedenfalls aber siehst du, was diese biederen Leute von dem Land hier halten. Glaube mir Leo, von denen wird kein Einziger mit uns gehen. Sie halten uns für verrückt, und ich glaube beinahe, sie haben nicht Unrecht. Sollte mich doch wundern, wenn wir Altengland noch einmal wieder sehen. Für mich alten Kerl macht das ja nichts aus, aber um dich, Leo, sollte es mir Leid tun, und auch um Job. Glaube mir, es ist der reine Schildbürgerstreich!«

»Na, weißt du, Onkel, meinetwegen brauchst du dir keine Sorgen zu machen, ich werde mich schon durchschlagen. – Aber sieh doch mal, was ist denn das für eine Wolke?« Er wies dabei auf einen dunklen Fleck am sternenklaren Himmel im Nordosten.

»Frag doch mal den Steuermann!«

Leo ging, brachte sein Arabisch mit Befriedigung an den Mann und kam wieder zurück. »Er meint, es ist eine Bö, aber sie geht seitwärts vorüber.«

Da kam Job herbei. Den Tropenhut im Nacken war er in seinem braunen Jagdkostüm der echte behäbige Brite. In diesen afrikanischen Gewässern aber hatte sein ehrliches Vollmondgesicht einen Zug des Unbehagens angenommen.

»Entschuldigen Sie, Mr. Holly«, sagte er und legte die Hand an den Hut, »darf ich mal einen Vorschlag machen? Unsere Sachen sind doch jetzt alle im Boot, was meinen Sie, wenn ich heute Nacht da schliefe?« Und im Flüsterton fügte er hinzu: »Die Schwarzen sind mir heute zu verdächtig. Das sind sicher lauter ausgekochte Spitzbuben. Sollte mich gar nicht wundern, wenn sich über Nacht ein paar runter schlichen und mit dem ganzen Ding abhauten! Na, das wäre eine schöne Bescherung!«

Da wir wussten, dass die Küste Ostafrikas von vielen kleinen Flussarmen durchzogen war, hatten wir beschlossen, auf einem dieser Flüsse landeinwärts zu fahren, und hatten uns zu diesem Zweck in Dundee ein schmuckes Walfischboot bauen lassen. Es war neun Meter lang und zwecks größerer Haltbarkeit mit Kupfer beschlagen, hatte eine Anzahl luftdichter Abteilungen, an den Seiten zwei Reihen wasserdichter Verschläge und in der Mitte die Vorrichtung für die Segelstange.

Am Morgen hatte ich mit dem Kapitän der Dau über den Negerfels gesprochen; auch er kannte ihn, und nach seiner Beschreibung musste es derselbe sein, den Amenartas und Leos Vater gesehen hatten. Der Kapitän meinte aber, der Untiefen und der starken Brandung wegen werde er dort schwerlich anlaufen können. Da wir außerdem gehört hatten, dass gerade arabische Kapitäne aus Nachlässigkeit oder Unwissenheit an dieser Küste nicht selten an der in Aussicht genommenen Landungsstelle vorbeiführen, und da eine Dau vermöge ihrer Takelung nur vor dem Passat laufen, aber nicht gegen ihn ankämpfen konnte, so hatten wir am Nachmittag eine zufällige Windstille dazu benutzt, unsere Habseligkeiten, soweit es möglich war, von der Dau ins Boot zu schaffen und Gewehre, Munition und Konserven in den wasserdichten Verschlägen zu verstauen. Nur die zum Tauschhandel und zu Geschenken bestimmten Sachen und einiges andere hatten wir leider nicht mehr herunterschaffen können. Sobald am nächsten Tag der Negerfels in Sicht käme, gedachten wir ins Boot zu steigen und dann allein an Land zu fahren. Jobs Vorschlag war also sehr vernünftig.

»Ja, Job«, antwortete ich deshalb, »das ist eine gute Idee. Decken sind genug da. Leg dich aber so, dass der Mond dir nicht den Kopf verdreht!«

»Ach, das ist nicht mehr nötig. Ich bin sowieso schon ganz verdreht. Bei diesem Gaunerbetrieb kann einem ja übel werden. Ist das eine Dreckbande! Die riecht man schon zehn Meilen gegen den Wind.«

Wir zogen also das Boot am Schlepptau heran, bis es dicht unter dem Heck lag, und Job plumpste hinein – wie ein Wollsack. Dann machten wir, Leo und ich, es uns wieder an Deck bequem, um bei einer duftenden Havanna noch ein Weilchen zu plaudern. Es war eine herrliche Mondnacht, aber uns steckte eine eigentümliche Unruhe in den Gliedern, so dass wir noch nicht schlafen gehen mochten. So saßen wir denn noch eine Stunde lang an Deck, bis wir schließlich einnickten. Ich erinnere mich nur noch schwach, wie Leo schlaftrunken erklärte, einem Büffel müsse man die Kugel vorn in den Kopf jagen, zwischen die Hörner oder gerade ins Maul – und ähnlichen Unsinn.

Plötzlich gab es einen furchtbaren Windstoß, dem ein Schreckensschrei der auffahrenden Besatzung folgte, und dann schoss eine gewaltige Welle über unsere Köpfe hinweg. Zwei Mann stürzten sogleich an Deck, das Falltau loszuschmeißen und das Segel zu bergen, aber das Rack saß fest, das Segel blieb oben.

Ich war aufgesprungen und suchte Halt an einem Tau. Hinter uns war es stockfinster. Vor uns aber, schien klar und hell der Vollmond, das Dunkel beleuchtend. Tief unter dem schwarzen Gewölk kam eine riesige, mindestens sechs Meter hohe Sturzwelle gerade auf uns zugerollt, Kamm und Schaum vom Mondglanz überflutet. Gepeitscht von der Bö, ein Bild majestätischen Grauens, kam sie immer näher. Plötzlich sah ich, wie die schwarze Silhouette unseres Bootes hoch in die Luft fuhr, bis auf den Kamm der sich brechenden Woge. Dann aber brauste die gewaltige Woge mit wildem Rollen brodelnden Gischtes über die Dau hinweg. In Todesangst umklammerte ich die Taue, wurde aber gleich wieder losgerissen.

Gerade über Mitte und Heck war die Sturzsee hinweggefegt und verlief sich jetzt. Mir war, als hätte ich mich minutenlang unter Wasser befunden – doch es waren nur ein paar Sekunden gewesen! Das Großsegel hatte sich losgerissen und flatterte wie eine riesige angeschossene Möwe leewärts dahin. Dann wurde es einen Augenblick ruhiger, und Jobs Stimme brüllte von unten herauf: »Ins Boot! Ins Boot!«

Obwohl soeben mit knapper Not dem Tode des Ertrinkens entronnen, hatte ich doch so viel Besinnung, um sofort zum Heck zu stürzen, und deutlich fühlte ich dabei, wie die Dau, ganz voll gelaufen, unter mir in die Tiefe wegsackte. Vom Heck aus sah ich, wie Muhamed in das unten wie rasend auf und nieder tanzende Boot hinabsprang. In heller Verzweiflung zerrte ich am Schlepptau, brachte das Boot dicht heran und sprang gleichfalls hinab. Von Job glücklich am Arm gepackt, wälzte ich mich am Boden des Bootes.

Die alte Dau aber versank – versank mit Mann und Maus hinab in die gurgelnde Tiefe. Noch im letzten Moment zog Muhamed sein krummes Messer und durchschnitt das Tau; sofort sausten wir vor dem Sturm gerade über die Stelle hinweg, wo soeben noch die Dau gegen die Bö angekämpft hatte.

»Gott im Himmel!«, schrie ich da. »Wo ist Leo? – Leo! Leo!«

»Ertrunken! Gott sei seiner Seele gnädig!«, brüllte mir Job ins Ohr, bei der rasenden Bö aber klang es wie ein Flüstern.

Verzweifelt rang ich die Hände. Leo tot! Und ich sollte ihn überleben?

»Achtung!«, schrie Job, »da kommt wieder eine!«

Ich sah mich um, und richtig, da kam eine zweite Sturzsee angerollt. Fast wünschte ich, ich käme selbst jetzt an die Reihe. Wie gebannt starrte ich ihr entgegen. Durch das vom Sturm zerfetzte Gewölk war der Mond jetzt fast ganz verdeckt, nur ein Schimmer seines Lichts fiel noch auf den Kamm der Woge, und auf ihr sah ich undeutlich etwas Dunkles treiben, das gewiss ein Stück des Wracks war. Jetzt stürzte sie über uns hinweg, und dabei füllte sie im Nu das Boot fast ganz mit Wasser.

Die luftdichten Abteilungen aber – Gott segne den Erfinder! – sollten unsere Rettung sein. Glücklich richtete das Boot sich wieder auf. In all dem Gischt und Wogenprall sah ich plötzlich, wie jenes Wrackstück gerade auf mich zustürzte. Um es abzuwehren, streckte ich den rechten Arm aus und packte – ein Handgelenk, das ich natürlich sofort mit aller Kraft umklammerte. Ich bin, weiß Gott, kein Schwächling, aber der gewaltige Druck und das schwere Gewicht des treibenden Körpers hätten mir fast den Arm ausgerenkt. Hätte der Anprall nur zwei Sekunden länger gedauert, so hätte ich loslassen müssen und wäre mit fortgespült worden. Doch er ging schnell vorüber und wir blieben im Boot zurück, bis über die Knie im Wasser stehend.

»Ausschöpfen!«, brüllte Job und ließ dem Wort die Tat folgen. Ich aber konnte seinem Beispiel nicht sogleich folgen. In diesem Augenblick nämlich fiel ein letzter Strahl des soeben hinter den Wolken verschwindenden Mondes auf das Gesicht des von mir ergriffenen Körpers: Es war Leo, mein Leo! Die Welle hatte ihn dem Wellengrab entrissen; doch ob er tot war oder noch lebte, das hätte ich nicht sagen können.

»Ausschöpfen! Sonst kentern wir!«, brüllte Job noch immer.

Endlich ergriff ich eine der unter den Sitzen angebrachten Schöpfbüchsen und arbeitete mit Job und Muhamed zugleich wie toll drauf los. Obgleich wir uns kaum auf den Füßen halten konnten und durch den stechenden Sprühregen geblendet wurden, schöpften wir mit der Kraft der Verzweiflung und – Gott sei Dank – nach einigen Minuten, die mich wie eine Ewigkeit düngten, begann das Boot sich zu heben. Zum Glück kam auch keine neue Sturzsee mehr, und nach weiteren fünf Minuten hatten wir wieder einigermaßen klar Boot geschafft.

Plötzlich aber wurde das Tosen des Orkans von einem noch viel lauteren, tieferen Brüllen übertönt. Großer Gott, das musste die Brandung sein!

In diesem Augenblick kam wieder der Mond hervor, jetzt aber hinter der Bö – und richtig – einige hundert Meter vor uns erblickten wir zwei lange Streifen weißen Schaums, durch eine kurze Strecke gähnenden Dunkels getrennt.

Je näher wir der Brandung kamen, desto deutlicher erklang ihr unheimliches Rollen. Und dann war sie vor uns, kochend in schäumendem schneeweißem Gischt, ein wahrer Höllenrachen.

»Ans Steuer, Muhamed! Wir müssen durch!«, schrie ich auf Arabisch, indem ich einen Bootsriemen ergriff und Job zuwinkte, das Gleiche zu tun. Muhamed kletterte nach hinten und ergriff das Steuer, und Job, der öfter auf seinem Heimatflüsschen geübt hatte, brachte unbeholfen seine Riemen ins Wasser. Jetzt wies der scharfe Bug genau auf die Schaummassen, denen wir mit Schnellzuggeschwindigkeit entgegeneilten. An der Stelle gerade vor uns schien diese erste Brandung etwas schmaler zu sein als rechts und links davon; das musste also eine tiefere Stelle sein. Auf diese Stelle zeigend wandte ich mich zu Muhamed und rief: »Jetzt los, Muhamed! Los! Es geht um unser Leben!«

Im Steuern suchte der Araber seinen Meister, und die Schrecken dieser Küste waren ihm auch nicht unbekannt. Das Steuer fest umklammernd und sich schwer nach vorne beugend, starrte er so in den grausigen Gischt, dass ihm die Augen fast aus den Höhlen traten, und arbeitete mit solcher Kraft, dass wir wirklich eine kleine Schwenkung machten. Sie genügte aber noch nicht, und erst schnelles Rückwärtsrudern brachte uns im allerletzten Augenblick in die gewünschte Richtung.

Jetzt waren wir mitten im Hexenkessel, und es kamen Minuten atemberaubender Aufregung, die jeder Beschreibung spotteten, auf uns zu. Einmal wurde das Boot rundherum geschleudert, aber ein glücklicher Zufall, vielleicht auch Muhameds geschicktes Steuern, brachte uns wieder in den richtigen Kurs. Und dann kam eine neue Sturzwelle, ein wahres Ungetüm; aber auch hier kamen wir lebend hindurch – mehr hindurch als darüber hinweg – und schossen dann unter Muhameds Freudengeheul in das weniger tosende Wasser zwischen den beiden Brandungen.

Das Boot aber war bereits wieder halb voll Wasser, und

höchstens tausend Meter weit raste schon die zweite Brandung! Sogleich ging es wieder ans Ausschöpfen. Der Sturm hatte zum Glück nachgelassen, und im hellen Mondschein erblickten wir ein weit in die See hinausragendes Vorgebirge, das seine unterseeische Fortsetzung offenbar in der zweiten, seinen Fuß umspülenden Brandung hatte. Das Ende dieses Vorgebirges war eine ein bis zwei Kilometer entfernte, nicht deutlich erkennbare Felsenkuppe.

Als das Boot wieder leidlich klar war, schlug Leo zu meiner unermesslichen Freude die Augen auf und murmelte, noch tief vom Schlaf umfangen, es sei Zeit, sich zum Kirchgang fertig zu machen. Dann aber schlief er auf mein Zureden hin sofort wieder ein, ohne von unserer Schreckenslage etwas bemerkt zu haben.

Wir näherten uns der zweiten Brandung. Der Sturm hatte sich gelegt, wir wurden nur noch von der Strömung getrieben, die jetzt allein die treibende Kraft war. Eine Minute darauf schossen wir unter Muhameds Allahgeheul, Jobs Flüchen und einem Stoßgebet meinerseits in den neuen Hexenkessel hinein. Das schreckliche Schauspiel von vorhin wiederholte sich, doch diesmal etwas gemildert, und unsere luftdichten Abteilungen und Muhameds Geschick im Steuern retteten uns abermals das Leben, so dass wir nach einigen Minuten auch diese Gefahr überstanden hatten.

Völlig erschöpft wurden wir mit großer Schnelligkeit um das erwähnte Vorgebirge herumgetrieben, auf die Leeseite seiner äußersten Spitze zu. Dann aber ließ die Schnelligkeit nach, wir kamen immer langsamer vorwärts und gelangten schließlich in ein fast stehendes Gewässer. Der Wind hatte völlig abgeflaut, das Gewölk am Himmel hinter uns war wie weggefegt. Der durch die Bö hervorgerufene schwere Seegang brach sich am Vorgebirge, und die Flut, die uns vorher so schnell stromauf getrieben hatte – wir waren jetzt in einer Flussmündung –, strömte inzwischen, bevor sie ganz aufhörte, nur noch langsam dahin. Bei der nun ruhigen Fahrt gelang es uns noch vor Untergang des Mondes, das Boot wieder klarzumachen und einigermaßen Ordnung zu schaffen.

Leo schlief noch immer, und trotz seiner ganz durchnässten Kleider ließen wir ihn, da bei der warmen Nachtluft kein Schaden zu befürchten war, ruhig weiterschlafen. Der Wind sank immer tiefer. Hurtig trieben wir, Job am Bug, Muhamed hinten am Steuer, ich selbst neben Leo in der Mitte sitzend, auf dem sanft auf und nieder wogenden Gewässer dahin und hatten alle Muße, der glücklich überstandenen Gefahren zu gedenken.

Immer tiefer sank der Mond, um schließlich ganz zu verschwinden. Am Himmel krochen lange Schatten herauf, und bald lugten nur die Sterne noch durch den Schleier hindurch. Allmählich aber, als die ersten Strahlen der Morgendämmerung erschienen, verblasste auch das Heer der Sterne, und nun streuten die Boten Auroras, von Osten nach Westen ziehend, von Meer zu Meer, von Gipfel zu Gipfel, ihr Licht mit immer volleren Händen aus.

Klar und herrlich hervorflutend, schossen die Strahlen über Meer und Küste, dann über die Sümpfe und die noch hinter ihnen schimmernden Berge dahin; hinweg über die, die schon in Frieden schliefen, und die, die noch in Sorgen wachten; hinweg über Gerechte und Ungerechte, über Lebende und Tote.

Welch erhabenes Bild, und doch ein Bild, das Gedanken tiefer Wehmut in mir weckte. Aufgang und Untergang der Sonne – Symbole von Freude und Leid, von Werden und Vergehen. Nie habe ich das so klar und bewusst empfunden wie an diesem Morgen, dem ersten an der Küste des geheimnisvollen Erdteils. Die Sonne dort, die heute für uns ihre Bahn begann, war gestern für unsere achtzehn Gefährten zur Küste gegangen, zur Küste für die Ewigkeit. Opfer des alles verschlingenden Meeres trieben diese jetzt dahin zwischen Klippen und Tang – aus Fleisch und Bein gebildetes Strandgut.

Wir vier allein hatten überlebt. Doch sicher; einstmals würde ein anderer Morgen kommen, und dann würden wir es sein, die zu den Toten zählten, und andere würden unserer mit Wehmut gedenken.

5 Der Negerkopf

Endlich stieg die Königin Sonne selbst empor und überflutete den Erdball mit Wärme und Licht. Während ich still im Boot saß, trat plötzlich die Felskuppe am Ende des Vorgebirges zwischen mich und die Sonne, und da sah ich die nun hell umsäumten Umrisse des Felsblocks – um sogleich wie elektrisiert emporzufahren; die Spitze der Kuppe war ein riesiger Negerkopf, auf dessen Gesicht ein teuflisches Grinsen zu liegen schien.

Ein Zweifel war ausgeschlossen. Klar hoben sich die wulstigen Lippen, die dicken Backen und die platte Nase vom glühenden Hintergrund ab; nicht minder deutlich war auch die Schädelumrundung zu sehen, und wie, um diese Ähnlichkeit noch zu erhöhen, stand auf der Schädeldecke ein dichtes Unkraut- oder Flechtengestrüpp, das jetzt im Sonnenglanz dem Haarwulst eines riesigen Negers glich.

Fürwahr, ein seltsames Bild. Nach allem, was uns nachher noch zu sehen und zu erleben bestimmt war, sehe ich heute in diesem Kopf nicht mehr eine Laune der Natur, sondern ein gigantisches Denkmal, das einstmals, wie die Sphinx Ägyptens, von einem längst vergessenen Volk aus einer sich bietenden Felskuppe geschaffen wurde. War es als Schreckmittel gedacht, wenn Feinde von der See her kamen? Da der Fels schwer zugänglich war und wir reichlich Dringenderes zu tun hatten, habe ich darüber leider nichts ermitteln können – auch später nicht. Wie auch immer; der Fels stand da und starrte mit gleichem Grinsen unentwegt auf das Meer herab. Dort stand er schon vor mehr als zweitausend Jahren, als die Prinzessin aus Ägypten ihn erblickte, und dort würde er wohl auch dann noch stehen, wenn wiederum zweitausend Jahre verflossen waren.

»Na, Job, was sagst du dazu?«, fragte ich unseren braven Diener, der auf dem Bootsrand saß und sich sonnte, und dabei trübselig vor sich hinstarrte.

Aufblickend sah auch er zu dem Fels.

»Herr, du meine Güte! Der leibhaftige Teufel!«

Unwillkürlich lachte ich hell auf, so dass Leo erwachte.

»Nanu, was ist denn mit mir los?«, rief er sogleich. »Ich bin ja ganz erstarrt! Und wo ist die Dau? Reicht mir doch mal die Kognakflasche her!«

»Danke deinem Schöpfer, dass du nicht noch starrer bist, mein Junge! Die Dau ist gesunken und alle Mann mit ihr, bloß wir vier nicht. Und dich hat nur ein Wunder gerettet.« Während Job in den Verschlägen nach dem Kognak suchte, erzählte ich Leo von unseren nächtlichen Gefahren. »Herr des Himmels!«, rief er staunend, »und gerade wir sind die Auserwählten?«

Dann kam Job mit der Flasche, und in freudiger Dankbarkeit taten wir alle einen tiefen Zug.

»Sieh da«, sagte Leo plötzlich, »da ist ja der Fels, von dem die Scherbe spricht! Na, dann ist auch alles andere wahr!«

»Wieso denn? Dass ein Negerkopf hier existiert, wussten wir doch, weil dein Vater ihn gesehen hat. Der Kopf aber, von dem die Scherbe spricht, braucht dies deshalb noch lange nicht zu sein. Und wenn er es wäre, würde das auch noch nichts weiter beweisen.«

Leo lächelte überlegen. »Du bist ein ungläubiger Thomas, Onkelchen. Na, wollen wir abwarten.«

»Natürlich! Merkst du aber vielleicht, dass wir jetzt über eine Sandbank in einen Fluss treiben? Nimm den Riemen, Job, wir wollen hineinrudern und zu landen versuchen.«

Trotz der Nebelschwaden auf beiden Ufern ließ sich doch schon soviel erkennen, dass die Mündung nicht sehr breit sein konnte. Wie in den meisten Flussmündungen Ostafrikas lag auch in dieser eine ausgedehnte Sandbank, die bei Ebbe oder Landwind selbst für Schiffe mit niedrigem Tiefgang unpassierbar sein musste. Für uns aber bot sich jetzt kein großes Hindernis, so dass wir fast mühelos in einer guten Viertelstunde darüber hinweg waren und dann von einem ziemlich kräftigen Wind stromauf getrieben wurden. Als die bald heißer brennende Sonne die Nebel verscheucht hatte, schätzten wir die Breite der Mündung auf siebenhundert Meter. Außerdem sahen wir, dass beide Ufer stark versumpft waren und von mächtigen, träge auf dem Schlamm liegenden Krokodilen wimmelten. Einen Kilometer stromauf jedoch schien ein Streifen festen Landes zu liegen, den wir daher zum Ziel nahmen und in einer Viertelstunde auch erreichten. Dort banden wir das Boot an eine Magnolie mit breiten, glänzenden Blättern, deren rötliche Blüten über dem Wasser hingen. Dann stiegen wir an Land, zogen unsere Kleider aus, breiteten diese, sowie den ganzen Inhalt des Bootes in der Sonne zum Trocknen aus und unterzogen uns einer gründlichen Reinigung. Schließlich bereiteten wir uns im Schatten einiger Bäume ein köstliches Mahl und langten tüchtig zu. Zu knausern brauchten wir ja noch nicht, die größte Bresche aber schlugen wir in die aus London stammenden Büchsenvorräte eines delikaten Zungenragouts. Und groß war dabei unsere Freude, dass wir noch rechtzeitig den glücklichen Einfall gehabt hatten, die Sachen ins Boot zu schaffen. Nach Beendigung dieses famosen Frühstücks zogen wir unsere inzwischen getrockneten Kleider wieder an und fühlten uns wie neugeboren.

Nun hielten wir Umschau.

Der etwa fünfhundert Meter lange und zweihundert Meter breite Streifen Landes, auf dem wir uns befanden, war auf der einen Seite von dem Flusse, auf den drei anderen von einem nach allen Richtungen hin unabsehbaren Sumpfgebiet umschlossen. Da er mehrere Meter über dem Wasserspiegel des Flusses lag, drängte sich unwillkürlich der Gedanke auf, er sei von Menschenhand geschaffen worden.

»Dies ist einst eine Schiffsanlegestelle gewesen«, sagte Leo, und zwar mit einer Bestimmtheit, als ob jeder Zweifel ausgeschlossen wäre.

»Ach wo«, antwortete ich, »wer würde so dumm sein, in diesen grässlichen Sümpfen eine Anlegestelle zu bauen, und noch dazu in einem Lande, das höchstens von Wilden bewohnt ist.«

»Na, vielleicht sind es nicht immer Sümpfe gewesen, und vielleicht sind die Bewohner auch nicht immer Wilde gewesen.«

Indem er dabei am Flussufer, wo wir gerade standen, hinabblickte, wies er plötzlich auf eine schräg zum Wasser abfallende Stelle, wo durch eine vom Orkan der letzten Nacht entwurzelte Magnolie ein großes Stück der Erdmasse herausgerissen war. »Sieh mal, ist das da nicht Mauerwerk? Wenn das kein Mauerwerk ist, so sieht es ihm doch verteufelt ähnlich.«

»Ach wo«, sagte ich wieder, kletterte aber trotzdem sogleich mit ihm zu der Stelle hinunter.

»Na, Onkelchen, was sagst du nun?«, fragte Leo, als wir zwischen der Wurzel und dem Ufer standen.

Ich sagte nichts, sondern pfiff nur leise durch die Zähne; durch die so herausgerissene Erde war nämlich ein Stückchen der deutlich erkennbaren Vorderseite eines Gemäuers aus Steinblöcken bloßgelegt worden. Diese Blöcke waren durch braunen Zement verbunden, und der Zement war so verhärtet, dass ich ihn selbst mit der Feile meines Jagdmessers nicht einzuritzen vermochte.

Doch es kam noch besser. Durch die hier und da anhaltende Erdmasse ragte am Grunde des bloßgelegten Mauerwerks ein Etwas hervor, das meine Aufmerksamkeit auf sich zog, und als ich die lose Erde ringsherum wegkratzte, kam ein großer dicker Steinring zum Vorschein. Das war denn doch sehr merkwürdig und gab mir zu denken.

»Sieht das nicht wie ein Bollwerk aus, wo einst ansehnliche Schiffe vertäut worden sind?«, fragte Leo mit vergnügtem Schmunzeln.

Diesmal blieb mir mein »Ach wo!« in der Kehle stecken; denn der Ring sprach Bände. Ja, kein Zweifel, hier waren einst ansehnliche Schiffe vertäut worden, dieses Gemäuer war der Rest eines massiven Bollwerks, und die dazugehörige Stadt lag wahrscheinlich unter den Sümpfen begraben.

»Nun sieht es wohl doch so aus, als ob an der Geschichte etwas Wahres wäre?«, triumphierte Leo.

»In einem Land wie Afrika«, erwiderte ich ausweichend, »gibt es mancherlei Überreste von längst vergessenen Kulturen. Die uralte Kultur Ägyptens zum Beispiel hat sicher allerhand Abzweigungen und Ausläufer gehabt. Dann waren da die Babylonier, die Phönizier, die Perser und viele andere mehr oder minder kultivierte Völker, ganz zu schweigen von den Juden, die es verstanden haben, sich mit der Zeit aller

Welt unentbehrlich zu machen. Die mögen hierherum Kolonien oder Handelsstationen gehabt haben. Denk auch mal an die versunkenen persischen Städte bei Kilwa, die uns der Konsul neulich gezeigt hat.[7]«

»Ganz recht«, sagte Leo, »aber vorhin klang deine Rede anders.«

»Na ja, gut; aber vor allen Dingen, was machen wir nun?«, fragte ich.

Da Leo schwieg, schritten wir zum Rande des Sumpfes hinüber und hielten auch dort Umschau. Das Sumpfgebiet schien unbegrenzt zu sein, und aus einzelnen Verstecken flogen ganze Schwärme von allerhand Wasservögeln auf, die zuweilen fast den Himmel verdunkelten. Bei der immer größer werdenden Hitze stiegen ekelhafte Dunstwolken empor, die uns mit Schrecken erfüllten.

»Mir ist zweierlei klar«, sagte ich. »Den Sumpf hier können wir nicht überschreiten, und bleiben wir hier, gehen wir am Fieber zugrunde.«

»Ja, das ist klar«, meinte Job mit lakonischer Kürze.

»Schön, wir haben also nur zwei Möglichkeiten: Entweder machen wir jetzt kehrt und suchen, einen Hafen anzulaufen, oder wir fahren auf gut Glück weiter stromaufwärts.«

Job verdrehte stöhnend die Augen im Kopf und Muhamed murmelte ein klägliches »Allah!«. Ich selbst aber bemerkte in aller Seelenruhe, dass es in unserer Lage ganz gleichgültig sei, welchen Weg wir nähmen. Im Geheimen jedoch brannte

---

[7] Bei Kilwa, an der Küste Ostafrikas, hundert Meilen südlich von Sansibar, sieht man ein vor kurzem von den Wogen freigelegtes gewaltiges Felsenriff. Auf der Höhe dieses Riffes befinden sich persische Gräber, deren noch lesbare Daten ein Alter von siebenhundert Jahren und mehr bekunden. Unterhalb dieser Gräber liegt ein großes Trümmerfeld, das einst eine Stadt gewesen ist. Weiter unterhalb liegt ein zweites Trümmerfeld, das sicher eine noch ältere Stadt war, und ganz unten gibt es ein drittes Trümmerfeld, das eine Stadt von ganz unsagbarem Alter gewesen sein muss. Noch unterhalb dieser untersten Stadt hat man glasierte Urnen gefunden, wie sie noch heutzutage zuweilen bei den Eingeborenen jener Küstengegend angetroffen werden. Haggard.

ich jetzt schon ebenso sehr auf die Fortsetzung unserer Fahrt wie Leo. Der Negerkopf und das Bollwerk hatten es mir angetan. Ich war so neugierig geworden, dass ich vor keiner Gefahr mehr zurückgeschreckt wäre.

So brachten wir denn alles wieder ins Boot und holten unsere Flinten hervor. Da zum Glück Seewind war, richteten wir den Mast auf und hissten das Segel. Später übrigens beobachteten wir, dass morgens regelmäßig Seewind herrschte, abends aber Landwind aufkam.

Unter Benutzung des günstigen Seewinds segelten wir einige Stunden lang in guter Laune stromauf. Einmal stießen wir auf eine Herde Flusspferde, die uns, hoch aufgerichtet, aus geringer Entfernung so grässlich anschnaubten, dass uns angst und bange wurde. Dies waren nämlich die ersten Flusspferde, die wir zu Gesicht bekamen, und wahrscheinlich waren wir die ersten Weißen, die sie erblickten. Leo wollte schlafen, aber aus Furcht vor den etwaigen Folgen riet ich ihm davon ab. Auf dem Uferschlamm sonnten sich Hunderte von Krokodilen, und Tausende und Abertausende von Wasservögeln bedeckten den Himmel. Einige dieser Vögel erlegten wir, darunter auch ein Exemplar einer uns unbekannten Gänseart, die an den Flügeln scharfe krumme Sporen und zwischen den Augen ein zwei Zentimeter langes Horn hatte. Job gab ihr den Namen Einhorn-Gans.

In der Mittagshitze wurde der aus den Sümpfen aufsteigende Gestank so grässlich, dass wir vorsichtshalber jeder eine tüchtige Dosis Chinin einnahmen. Da die Brise allmählich abflaute, und wir unser schweres Boot unmöglich gegen den Strom rudern konnten, waren wir froh, als wir gegen Mittag dicht am Ufer auf ein paar Weiden stießen, deren Zweige über dem Wasser hingen. Wir ruderten also in den Schatten, banden das Boot an einen der Stämme und streckten uns, nach frischer Luft schnappend, im Boote aus. Es war eine Qual, die bis gegen Sonnenuntergang anhielt. Da weiter stromauf eine breitere, lagunenartige und mit Schilf umsäumte Stromfläche lag, beschlossen wir, gegen Abend dorthin zu rudern und dann zu sehen, wie wir am besten die Nacht verbrächten.

Als wir aber gerade das Boot losbinden wollten, kam in etwa fünfzig Metern Entfernung ein großer rotbrauner Wasserbock mit einem weißen Querstreifen und vorwärts gekrümmten Hörnern an den Fluss zur Tränke, ohne uns trotz unserer Nähe zu wittern. Leo, der ihn zuerst gesehen hatte, war schon in Schießstellung gegangen. Da ich ihm den Schuss gönnte, reichte ich ihm seine Expressflinte und nahm gleichzeitig die meinige zur Hand.
»Los!«, flüsterte ich, »aber nicht gefehlt!«
»Fehlen? Na, da kennst du mich schlecht«, gab er ebenso leise und fast verächtlich zurück.
Er legte an. Der Bock, der inzwischen seinen Durst gestillt hatte, hob den Kopf und äugte über den Fluss. Auf einem offenbar viel begangenen Wildpfad gegen den Abendhimmel stehend, bot er ein bezauberndes Bild. Vor und hinter uns der unabsehbare, Gift atmende Sumpf, hier und da von schwarzen Wasserlachen unterbrochen, die die roten Strahlen der Sonne wie ein Spiegel zurückwarfen; zu den Seiten der träge strömende Fluss und aufwärts die Lagune, auf deren glitzernder Oberfläche die sanfte Brise mit dem Schilf und seinen Schatten spielte; im Westen der rote Feuerball, der soeben den dunstverschleierten Horizont berührte; über uns allerhand Züge von Kranichen und Gänsen, flimmernd und blitzend, bald wie schimmerndes Gold, bald wie düsteres Blut; und mitten in diesem großartigen afrikanischen Landschaftsgebilde drei hochmoderne Engländer und ein Araber auf einem schmucken englischen Fahrzeug.
Paff! Sah ich recht? Der Bock eilte in mächtigen Sprüngen dahin; Leo hatte gefehlt. Paff! Wieder gefehlt.
Nun galt es! Eilte der Bock auch wie ein Pfeil dahin, ich musste doch auch zum Schuss kommen. – Paff! Gott sei Dank! Der Schuss saß. Der Bock überstürzte sich. »Mir scheint, ich habe dich ausgestochen!«, entfuhr es mir.
»Verflucht!« Er knurrte ärgerlich, aber sogleich trat wider sein sonniges Lächeln hervor. »Verzeih mir, Onkelchen! Gratuliere. Das war ein Kapitalschuss. Und ich – bin ein alter Schlumpschütze!«
Wir liefen zu dem verendeten Bock; die Kugel hatte ihm

das Kreuz durchschlagen. In einer halben Stunde hatten wir ihn ausgeweidet und so viel vom besten Fleisch, wie wir irgend tragen konnten, ausgelöst. Als wir das Fleisch im Boot untergebracht hatten, war es gerade noch hell genug, um zur Lagune zu rudern, die, wie wir bald erkannten, durch eine beiderseitige Einbuchtung der Ufer gebildet wurde. In der Mitte, einige dreißig Meter vom Ufer entfernt, warfen wir Anker, an Land aber gingen wir nicht, da wir nicht wussten, ob wir eine trockene Lagerstätte finden würden, und außerdem auf dem Fluss mehr vor den Dünsten geschützt waren. Nun steckten wir eine Laterne an und bereiteten unser Abendessen, bei welchem besonders wieder das Zungenragout herhalten musste.

Dann legten wir uns schlafen, sollten aber bald feststellen, dass an Schlaf nicht zu denken war. Ob der Laternenschein sie anlockte oder die ungewohnte Europäer-Witterung, mag dahingestellt sein, jedenfalls fielen sofort Tausende und Abertausende der größten und blutdürstigsten Moskitos über uns her und stachen und summten, dass wir uns nicht zu lassen wussten. Auch Tabakrauch verscheuchte sie nicht; fast schien es, als feuere er sie nur zu umso emsigerer Tätigkeit an. Schließlich, als immer neue Kolonnen anrückten, wickelten wir uns in unsere Wolldecken und nahmen so ein unfreiwilliges Dampfbad, während des Kratzens und Schimpfens kein Ende war. Und als wir noch so saßen und schwitzten und kratzten und schimpften, erdröhnte plötzlich wie Donnerrollen das tiefe Gebrüll eines Löwen und gleich darauf ein zweites Donnerrollen; die beiden gewaltigen Katzen schlichen offenbar durch das nahe Uferschilf.

Sogleich fuhr Leos Kopf aus der Decke hervor: »Ein Glück, dass wir jetzt nicht an Land sind! – Au, da hat mich so ein Biest in die Nase gestochen!« Und schon war sein Kopf wieder verschwunden.

Bald darauf ging der Mond auf, und trotz des unheimlichen Löwengebrülls in allen Tonarten wiegten wir uns in Sicherheit und schlummerten allmählich ein.

Plötzlich – wahrscheinlich von einem der Quälgeister

durch die Decke hindurch gestochen – erwachte ich. Den Kopf ein wenig hinaus steckend hörte ich gerade Jobs Flüstern: »Ach Gott, ach Gott, sehen Sie bloß!«

Im Mondschein gewahrte ich auf dem Wasser zwei immer größer werdende konzentrische Kreise und in den Mittelpunkten zwei dunkle auf uns zustrebende Körper. »Was ist los, Job?«

»Die Löwen sind es, die wollen uns fressen.«

Und richtig, mit wildem Augengefunkel kamen sie auf uns zu geschwommen. Kein Zweifel, durch den Geruch des frischen Fleisches im Boot, vielleicht auch durch unsere eigene Witterung angelockt, hatten die Bestien die edle Absicht, unsere schwimmende Festung im Sturm zu nehmen.

Nun stand auch Leo auf und nahm seine Büchse zur Hand; ich riet ihm jedoch zu warten, bis die Bestien näher seien, und stand gleichfalls schussbereit da. Plötzlich kam das vorderste Tier, die Löwin, auf einer kaum fünf Meter entfernten, etwa einen halben Meter unter dem Wasserspiegel befindlichen Sandbank an. Hier schüttelte sich die Königin der Wüste und stieß ein durchdringendes Gebrüll aus. Diesen Augenblick benutzte Leo, ihr eine Kugel in den Rachen zu jagen; das Geschoss kam hinten zum Halse wieder heraus. Die Bestie sank auf den Grund der Sandbank nieder, so dass Wasser fast bis zu uns herüberspritzte.

Dann kam auch das hinter ihr schwimmende Männchen bei der Sandbank an. Als es aber seine Vorderpranken auf diese setzte, geschah plötzlich etwas Seltsames. Im Wasser entstand eine ungestüme Bewegung, wie wenn ein Hecht im Teich einen Karpfen erschnappt, doch tausendmal heftiger, und zugleich stieß der Löwe ein markerschütterndes Gebrüll aus. Dann aber sprang er auf die Sandbank hinauf, etwas Schwarzes nach sich schleifend. »Allah!«, schrie Muhamed auf, »ein Krokodil hat ihn am Bein gepackt!«

Er hatte Recht. Deutlich sahen wir den langen Leib des Reptils und seinen mächtigen Rachen mit den blinkenden Zahnreihen. Nun war es uns beschieden, Zeugen eines ganz außergewöhnlichen Schauspiels zu sein.

Schon während der Löwe auf die Sandbank hinauf

sprang, hatte das Krokodil ihm einen seiner Hinterfüße zermalmt. Unter heftigem Gebrüll drehte er sich um, packte mit wildem Knurren den Kopf des Gegners und schlug ihm ein Auge aus. Sogleich ließ das Krokodil das Bein fahren, drehte sich herum und legte sich auf die Seite, was der Löwe seinerseits benutzte, um es an der Kehle zu packen. Dann wälzten sich die Bestien auf der Sandbank, furchtbar miteinander ringend, zu wirrem Knäuel gebannt, so dass es unmöglich war, ihren einzelnen Bewegungen noch weiter zu folgen. Als wir nachher wieder deutlicher sehen konnten, hatte sich das Blatt gewendet: Der Schädel der Krokodils war zwar fast nur noch eine formlose Masse, trotzdem aber hatte es den Löwen gepackt und presste ihm unter heftigem Schütteln die Weichen zusammen. Der so gemarterte Löwe brüllte in Todesqual, biss rasend um sich und schlug mit seinen Vorderpranken immer wieder auf den Schädel des Feindes ein. Dann aber stemmte er seine Hintertatzen in den Hals des Gegners und zerfetzte ihn mit einer Leichtigkeit, wie unsereiner einen alten Handschuh. Plötzlich kam das Ende. Der Löwe ließ seinen Kopf auf den Rücken des Krokodils fallen und verendete mit grässlichem Stöhnen. Das Krokodil stand noch ein Weilchen regungslos da und ließ selbst jetzt den Körper des Gegners nicht aus den Kiefern. Dann aber wälzte es sich auf die Seite, um gleichfalls zu verenden. Am nächsten Morgen sahen wir, dass der Körper des Löwen fast in zwei Hälften gebissen war.

Nach diesem schaurigen Ringen verbrachten wir den Rest der Nacht unter Muhameds wachsamer Obhut in leidlicher Ruhe, – soweit die Moskitos nichts dagegen hatten.

6 Ein Brauch der ersten Christenheit

Beim ersten Morgengrauen standen wir auf, reinigten uns und begannen, zum Aufbruch zu rüsten. Als wir einander ansahen, mussten wir lachen. Dank dem Eifer der Moskitos sah Jobs Vollmondgesicht fast doppelt so wohlgenährt aus wie zuvor; und mit Leo war es nicht viel anders. Von uns

Dreien war ich dank meiner »Dickfelligkeit« und meiner Urwaldanlagen im Gesicht noch am besten weggekommen, während Leo und Job, die sich regelmäßig rasierten, unseren geflügelten Feinden ein ganz anderes Tätigkeitsfeld hatten bieten können. Und Muhamed gar war ganz verschont geblieben, so dass wir ihn nachher noch oft um seinen köstlichen Duft des wahren Gläubigen beneideten.

Nachdem wir uns die drei Bestien, deren Felle wir leider zurücklassen mussten, noch von Nahem angesehen hatten, verließen wir die Lagune und segelten weiter. Eine frische Seebrise zerteilte die Sumpfnebel und trieb sie in großen Ballen vor sich her. Gegen Mittag, als der Wind abflaute, entdeckten wir zum Glück wieder ein Fleckchen trockenen Landes, machten dort ein Feuer an und brieten uns ein Stück des erlegten Wasserbocks sowie zwei wilde Enten. Besonders appetitlich ging es dabei freilich nicht zu, aber mit den Resultaten unserer Kochkunst konnten wir zufrieden sein. Aus dem Rest des Bockfleisches stellten wir nach der Art der Buren Biltong her, indem wir es in Streifen schnitten und in die Sonne hängten.

Auf diesem trockenen Fleckchen Landes brachten wir auch die Nacht zu, natürlich wieder im Kampf mit den Moskitos, sonst aber ungestört. Ähnlich verliefen auch die folgenden Tage. Wir erlegten noch einen ungehörnten Bock und fanden unter anderem viele Arten blühender Wasserlilien, deren schöne, meist blaue Blüten aber von einer grünköpfigen Wasserraupe arg zerfressen waren.

Am fünften Tag, als wir nach unserer Schätzung etwa achtundzwanzig Meilen landeinwärts vorgedrungen waren, sollten wir das erste bedeutsame Erlebnis haben. Nachdem wir noch, da der Wind schon gegen elf Uhr nachließ, ein Weilchen gerudert waren, hielten wir gerade an einer Stelle, wo in unseren Fluss ein anderer mündete, der uns sofort durch seine gleichmäßige, etwa fünfzehn Meter betragende Breite auffiel. Nach einer kurzen Rast unter einer Baumgruppe am Rande des Wassers gingen wir an dem leidlich trockenen Ufer unseres Flusses weiter, um uns zu orientieren und vielleicht ein paar Wasservögel zu erlegen, sollten aber bald zu der Erkenntnis kommen, dass an ein Weiterfahren auf diesem Fluss nicht zu denken war. Einige hundert Meter weiter begann nämlich eine ganze Reihe völlig verschlammter Untiefen und Sandbänke, die kaum zehn Zentimeter unter dem Wasserspiegel lagen. Wir waren also gleichsam in eine Sackgasse des Flusses geraten. Sogleich machten wir kehrt und gingen am Ufer des anderen Flusses entlang, mussten aber bald aus verschiedenen Anzeichen den Schluss ziehen, dass dies kein Fluss, sondern vielmehr ein alter Kanal war. Er mochte früher demselben Zweck gedient haben, wie jetzt der Kanal nördlich von Mombasa, der den Tana mit dem Ozy verbindet und den auf dem Tana herabkommenden Schiffen ermöglicht, unter Vermeidung der die Tanamündung versperrenden großen Sandbank an die See zu gelangen. Der vor uns liegende Kanal war offenbar schon in grauer Vorzeit angelegt worden, und die aus fest gefügtem Lehm errichteten Ufer hatten sicher einst als Treidelpfad gedient. An einigen Stellen waren sie zwar schon ausgehöhlt oder eingestürzt, sonst aber standen sie noch genau im gleichen Abstand voneinander; auch die Wassertiefe schien noch überall die gleiche zu sein. Bei der schwachen Strömung hatte sich die Oberfläche des Wassers dicht mit schwimmenden Pflanzen bedeckt, doch hatten sich Wasservögel, Leguane und anderes Getier durch tägliches Hindurchschwimmen schmale Bahnen klaren Wassers offen gehalten. Da wir auf dem Fluss nicht weiter kamen, mussten wir, wenn wir nicht an die See zurückkehren wollten, unser Heil schon auf dem Kanal versuchen.

Alle stimmten meinem Vorschlag zu, jeder auf seine Art: Leo, als hätte ich einen prächtigen Witz gemacht; Job in pflichtschuldigem Gehorsam; Muhamed, indem er den Propheten anrief und alle Gläubigen verfluchte, die solche blödsinnigen Reisen machten.

Gegen Abend brachen wir wieder auf. Da uns aber diesmal der Wind im Stich ließ, mussten wir zu den Riemen greifen. Anfangs ging es, wenn auch beschwerlich, so doch immerhin langsam vorwärts; dann aber wurde das Unkraut so dicht, dass wir das Rudern aufgeben und uns zum Trecken bequemen mussten. Stundenlang quälten wir drei, Job, Muhamed und ich, uns ab, während Leo im Bug des Bootes sitzend mit Muhameds krummem Messer das Unkraut am Vordersteven zur Seite stieß. Bei Anbruch der Dunkelheit rasteten wir ein paar Stunden und ließen uns von den Moskitos bearbeiten, um Mitternacht aber benutzten wir die Kühle zur Fortsetzung unserer mühseligen Fahrt. Beim Morgengrauen machten wir einige Stunden Halt und quälten uns dann wieder ab, bis uns am Vormittag ein Gewitter mit furchtbarem Wolkenbruch überfiel und uns im wahrsten Sinne des Wortes sechs Stunden lang unter Wasser setzte.

Die nächsten vier Tage waren eine endlose Kette von Schinderei, Hitze und Moskitoplage und wohl die grässlichsten Tage meines ganzen Lebens. Fort und fort durchzogen wir ein schier endloses Sumpfgebiet, und dass wir nicht dem Fieber erlagen, verdankten wir sicher nicht nur dem regelmäßig eingenommenen Chinin und allerhand Abführmitteln, sondern vielleicht auch der ununterbrochen schweren Arbeit. Am dritten Tag dieser Kanalfahrt sichteten wir eine durch die Sumpfnebel in matten Umrissen aufsteigende runde Bergkuppe, die uns am nächsten Tag nur noch fünf bis sechs Meilen entfernt zu sein schien. Am Abend dieses vierten Tages waren wir aber so ermattet und hatten so viele Schwielen und Blasen an den Händen, dass wir das Boot kaum noch einen Schritt vorwärts zu ziehen imstande waren. Am liebsten hätten wir uns hingelegt und in Ruhe unser Ende abgewartet.

Mich lang ins Boot werfend, verfluchte ich mich selbst, dass ich so verrückt gewesen war, mich zu einer solchen wahnsinnigen Fahrt verleiten zu lassen. Dieses grässliche Land musste uns ja den Tod bringen. Allmählich in Schlummer sinkend, malte ich mir schon aus, wie wir in einigen Monaten aussehen würden. Schon sah ich, wie unser Boot mit klaffenden Fugen und halb voll stinkigen Wassers hier im Schlamm verkam, und wie der die Nebelschwaden vor sich her treibende Wind das eklige Wasser im Boot über unseren modernden Gebeinen hin und her wälzte. Das also sollte unser Ende sein! Dann träumte mir, dass unsere im

Wasser schwimmenden Gerippe klappernd aneinander stießen; mein und Muhameds Schädel rollten aufeinander zu, und letzterer richtete sich auf dem Rückgrat empor, stierte mich aus leeren Augenhöhlen an und verfluchte mich mit grinsenden Kinnladen, weil ich Hund von einem Christen die letzte Ruhe eines wahren Gläubigen gestört hatte.

Schaudernd erwachte ich und riss die Augen auf, um sogleich von einem neuen Schauder gepackt zu werden – diesmal aber war es Wirklichkeit: Zwei große Augen starrten funkelnd durch das neblige Dunkel auf mich herab!

Mühsam richtete ich mich empor, und schrie dann vor Entsetzen laut auf, so dass auch die anderen in die Höhe fuhren. Sogleich aber senkte sich ein langer Speer auf mich herab und dahinter sah ich andere Speere glänzen.

»Wer seid ihr? Sprich oder – – !«, sagte eine Stimme auf Arabisch oder vielmehr mit starkem arabischen Einschlag, und der Speer wurde mir gegen die Brust gedrückt, so dass es mir kalt über den Rücken lief.

»Reisende – – durch bloßen Zufall hierher gekommen«, brachte ich endlich auf Arabisch hervor.

Der Mann mit dem Speer drehte sich um und rief einer großen Gestalt im Hintergrund zu: »Vater, töten?«

»Welche Farbe?«, klang es mit tiefer Stimme zurück.

»Weiß.«

»Nicht töten! Vor vier Sonnen hat die Herrin gesagt: ›Weiße kommen! Tötet nicht!‹ Wir nehmen sie mit! Schafft sie an Land – und auch alles, was sie da bei sich haben!«

Sofort zerrte mich der Mensch aus dem Boot heraus, und dabei sah ich, wie meinen Gefährten von anderen Männern der gleiche Liebesdienst erwiesen wurde.

Am Ufer standen etwa fünfzig Männer, und soweit ich bei der Dämmerung erkennen konnte, waren sie groß und stark und von ziemlich heller Hautfarbe; nur mit einem Lendengürtel aus Leopardenfell bekleidet, hielten sie lange Speere in den Händen.

Gleich darauf schleppte man auch Leo und Job herbei.

»Was zum Kuckuck ist denn hier los?«, rief Leo, der sich noch die Augen rieb.

»Ach, du meine Güte! Nun sitzen wir erst richtig im Wurstkessel!«, jammerte Job.

Im gleichen Augenblick taumelte Muhamed mit jämmerlichen Allah-Rufen mitten zwischen uns, von einer kaum erkennbaren Gestalt mit dem Speer vorwärts gestoßen.

»Vater, ein Schwarzer! Was wird mit dem?«
»Von Schwarzen hat sie nichts gesagt. Tötet ihn aber nicht! – Komm mal her, mein Sohn!« Der Mann trat heran, dann flüsterten sie, und jener kicherte so unheimlich, dass mich ein Grauen befiel.
»Alle an Land?«, fragte der ›Vater‹.
»Ja, Vater.«
»Holt ihre Sachen und – ihr wisst schon.«
Kaum war alles an Land, da kam ein Trupp von Männern angelaufen. Ja, sah ich recht? Sie trugen Sänften, vier kleine Sänften, für jeweils eine Person bestimmt. Je vier Mann trugen einen, je zwei liefen noch nebenher. Und kaum hatten sie Halt gemacht, so gab man uns ein Zeichen einzusteigen.

Leo, der unverbesserliche Optimist meinte nur: »Gott sei Dank, endlich Menschen, die uns weiterhelfen. Wir haben uns lange genug allein helfen müssen!«

Wohl oder übel gab ich Leo und Job einen Wink, und sie stiegen ein, worauf ich auch selbst in die für mich bestimmte Sänfte hineinkletterte.

Es saß sich gar nicht übel darin. Das Tuch, ein Bastgewebe, gab jeder Bewegung nach, und da es oben und unten an den Holzstangen befestigt war, konnte man sich getrost hinten anlehnen und es sich so ganz bequem machen.

Meine Träger setzten sich sogleich mit eintönigem Singsang in einen flotten Schaukeltrab. Jetzt ließ ich mir dieses neue Abenteuer durch den Kopf gehen und musste dabei auch an meine biederen Amtsgenossen in der Heimat denken. Wenn mich ein Wunder plötzlich mitten unter sie versetzt hätte und ich ihnen davon hätte erzählen können, was würden diese verknöcherten Leutchen bloß für Augen machen! ›Verknöchert‹ soll keine Herabsetzung sein; wenn man aber sein Leben lang immer an demselben Strang zieht, muss man ja schließlich verknöchern, selbst als hoch gelehrter Universitätsprofessor. Ich selbst war wohl auch nicht mehr weit davon entfernt gewesen. Nun war ich, Gott sei Dank, aus der Tretmühle heraus gekommen und hatte meinen Gesichtskreis ein gut Stück erweitert.

So sinnend lag ich todmüde, wie ich war, bald in Morpheus` Armen, und als ich wieder erwachte, stand die Sonne fast im Zenith. Unsere Träger trabten noch immer dahin und legten in jeder Stunde wohl eine Meile zurück. Ein Blick durch die dünnen Seitenvorhänge zeigte mir zu meiner Freude, dass wir aus dem Sumpfgebiet endlich heraus waren und jetzt über eine üppige Grasebene dahin zogen, in Richtung auf eine nicht mehr ferne Bergkuppe zu. Ob dies aber dieselbe war, die wir zuvor vom Kanal aus gesichtet hatten, habe ich nicht feststellen können.

Neugierig sah ich mir meine Träger an. Es waren lauter große und kräftige Gestalten von gelblicher Hautfarbe, und das Haar hing ihnen in dichten schwarzen Locken bis auf die Schulter herab. Im Übrigen hatten sie mit den Somalis Ähnlichkeit. Ihre Gesichter mit den scharf geschnittenen Zügen waren nicht gerade hässlich, einige hätte man sogar hübsch nennen können. Außer dem eintönigen Singsang kam aber fast kein Wort über ihre Lippen, und in ihren stets finsteren Mienen glaubte ich einen ausgeprägten Hang zur Grausamkeit lesen zu können, so dass ich mich nicht eines geheimen Grauens erwehren konnte und der weiteren Entwicklung mit stillem Bangen entgegensah.

Welcher Rasse mochten sie angehören? Ihre Sprache war zwar ein unreines Arabisch, – aber Araber? Nein, dazu war ihre Farbe zu gelblich, wenn auch einige ziemlich dunkelgelb waren.

Plötzlich tauchte neben mir eine andere Sänfte auf, deren Vorhänge zugezogen waren. Darin saß ein Greis in einem langen Gewand aus weißlichem Leinen. Er hatte einen großen schneeweißen Bart, und über seiner Habichtsnase blitzten ein Paar stahlharte Augen zu mir herüber; auf seinem Gesicht lag ein kluger, aber finsterer Ernst, den ich nicht recht zu beschreiben vermag. Ich dachte mir sofort, dass dieser Mann die große Gestalt, der ›Vater‹ sein müsse. »Bist du wach, Fremdling?«, fragte seine tiefe gedämpfte Stimme.

Da ich es für geraten hielt, uns diesen Methusalem des unheimlichen Volkes gewogen zu machen, erwiderte ich höflich: »Jawohl, mein Vater.«

Da strich er sich bedächtig und ein wenig lächelnd den langen Bart.

»Sehr wohl, mein fremder Sohn, wo auch eure Heimat sein mag, man kennt dort unsere Sprache und erzieht seine Söhne zur Höflichkeit. Aber, – was wollt ihr von uns? Was sucht ihr in einem Land, das seit unvordenklichen Zeiten kein Fremder betreten hat? Seid ihr des Lebens überdrüssig?«

»Wir suchen Neues, würdiger Vater«, erwiderte ich offen und frei, »wir sind des Alten müde und wollen fremde Länder kennen lernen. Wir sind ein tapferer Stamm, der auch den Tod nicht fürchtet, wenn es Neues zu erforschen gilt.«

»Hm, mag sein, mein Sohn. Man soll nicht voreilig widersprechen; ich würde sonst sagen, dass du die Unwahrheit sprichst. Aber vielleicht erfüllt die ›Herrin des Todes‹ eure Wünsche.«

»Die ›Herrin des Todes‹?«, fragte ich begierig; »wer ist das?«

Er schielte nach den Trägern und erwiderte mit einem nichts Gutes verkündenden Lächeln: »Du wirst es bald genug erfahren, wenn es ihr beliebt, sich euch im Fleische zu zeigen.«

»Im Fleische? Was will mein Vater damit sagen?«

Er aber lächelte wieder und schwieg.

»Wie heißt das Volk meines Vaters?«

»Amahagger[8].«

»Und wenn ein Sohn danach fragen darf, wie heißest du, mein Vater?«

»Ich? – Bilalli.«

»Wohin gehen wir jetzt?«

»Du wirst es sehen.«

---

[8] Volk der Felsen.

Auf einen Wink von ihm rannten seine Träger vor zu der Sänfte Jobs, der sein rechtes Bein an der Außenseite herunterhängen ließ. Aus Job aber konnte der Alte offenbar nicht viel herausbekommen, denn bald trabten seine Träger mit ihm weiter zur Sänfte Leos.

Da nichts Besonderes mehr geschah, überließ ich mich dem angenehmen Schaukeln der Sänfte und schlief bald wieder ein. Als ich dann erwachte, waren wir in einer Schlucht aus Lavagestein mit steilen Abhängen, an denen Bäume und blühende Sträucher standen.

Bei einer Biegung dieser Schlucht bot sich mir plötzlich ein überraschender Anblick. Vor uns lag ein großes, von Felsenhängen umschlossenes, muldenförmiges Plateau, das sich über mindestens eine Meile im Umfang erstreckte. In der Ebene standen vereinzelte Gruppen hoher Bäume, und sogar die Hänge waren mit allerhand Buschwerk bedeckt. Die Ebene selbst war ein von gewundenen Bächen bewässertes Weideland, doch sah ich nur Herden von Rindern und Ziegen, von Schafen war nichts zu entdecken.

Wie mochte dieses eigenartige Gelände im Herzen Afrikas entstanden sein? Zuerst stand ich vor einem Rätsel, bis mir plötzlich die Erleuchtung kam: Es musste ursprünglich der Krater eines alten, längst erloschenen Vulkans gewesen sein, war dann zu einem See geworden und schließlich auf irgendeine, mir noch unerklärliche Weise trockengelegt worden. Meine genauere Terrainbesichtigung in den nächsten Tagen und meine spätere Besichtigung einer ähnlichen, noch viel größeren Mulde überzeugten mich von der Richtigkeit dieser Ansicht.

Auch Hirten waren bei den Herden, aber von irgendeiner menschlichen Wohnung war zu meiner Verwunderung nichts zu entdecken. Meine Neugier sollte jedoch bald befriedigt werden. Unsere Karawane wandte sich nach links, ging einige hundert Meter an der Kraterwand entlang und machte dann Halt. Billali stieg aus, und wir anderen folgten seinem Beispiel.

Der arme Muhamed warf sich sogleich erschöpft auf die Erde. Er allein von uns vieren hatte zu Fuß laufen müssen und befand sich jetzt natürlich in einem Zustand völliger Erschöpfung.

Wir hielten vor einer großen Höhle, wo man sogleich den ganzen Inhalt unseres Bootes, sogar Segel und Bootsriemen, zusammenwarf. Jetzt fanden sich auch andere Männer ein, lauter große, kräftige Gestalten, deren Farbe alle möglichen Abstufungen vom Gelb des Chinesen bis zum Braun des Arabers zeigte. Sie waren ebenfalls nur mit einem Lendenschurz bekleidet, und jeder hielt einen langen Speer in der Hand.

Auch einige Frauen befanden sich darunter, die aber statt des Leopardenfells das eines kleinen roten Bockes trugen, ähnlich dem des Oribi oder Eichhörnchens, nur etwas dunkler. Mit ihren großen dunklen Augen, ihren schön geschnittenen Zügen und einem dichten Busch lockigen, nicht krausen Haares, das alle Schattierungen von Schwarz bis Kastanienbraun aufwies, machten sie einen gar nicht üblen Eindruck. Ein paar von ihnen trugen ein gelbliches Leinengewand, ähnlich dem Billalis, das aber, wie wir bald erfuhren, weniger ein Kleidungsstück als vielmehr nur ein Abzeichen höheren Ranges war. Ihr ganzes Aussehen war weniger Schrecken erregend als das der Männer, und zuweilen lächelten sie auch. Kaum ausgestiegen, wurden wir von ihnen umringt und in heller Neugier gemustert. Ihre größte Aufmerksamkeit aber erregten Leos hohe, kraftvolle Gestalt und seine schönen, klassischen Züge. Als er sie gar, höflich wie immer, durch schwungvolles Abnehmen seines Hutes begrüßte und ihnen so seine goldblonden Locken zeigte, da erhob sich ein leises Murmeln der Bewunderung.

Und plötzlich geschah etwas ganz Unerwartetes, geradezu Verblüffendes. Ein Mädchen im Leinengewand und mit kastanienbraunen Haaren, das schönste von allen, die wir hier sahen, trat kurz entschlossen auf Leo zu, legte ihm einen Arm um den Nacken und drückte ihm einen Kuss auf die Lippen. Mir stockte der Atem, glaubte ich doch, nun würde von Seiten der Männer etwas Grässliches geschehen, und Job rief aus:»Nee, so was! So ein verdammtes Frauenzimmer!«

Auch Leo war zuerst ganz verblüfft, dann aber sagte er sich wohl, dass man hierzulande offenbar den Brauch der ersten Christen pflege, und gab ihr mit gleicher Zutraulichkeit den Kuss zurück.

Nun war ich auf das Schlimmste gefasst. Es geschah jedoch nichts. Einigen der jüngeren Frauen merkte ich zwar Unwillen an, die älteren aber und sogar die Männer zeigten ein leises Lächeln.

Später, als wir die seltsamen Sitten dieses Stammes kennen lernten, sollte sich uns das Rätsel lösen: Im krassen Gegensatz zu allen übrigen wilden Stämmen der Erde waren die Frauen der Amahagger, was übrigens Felsenvolk bedeutet, den Männern völlig gleichgestellt und auch nicht durch feste Bande an sie gekettet. Die Kinder erhielten Besitz und Rechte nur von mütterlicher Seite her; die Väter aber spielten eine ganz untergeordnete Rolle; ja, man erkannte sie nicht einmal an, selbst wenn sie genau bekannt waren. Auf eine lange und vornehme Ahnenreihe mütterlicherseits war der Amahagger ebenso stolz wie der Europäer auf seine Stammtafel männlicher Ahnen. Die Mitglieder jeder Siedlung wählten sich einen Führer mit dem Ehrentitel ›Vater‹, während sonst niemand auf diesen Namen Anspruch hatte. Die Siedlung, die uns aufgenommen hatte, hatte den alten Billali zum ›Vater‹ gewählt.

Wenn eine Frau an einem Mann Gefallen fand, so trat sie vor aller Augen einfach an ihn heran und küsste ihn, wie Ustane – so hieß jenes Mädchen – soeben meinen Leo geküsst hatte. Wenn der Mann den Kuss erwiderte, so gab er damit zu verstehen, dass er die Wahl annahm. Das Eheverhältnis dauerte aber nur so lange, bis einer von beiden des anderen überdrüssig wurde, und trotzdem war der Gattenwechsel nicht so häufig, wie man vielleicht vermuten möchte. Auch zu Zwistigkeiten führte er nicht, wenigstens nicht unter den Männern; denn wenn eine Frau ihren Mann um eines anderen willen verließ, so nahm er das so gelassen hin wie die Leute bei uns etwa den Steuerzettel; als ein für die Gesamtheit notwendiges Übel, über das viele Worte zu verlieren jedoch keinen Zweck hatte.

7 Ustane singt

Auch hier also hatte Leo die Herzen der Frauen im Fluge erobert. Mich freilich mit einem Kusse zu beehren, fiel natürlich keiner ein, aber um unseren ehrbaren Job schlich eine herum, die Absichten zu haben schien, was ihn in nicht geringe Verlegenheit brachte.
   Nach der Kussszene gab uns Billali ein Zeichen, ihm in die Höhle zu folgen. Auch Ustane ging mit hinein, während alle Übrigen draußen blieben. Sogleich erkannte ich, dass die Höhle kein Gebilde der Natur, sondern Menschenwerk war. Einige dreißig Meter lang, halb so breit und gewaltig hoch, glich sie fast einem Kirchenschiff. Alle vier bis fünf Meter gab es schmale Seitengänge, die vermutlich zu Nebenräumen führten. Da nur der Vordergrund vom Tageslicht erhellt war, hatte man in der Mitte ein großes offenes Feuer angezündet, das von jedermann auf Boden und Wände lange, gespenstische Schatten warf. Bei diesem Feuer machte Billali Halt, ließ sich auf einem am Boden liegenden Fell nieder und wies uns einige andere zum Sitzen zu. Wir hockten uns nieder und warteten ab. Zwei Mädchen brachten einen großen irdenen Krug voll frischer Milch sowie mehrere Holzteller mit gekochtem Ziegenfleisch und gerösteten Maiskolben. Als sie wieder fort waren, griffen wir hungrig zu und ließen auch nicht das Geringste übrig. Dann zog sich Ustane zurück, Billali aber stand auf und hielt uns so etwas wie eine Begrüßungsrede.
   »Ich muss euch sagen, Fremdlinge, dass euer Eindringen in unser Land wie ein großes Wunder ist. Ich habe nie gehört, dass Weiße hier gewesen sind; auch Schwarze kamen nur selten. Die haben uns erzählt, dass es Weiße gibt und dass sie auf dem großen dunklen Wasser fahren. Einige von uns haben euch auf dem Kanal gesehen – ich wollte euch schon töten lassen, da kam der Befehl von der ›Herrin des Todes‹ – und so haben wir euch –«
   »Von der ›Herrin des Todes‹?«, fiel ich ein. »Verzeih, mein Vater, wohnt sie nicht sehr weit von hier? Ich glaubte, so zu verstehen. Woher wusste sie denn –?«

»Ist bei euch niemand, der ohne Augen sehen und ohne Ohren hören kann? Sie wusste es, das lass dir genügen!«

Auf mein Achselzucken fügte er noch hinzu, er müsse jetzt zur Herrin aufbrechen, um zu erfahren, was weiter mit uns geschehen solle, und als ich daraufhin fragte, wie lange er abwesend sein werde, meinte er, er müsse einen großen Sumpf überqueren und werde selbst bei größter Eile mindestens fünf Tage fortbleiben; da wir ihm aber gefielen, wolle er für unser Wohlergehen während dieser Zeit sorgen und hoffe, die Königin werde uns gnädig sein. Immerhin sei das aber sehr fraglich; denn solange er lebe und auch zu Lebzeiten seiner Mutter und seiner Großmutter sei noch jeder Fremde unbarmherzig getötet worden, und zwar seines Wissens stets auf Befehl der Königin selbst, wenigstens habe sie nie etwas getan, um einen Fremden davor zu bewahren.

»Wie ist das möglich?«, fragte ich sogleich. »Du bist doch hoch bei Jahren, und die Zeit, die du da nennst, umfasst drei ganze Menschenleben! Als deine Großmutter jung war, konnte die Königin doch noch nicht geboren sein! Wie konnte sie also damals jemand töten lassen?«

Seine einzige Erwiderung war wieder nur ein Lächeln, und nach einem kurzen Abschied entfernte er sich. Erst nach fünf Tagen sollten wir ihn wieder sehen.

Nun besprachen wir unsere nicht gerade rosige Lage. Billalis geheimnisvolle Worte von der ›Herrin des Todes‹, die jeden Fremdling töten lasse, waren nicht geeignet, uns freudig in die Zukunft blicken zu lassen. Selbst Leo war bedrückt, tröstete sich aber bald mit dem triumphierenden Bemerken, diese Königin sei offenbar die von seinem Vater und Amenartas genannte Frau. Ich selbst aber war von allem zu benommen, als dass ich einer so törichten Ansicht im Augenblick hätte ernstlich entgegentreten mögen.

Stattdessen schlug ich vor, uns lieber nach einer Badegelegenheit umzusehen. Die Aufsicht über uns schien während Billalis Abwesenheit ein jüngerer Mann mit ganz besonders finsterer Miene übernommen zu haben. Diesem teilten wir also unseren Wunsch mit, setzten dann unsere Pfeifen in Brand und machten uns auf den Weg. Draußen wurden wir schon von einer großen Menschenmenge erwartet, beim Anblick unseres Tabakrauchs hielt man uns aber offenbar für mächtige Zauberer und stob mit lauten Schreckensrufen nach allen Seiten auseinander. Nichts nämlich – nicht einmal unsere Feuerwaffen – machten so großen Eindruck auf sie wie unsere Pfeifen[9]. Bald fanden wir dann auch einen klaren Bach und nahmen ungestört ein erfrischendes Bad, obwohl einige Frauen, auch Ustane, zuerst große Neigung gezeigt hatten, uns auch dorthin zu folgen.

Als wir nach dem Bad in die Höhle zurückkamen, war die Sonne soeben untergegangen. Im Inneren brannten mehrere Feuer, und um jedes derselben hatte sich eine Gruppe von Menschen gelagert, um beim Schein der lodernden Flammen die Abendmahlzeit zu verzehren. Auch mehrere Lampen hatte man angesteckt, die teils an den Decken, teils an den Wänden hingen. Es waren Tonlampen von verschiedenartigen, zum Teil ganz niedlichen Formen. Die größeren Deckenlampen waren einfach mit flüssigem Talg gefüllte rote Krüge; da der durch eine oben abschließende Holzplatte ragende Docht aus Schilfrohr keine Stellvorrichtung hatte, erloschen diese Lampen, so oft der Docht niedergebrannt war, und mussten jedes Mal von neuem angezündet werden. Die kleineren Wandlampen jedoch hatten einen aus Palmenmark oder einem Farrenstiel bestehenden Docht, der aus einer spitzen Tülle hervorragte und, wenn er niedergebrannt war, mit einem an dieser Tülle hängenden kleinen Holzzapfen in die Höhe gezogen wurde.

Inmitten einer der um die Feuer sitzenden wortkargen Gruppen nahmen auch wir Platz und sahen dem Mahl zu, während die langen Schatten an den Wänden hin und her huschten. Bald jedoch wurden wir müde und teilten unserem Hüter mit, dass wir uns zur Ruhe legen wollten. Ohne ein Wort der Erwiderung erhob er sich, nahm eine der Wandlampen, fasste mich bei der Hand und führte mich in einen

---

[9] Wie alle anderen Stämme Afrikas treiben auch die Amahagger Tabakanbau, benutzen die Pflanze aber nur zum Schnupfen und als Heilmittel. Von ihren sonstigen gottgesegneten Eigenschaften ahnen sie nichts. L.H.H.

Seitengang. Nach wenigen Schritten standen wir in einem niedrigen Nebenraum, zwei bis drei Meter im Quadrat, der gleichfalls aus dem Fels gehauen war, und in dem es weder Fenster noch Luftlöcher noch irgendwelche Einrichtungsgegenstände gab. An einer Seitenwand, einen halben Meter über dem Boden, befand sich eine lange dicke Steinplatte, und diese wies mir mein Führer zum Schlafen an, um sich dann sogleich wieder zu entfernen.

Plötzlich kam mir der Gedanke, dass diese Kammer ursprünglich vielleicht weniger eine Schlafkammer für Lebende als eine Grabstätte für Tote gewesen sein mochte und dass die Platte einst eine Totenbahre gewesen sei – was sich auch bald als zutreffend bestätigen sollte. So grässlich der Gedanke auch war, schließlich kam ich darüber hinweg und kehrte in die Haupthöhle zurück, um meinen Koffer und meine Decke zu holen, die inzwischen mit unseren anderen Sachen dort in einer Ecke aufgestapelt waren. Hier traf ich mit Job zusammen, der mir entsetzt erzählte, man habe ihn auch in ein solches Loch geführt, er werde sich aber hüten, dort die Nacht allein zu bleiben. Daher bat er mich, die Nacht bei mir zubringen zu dürfen, und ich war natürlich nur allzu gern damit einverstanden.

Die Nacht verlief ohne jede Störung, nur hatte ich schauderhaftes Albdrücken und den entsetzlichen, aber leicht erklärlichen Traum, dass ich lebendig begraben sei. In aller Frühe schreckte uns ein lauter Trompetenstoß auf, der, wie wir nachher erfuhren, jeden Morgen als Wecksignal durch Blasen auf einem ausgehöhlten und seitwärts durchbohrten Elefantenzahn hervorgebracht wurde. Das Signal richtig deutend, standen wir auf und trafen bald draußen mit Leo zusammen, der auf seiner Steinbahre ganz behaglich geschlafen hatte. Dann gingen wir alle drei an den Bach und machten Morgentoilette.

Nach der Rückkehr sollten wir beim Frühstück ein ganz besonderes Schauspiel oder richtiger eine Tragikkomödie erleben. Eine der anwesenden Amahaggerinnen, ein respektables Frauenzimmer von vielleicht dreißig Jahren, trat plötzlich auf den ahnungslos seine Suppe löffelnden Job zu und drückte ihm einen lauten Kuss auf den Mund. Man stelle sich das Entsetzen vor! Seine Erfahrungen mit einem Dutzend Schwestern hatten ihn zu einem ausgesprochenen Weiberfeind gemacht. Zuerst vollzog sich auf seinem biederen Gesicht ein in seiner Komik unbeschreibliches Mienenspiel, dann fuhr er in die Höhe und stieß die Verliebte zurück. Sie aber hielt ihn vielleicht nur für schüchtern und wusste ihm in aller Geschwindigkeit noch einen zweiten Kuss zu versetzen. Das stieß dem Fass den Boden aus. »Himmelsdonnerwetter! Scher dich weg, verfluchte Hexe!«, brüllte er nun los und fuchtelte ihr mit seinem Löffel vor der Nase herum. »Ach, Mr. Holly, ich kann nichts dafür! Da kommt sie schon wieder! Halten Sie sie doch fest, mir ist schon ganz übel. So was ist mir ja noch nie passiert!«

Damit rannte er hinaus, und einige der Männer lachten belustigt hinter ihm her, während die »Hexe«, durch die spöttischen Mienen der anderen Frauen noch mehr gereizt, vor Wut fast schäumte und mit den Zähnen knirschte. Dann aber lief auch sie davon, und bald darauf kam Job, noch immer fassungslos zu uns zurück, passte nun aber höllisch auf und ließ keine der Frauen, die ihm nahe kamen, mehr aus den Augen.

Ich selbst aber, üble Folgen ahnend, wünschte Jobs im Übrigen so berechtigte Entrüstung zu allen Teufeln und benutzte eine baldige Gelegenheit, unseren Wirten klarzumachen, dass Job längst verheiratet sei, aber sehr unglücklich, und dass er sich uns nur deshalb angeschlossen habe, weil er Frauen absolut nicht mehr leiden könne. Alle meine Worte begegneten jedoch tiefem Schweigen, woraus ich mit Recht den Schluss zog, dass Jobs ablehnendes Verhalten von der ganzen Siedlung als Beleidigung angesehen wurde.

Nach dem Frühstück benutzten wir einen Spaziergang zur Besichtigung von Ackerbau und Viehzucht der Amahagger. Sie besaßen zwei Arten von Kühen; eine größere ungehörnte, die mager und spitzknochig war, aber viel Milch gab, und eine kleinere, gehörnte, die fett und rund war und nur wenig Milch gab. Die Ziegen waren lang behaart und wurden, da sie nur wenig Milch gaben, nur zum Schlachten gezüchtet.

Der noch ganz primitive Ackerbau wurde mit Hilfe selbst gefertigter eiserner Spaten betrieben, die aber, da sie der Fußstützen entbehrten, mehr wie Speerspitzen aussahen, und das höchst beschwerliche Graben wurde ausschließlich von Männern besorgt; wie überhaupt die Frauen von jeder schweren körperlichen Arbeit befreit waren.

Über Herkunft und Verfassung des Stammes konnten wir anfangs von den in dieser Hinsicht sehr verschwiegenen Bewohnern fast nichts erfahren; an den nächsten vier Tagen hörten wir jedoch mancherlei von Leos »Frau« Ustane, die ihm kaum noch von der Seite wich. Wenn ich ihre mehrfachen Mitteilungen aus diesen Tagen inhaltlich ordne und zusammenfasse, war es etwa Folgendes:

Nahe der Siedlung der Königin gab es viele alte Mauern, die Ruinen der alten Stadt Kôr. Von diesen Kôrern, die auch all ihre Höhlen gegraben hatten, stammten sie wahrscheinlich ab. Inzwischen wurde die Trümmerstadt nur noch von bösen Geistern bewohnt, so dass sich niemand mehr hineinwagte. Auch in anderen Teilen des Landes standen noch Trümmer von alten Städten. Geschriebene Gesetze hatten sie nicht, nur bestimmte Gebräuche, die aber ebenso bindend waren. Wer gegen sie verstieß, den ließ der ›Vater‹ hinrichten.

Ihre Königin, die ›Herrin des Todes‹ zeigte sich nur selten, höchstens alle zwei oder drei Jahre, wenn sie zu Gericht saß. Dann trug sie aber stets einen großen Mantel, der sogar ihr Gesicht verhüllte. Ihr Dienstpersonal war taubstumm. Sie war die schönste Frau auf der ganzen Erde, und sie war unsterblich und hatte über alle Dinge auf der Erde Gewalt. Wenigstens behaupteten das viele; genaueres wusste sie nicht. Jedermann aber gehorchte ihr aufs Wort; Widerrede oder Ungehorsam hatten den sicheren Tod zur Folge. Sie hatte auch eine große Leibwache, aber kein stehendes Heer. Ihr Volk bestand aus zehn Siedlungen, bei deren größter die Königin lebte. Von Zeit zu Zeit führten die Siedlungen Krieg miteinander, sobald die Königin aber Frieden gebot, wurde der Streit sofort beigelegt. Diese Kriege und das Sumpffieber sorgten dafür, dass die Zahl der Landesbewohner nicht zu groß wurde. Mit anderen Stämmen hatte das Volk keine Verbindung. In der Nähe wohnten keine, und aus der Ferne konnten keine zu ihm kommen. Vor Zeiten hatte einmal ein Heer vom großen Flusse[10] her das Volk überfallen wollen. In den Sümpfen aber hatte sich das Heer verirrt, und da es bei Nacht die Irrlichter für Lagefeuer angesehen hatte, war es darauf zu marschiert und so zum größten Teil in den Sümpfen umgekommen. Außer auf einigen Geheimpfaden waren diese Sümpfe gänzlich unpassierbar. Auch wir hätten niemals zu dem Volk gelangen können, hätte der ›Vater‹ uns nicht auf solchen Pfaden hertragen lassen.

Diese Mitteilungen machten uns viel Kopfzerbrechen. Ustanes letzte Bemerkung, uns selbst betreffend, glaubte ich ihr aufs Wort, alles andere jedoch erschien mir gar zu fantastisch. Das Auffälligste dabei aber war, dass manches sich mit der alten Scherbeninschrift deckte. Sollte es hier am Ende doch eine geheimnisvolle Königin geben? Mir stand fast der Verstand still. Auch Leo staunte, hob aber wieder triumphierend hervor, dass er nun doch wohl Recht behalten und auch ich, der alte Spötter, bald bekehrt werden würde. Job ferner zweifelte schon längst an seiner Zurechnungsfähigkeit und nahm alles gelassen hin, wie es gerade kam. Muhamed endlich, den die Bewohner nicht unhöflich, aber mit kalter Verachtung behandelten, schwebte ständig in tausend Ängsten, ohne aber einen triftigen Grund dafür angeben zu können. Fast den ganzen Tag über saß er in einer Ecke der Höhle und flehte Allah und seine Propheten um Schutz an. Als ich endlich ernsthaft in ihn drang, meinte er nur, diese Amahagger seien vom Scheitan besessen und überhaupt sei das ganze Land des Teufels. Wir sollten bald sehen, dass er nicht so Unrecht hatte.

So vergingen die Tage, und es kam der Abend des vierten, seit Billali fort war. Wir drei saßen nach dem Abendessen mit Ustane an einem der Feuer. Sie war zuerst schweigsam und in Gedanken versunken gewesen, dann aber sprang sie plötzlich auf, legte ihre Hand auf Leos Kopf und begann zu singen.

---

[10] Wahrscheinlich ist der Sambesi gemeint. L.H.H.

Noch heute steht mir die hübsche Gestalt dieses eigenartigen Mädchens vor Augen, bald von tiefen Schatten, bald von lodernden Flammen umhüllt; und noch heute klingt mir ihr rhythmisches Lied in den Ohren, worin sie ihrer Liebe und ihren trüben Ahnungen Ausdruck verlieh. Soweit ich es damals verstanden und inzwischen nicht vergessen habe, hatte es etwa folgenden Wortlaut:

»*Oh du, mein Erwählter, mein einzig Erwählter, dich habe ich erwartet von Anbeginn an.Wie schön du bist – so schön ist kein zweiter! Dein Haar ist wie Gold – solch Haar hat kein anderer! Dein Arm ist so stark – wer wäre noch stärker? Und wessen Farbe ist weiß wie die deine? Wie schön und edel ist doch dein Antlitz,und klar wie die Sonne erstrahlen deine Augen! Gleich als ich dich sah, schlug mein Herz dir entgegen. Da nahm ich dich zu mir, da hielt ich dich fest. Ich halte dich fest, dass kein Leid dir geschehe,denn jetzt bist du mein und ich bin die deine,und meine Haare schützen dein Haupt vor der Sonne.*«

Und nach einer Pause fuhr sie mit der Stimme der Wehmut wie eine Kassandra fort:

»*So waren wir glücklich, doch währt es nicht lange, da kam der Tag, der das Unheil gebar. Der Tag, der Unheil und Schrecken uns brachte. Von Dunkel umhüllt sah nie ich dich wieder; denn sie, die stärker ist, nahm dich hinweg. Ja, sie, die viel schöner ist, führt dich von dannen. Da riefst du mich laut und strecktest den Arm aus, das Dunkel mit strahlenden Augen durchdringend. Doch die Macht ihrer Schönheit verlieh ihr den Sieg. Sie führte dich fort auf Pfaden des Schreckens, und dann – – – oh wehe, oh weh!*«

Hier brach sie plötzlich ab, die Augen ins Dunkel gerichtet, und auf ihren Zügen malte sich ein tiefes Entsetzen, als suchte sie ein fernes Bild des Grauens zu erfassen. Die Hand ins leere Dunkel weisend, stürzte sie plötzlich zu Boden.

Leo, der sich schon ganz zu ihr hingezogen fühlte, war endlich besorgt, und ich selbst wurde von einer seltsamen Furcht ergriffen. Es war ein fast unheimlicher Auftritt, der uns vor neue Rätsel stellte.

Bald aber kam Ustane wieder zu sich und richtete sich zit-

ternd empor. »Was hast du vorhin gemeint?«, fragte Leo sogleich.
»Ich habe nur nach unserer Art ein Lied gesungen. Besonderes habe ich nicht gemeint. Ich weiß ja auch nicht, was die Zukunft bringt.«
»Was hast du denn vorhin gesehen?«, fragte ich selbst.
»Nichts, nichts. Fragt nicht! Warum soll ich euch erschrecken?«
Mit einem innigen Blick wandte sie sich zu Leo und küsste ihn auf die Stirn, wie eine Mutter ihr Kind küsst.
»Wenn ich dich verlassen habe, Geliebter, dann vergiss mich nicht! Ich liebe dich und bin doch nicht wert, dir die Füße zu waschen. Jetzt aber wollen wir uns lieben und glücklich sein. Das Grab ist kalt und liebeleer, da gibt es keine Küsse. Das Heute ist unser; wer weiß, wem das Morgen gehört?«

8 Ein Fest und seine Folgen

Während Leo am folgenden Nachmittag mit Ustane seinen gewohnten Spaziergang machte, teilte unser Wächter mir mit, dass man uns zu Ehren am Abend ein Fest veranstalten werde. Um dem aus dem Wege zu gehen, gab ich vor, wir seien nur bescheidene Leute und liebten es nicht, so gefeiert zu werden; aber diese Worte begegneten nur dem Schweigen des Missfallens. Als ich dann gegen Abend mit Job vor der Höhle stand und Leo und Ustane gerade zurückkehrten, ließ der Wächter uns sagen, dass die Vorbereitungen beendet seien und das Fest beginnen werde.

Erschrocken fuhr Ustane zusammen, lief in die Höhle und stellte in großer Erregung an einen Vorübergehenden im Leinengewand eine mir aus der Ferne nicht verständliche Frage. Seine Antwort schien sie zu beruhigen, bei ihren weiteren Fragen aber wies er sie barsch zurück. Plötzlich jedoch schien er sich eines anderen zu besinnen, nahm sie fest bei der Hand und führte sie zum Feuer, wo sie sich beruhigt neben ihn setzte.

An diesem Abend brannte nur ein einziges großes in der Mitte der Höhle, und vom Eingang aus sahen wir, wie alsbald dreißig bis vierzig Männer und einige Frauen in der Runde Platz nahmen. Unter letzteren waren auch Ustane und die »Hexe«, um derentwillen Job den keuschen Joseph hatte spielen müssen. Jeder der Männer hatte hinter sich in einem eigens dazu hergestellten Bodenspalt seinen Speer aufgestellt, und die ganze Gesellschaft starrte schweigend wie immer in die Flammen.

»Was das wohl heute werden mag?«, meinte Job unsicher. »Ach herrje, da ist ja auch die Alte wieder! Na, heute wird sie mich hoffentlich in Ruhe lassen. Ist neulich nicht schlecht abgeblitzt! Bei diesen Menschen kann man ja das Gruseln lernen. Nanu, sehen Sie doch mal, Muhamed soll wohl heute auch mitmachen! Die Alte will ihn heran lotsen. Gott sei Dank, dass sie mich wenigstens verschont!«

Das Weib war in der Tat zu Muhamed getreten, der, nichts Gutes ahnend, zitternd und »Allah!« rufend wieder in seiner Ecke saß. Da er bisher immer allein gesessen hatte, war solche Ehrung nicht nach seinem Sinne. Das Weib suchte ihn mit freundlichem Zureden zum Feuer zu führen, er aber sträubte sich aus Leibeskräften und konnte sich vor Angst kaum auf den Beinen halten. Da kam ihr ein Mann mit einem Speer zu Hilfe, und seinen nur zu deutlichen Rippenstößen konnte der Gute nicht länger widerstehen. Wohl oder übel nahm er also am Feuer Platz, und das Weib setzte sich neben ihn.

»Mir kommt die Sache nicht geheuer vor«, äußerte ich. »Ihr habt doch eure Revolver bei euch und sie auch geladen?«

»Gott sei Dank, ja, Mr. Holly«, sagte Job und klopfte sich auf die Revolvertasche, »aber Mr. Leo hat bloß sein Jagdmesser. Na, das ist auch nicht ohne!«

Da Leo seinen Revolver jetzt nicht mehr holen konnte, traten wir ans Feuer und setzten uns nebeneinander, mit dem Rücken zur Wand. Dann reichte man einen zweihenkligen Tonkrug herum, der eine Art Kornbranntwein enthielt, der nicht schlecht schmeckte, aber leicht berauschte.

Der eigentümlich gestaltete Krug war einer von denen,

wie ich sie hier schon mehrfach gesehen hatte. Alle diese Krüge mussten schon vor Jahrhunderten oder gar Jahrtausenden angefertigt worden sein; man holte sie nämlich aus den vielen Felsengräbern, welche ich später noch beschreiben werde. Ich persönlich glaube, dass diese Krüge wie die der alten Ägypter zur Aufnahme der Eingeweide von Toten benutzt worden sind. Leo jedoch ist der Ansicht, sie seien, wie die Amphoren der Etrusker, zum Gebrauch für die Geister der Verstorbenen in den Gräbern aufgestellt worden. Sie bestanden aus einer schwarzen glanzlosen Masse und hatten ganz verschiedene Größen, von zehn Zentimetern bis fast einem Meter. Außen waren kunstvoll naturgetreue Bilder eingelegt, die zumeist naive Liebesszenen, tanzende Mädchen oder Jagdszenen darstellten. Der an diesem Abend kreisende Krug enthielt auf der einen Seite eine Elefantenjagd mit speerbewaffneten Jägern, auf der anderen Seite einen Mann, der auf eine flüchtende Antilope einen Pfeil abschoss.

Eine halbe Stunde lang wurde in tiefstem Schweigen immer nur getrunken und Holz aufs Feuer geworfen. Zwischen uns und dem Feuer lag ein großes Holzbrett mit vier Griffen von der Form einer Fleischermulde, doch ohne Aushöhlung. Daneben lag eine lange eiserne Feuerzange, und auf der anderen Seite des Feuers lag eine zweite. Brett und Zangen kamen mir verdächtig vor; immer wieder sah ich sie an und musste fortgesetzt daran denken, dass wir diesen unheimlichen Menschen auf Gnade und Ungnade ausgeliefert waren.

Als ich mir schließlich schon fast wie hypnotisiert vorkam, stand plötzlich ein langer Kerl uns gegenüber auf und rief: »Wo ist das Fleisch zum heutigen Fest?«

Wie auf Kommando streckten alle den rechten Arm zum Feuer und erwiderten im Chor mit tiefer, gemessener Stimme: »*Das Fleisch kommt bald, bald wird es da sein.*«

»Ist es eine Ziege?«, fragte jener.

»*Ja, aber ohne Hörner und viel schöner. Bald wird sie geschlachtet*«, war die einhellige Antwort, bei der alle zugleich sich umwandten, mit der rechten ihren Speer ergriffen und sogleich wieder losließen.

»Ist es ein Ochse?«, fragte der erste weiter.

»*Ja, aber ohne Hörner und viel schöner. Bald wird er geschlachtet.*«

Und wieder kam dieselbe Wendung, dasselbe Ergreifen und Loslassen der Speere. Dann entstand eine Pause. Die »Hexe« wurde immer freundlicher zu Muhamed, streichelte ihm zärtlich die Backen und gab ihm allerhand Kosenamen, indem sie sich dabei an seiner zitternden Gestalt weidete[11].

Plötzlich wieder die Stimme des ersten Sprechers, doch viel schneller und höher: »Ist das Fleisch jetzt gut genug?«

»*Ja, jetzt ist es gut genug!*«

Und dann brüllte jener: »Ist der Krug jetzt heiß genug?«

»*Ja, jetzt ist er heiß genug.*«

Sogleich schrie Leo entsetzt: »Großer Gott, denkt an die Scherbe!«

Ehe ich noch einen Finger rühren konnte, hatten zwei Kerle die Zangen ergriffen und stießen sie ins Feuer, so dass die brennenden Scheite auseinander stoben. Dann zogen sie mit den Zangen einen großen weiß glühenden Krug hervor und sprangen damit auf Muhamed zu. Gleichzeitig zog die »Hexe« unter ihrem Gürtel eine Schlinge hervor, warf sie ihm um die Schultern und zog sie fest zu, während zwei andere ihn an den Beinen packten. Muhamed aber schlug brüllend so heftig um sich, dass die Halunken mit dem Krug im Augenblick ihr Vorhaben nicht auszuführen vermochten; ihm nämlich den glühenden Krug über den Kopf zu stürzen.

Mit einem Schrei fuhr ich empor und feuerte instinktiv meinen Revolver auf das Satansweib ab, das den armen Muhamed gerade umklammert hielt. Die Kugel fuhr ihr in den Rücken und streckte sie auf der Stelle nieder[12]. Mit

---

[11] Später erfuhren wir, dass diese falschen Liebkosungen zur Festlichkeit gehörten und dem Armen vorspiegeln sollten, er sei ein Gegenstand der Liebe und Bewunderung, damit er umso ahnungsloser in den Tod gehe. L.H.H.

[12] Ich muss gestehen, dass mir dies selbst heute noch nicht Leid tut. Später erfuhr ich nämlich, dass gerade sie es gewesen war, die aus Rache für die Beleidigung durch Job, auf die Kannibalen-

übermenschlicher Anstrengung riss sich Muhamed von seinen Folterknechten los, sprang hoch empor – und stürzte zu meinem Entsetzen auf das am Boden liegende Weib nieder. Meine Kugel hatte beide zugleich durchbohrt und so den unglücklichen Araber vor einem noch hundertmal grässlicheren Tode bewahrt.

Der Knall und seine tödliche Wirkung hatten die Bande für einen Augenblick vollkommen verblüfft. Einer aber erholte sich schnell und zückte seinen Speer, um Leo, der in der Nähe stand, zu durchbohren.

»Mir nach!«, schrie ich sogleich und rannte wie toll drauflos; doch nicht ins Freie – da standen mehrere Kerle im Wege, und auch draußen sah ich welche stehen, deren Umrisse sich klar vom Abendhimmel abhoben. So lief ich denn in den Hintergrund der Höhle, und Leo und Job stürzten dicht hinter mir her, verfolgt von der rasenden Horde. Beim Sprung über Muhamed hinweg spürte ich deutlich die Glut des neben ihm liegenden Kruges und sah dabei, dass Muhamed noch die Hände bewegte.

Am Ende der Höhle war eine etwa ein Meter hohe und zwei bis drei Meter tiefe Plattform, auf der abends zwei Lampen brannten. Wozu sie sonst diente oder ursprünglich gedient hatte, darüber sollte ich erst später und an anderem Orte Aufklärung erlangen.

Wir drei erreichten sie glücklich zuerst und waren mit einem Satz oben, Leo in der Mitte, alle drei entschlossen, unser Leben so teuer wie möglich zu verkaufen. Als die Verfolger sahen, dass wir oben Front machten, stutzten sie und rannten im Halbdunkel ratlos und schweigend, wie Bulldoggen, durcheinander.

Leos Gesicht war wie versteinert. Das Jagdmesser in der Rechten haltend, zog er den Riemen fest über das Handgelenk und legte mir den Arm um die Schulter. »Leb wohl, Onkel! Jetzt ist alles aus. Verzeih, ich allein bin Schuld an allem. – Auch du, Job, lebe wohl!«

---

gelüste ihrer Landsleute bauend, diese zu dem »Fest« aufgewiegelt hatte. L.H.H.

»Wie Gott will!«, sagte ich und biss, den Tod erwartend, die Zähne zusammen.

Da feuerte Job mit lautem Schrei seinen Revolver ab und streckte einen Gegner zu Boden – aber nicht den, auf welchen er gezielt hatte. Nein, auf wen Job zielte, der war seines Lebens sicher.

Nun kamen sie angestürmt. Mein Schnellfeuer brachte sie aber bald zum Stehen. Zusammen knallten wir im Umsehen fünf Mann nieder, konnten aber nicht wieder laden, da die Halunken, obgleich sie doch annehmen mussten, wir könnten endlos weiter schießen, jetzt mit einer wirklich bewundernswerten Kaltblütigkeit vorwärts stürmten.

Plötzlich sprangen mehrere von ihnen, zum Glück ohne Speer, zu uns auf die Plattform herauf. Einer von ihnen wurde von Leo durch einen kräftigen Messerstoß sofort niedergestreckt; ich selbst erwies einem zweiten den gleichen Liebesdienst, und Job versuchte sein Heil bei einem dritten, stieß aber natürlich vorbei, wurde von dem Kerl umfasst und stürzte im Ringen mit ihm zusammen von der Plattform herab. Da sein Messer ohne Riemen war, fiel es ihm im Sturz aus der Hand, so dass sein im gleichen Augenblick zuunterst herabstürzender Gegner von der Spitze des Messers durchbohrt wurde. Was dann mit Job geschah, konnte ich nicht sehen, aber ich vermute stark, dass er einfach auf dem Körper seines so getöteten Gegners liegen blieb und sich tot stellte. Ich selbst wurde gleich darauf mit einem Gegner handgemein und bearbeitete ihm mit meinem Messer den Schädel dermaßen, dass dieser bis zu den Augen herab gespalten wurde; dann aber saß das Messer fest, und als der Kerl plötzlich auf die Seite fiel, entglitt es meinen Händen. Im gleichen Augenblick rückten mir zwei andere Kerle auf den Leib, mit denen ich nun ohne Waffe ums Leben ringen musste. Als sie auf mich zusprangen, packte ich jeden mit einem Arm um den Leib, und in diesem schrecklichen Ringen kam mir zum ersten Mal im Leben meine große Körperkraft so recht zustatten.

Plötzlich stürzten wir alle drei von der Plattform herab und wälzten uns dann unten übereinander. Es waren starke

Gegner, ich aber war in jene Mordlust geraten, die wohl jeden packt, wenn Hiebe sausen und Tod und Leben auf dem Spiel stehen. Mit den Armen hielt ich die gelben Teufel fest umschlungen und presste sie so zusammen, dass die Rippen krachten. Wie Schlangen wanden sie sich unter meinen Griffen, wie besessen schlugen sie mit den Fäusten auf mich ein, aber ich ließ sie keinen Augenblick los, und auf dem Rücken liegend, um durch ihre Körper gegen Speerwürfe von oben her gedeckt zu sein, suchte ich ihnen allmählich die Seele aus dem Leibe herauszudrücken. Bald wurden sie denn auch schwach und gaben jede Gegenwehr auf. Da wir im Schatten lagen, glaubten die anderen wahrscheinlich, wir seien alle drei tot, und kümmerten sich nicht weiter um uns.

Als ich in dieser Umschlingung einmal den Kopf wandte, sah ich, dass auch Leo von der Plattform herunter war und mitten in einem wirren Menschenknäuel steckte, das ihn niederreißen wollte, wie ein Rudel Wölfe einen Hirsch zu Boden zerrt. Es war ein schaurigschöner Anblick, wie er, fast über alle emporragend, mit der Kraft der Verzweiflung kämpfte. Mit ihren langen Speeren konnten sie ihm im dichten Gewühl nichts anhaben und Messer oder Stöcke hatten sie nicht zur Hand. Einem stieß er sein Messer ins Herz, dass der Kerl tot zusammenbrach; dabei aber entglitt ihm das Messer, und nun war er gleichfalls ohne Waffe. Schon hatte ich seinen Tod vor Augen, doch mit unheimlicher Kraft riss er sich los, packte den soeben Getöteten und schleuderte ihn mit solcher Wucht auf die anderen, dass mehrere zu Boden stürzten. Aber mit Ausnahme eines Mannes, der im Sturz wohl einen Schädelbruch erlitten hatte, waren alle im Nu wieder auf und fielen von neuem über ihn her. Allmählich brachten die Wölfe den Hirsch nun doch zur Strecke. Einmal aber raffte sich Leo auch jetzt wieder auf und schlug einen der Gegner mit einem mächtigen Fausthieb zu Boden. Endlich jedoch musste er der großen Übermacht unterliegen. Wie ein Eichbaum stürzte er nieder und riss alle, die ihn hielten, mit sich herab. Die anderen packten ihn sofort an Armen und Beinen und zogen mit ihm los. Einer schrie: »Speere her! Durchbohrt ihm doch den Hals und saugt sein Blut auf!«

Schon hielt ein anderer den Speer bereit – und ach, ich selber konnte keinen Finger rühren! Mir wurde schwach, ich musste die Augen schließen – und war mir doch bewusst, dass die beiden Teufel, die auf mir lagen, immer noch nicht ganz tot waren.

Plötzlich gab es ein neues Getöse. Die Augen wieder öffnend, sah ich folgendes: Ustane, die brave Ustane, hatte sich auf Leo geworfen, hielt seinen Hals umschlungen und deckte ihn mit ihrem eigenen Leib. Man wollte sie wegreißen, aber sie wand ihre Beine um die seinen und umklammerte ihn fest. Um sie selbst nicht zu treffen, suchten sie ihm nun die Seite zu durchbohren, aber mit unendlicher Geschmeidigkeit gelang es ihr, ihn auch da zu schützen.

Endlich riss der Meute die Geduld. »Durchbohrt sie ebenfalls! Als Mann und Weib gehören sie zusammen!«, schrie einer – und ich erkannte die Stimme desjenigen, der am Feuer die Fragen gestellt hatte. Schon holte ein anderer zum Stoß aus; – da erscholl ein donnerndes, von allen Wänden widerhallendes »Halt!«; – und Ohnmacht umfing mich.

9 Ein zierlicher Fuß

Als ich die Augen wieder aufschlug, lag ich auf einem Fell neben dem Feuer. Rechts von mir lag Leo, bewusstlos und mit einer tiefen Wunde in der Seite; Ustane aber war dabei, ihm diese Wunde zu verbinden. Hinter ihr, an die Wand gelehnt, stand Job, noch zitternd und mit arg geschundenem Gesicht, sonst aber unversehrt. Auf der anderen Seite des Feuers lagen die von uns Getöteten, hier und dort, als ob sie eben erst in tödlicher Erschöpfung umgesunken wären; ich zählte ihrer Zwölf. Seitwärts von ihnen lagen noch Muhamed und die »Hexe«, und der Krug lag zwischen ihnen.

Links von uns standen die noch lebenden unserer Gegner; die Hände waren ihnen auf dem Rücken gefesselt worden, und jetzt wurden die Halunken noch zu zweien aneinander gebunden. Sie fügten sich mit scheinbarer Gleichgültigkeit, aber die versteckt in ihren Augen glühende Wut strafte ihre Mienen Lügen. Vor ihnen, ruhig und würdevoll, stand – Billali.

Als er sah, dass ich erwacht war, erkundigte er sich höflich nach meinem Befinden, und ich antwortete ihm, vorläufig hätte ich nur das eine Gefühl, dass mir alle Glieder wie zerschlagen seien. Dann untersuchte er Leos Wunde. »Hässlicher Stich – die Eingeweide sind aber nicht verletzt. Er wird es überstehen.«

»Du kamst zur rechten Zeit, mein Vater; eine Minute später, und die Bestien hätten uns ebenso schändlich umgebracht, wie sie unseren Diener töten wollten.«

Grimmig biss er die Zähne zusammen. »Warte nur, das sollen sie büßen, dass einem schon vom Hören schaudert. Wir müssen zur Herrin. Ihre Rache wird ihrer Größe würdig sein. Wie kam denn das alles?«

In aller Kürze berichtete ich es ihm.

»Habe es mir gleich gedacht. Ja, leider ist es hier Sitte, Fremde zum Festschmaus durch den Krug zu töten.«

»Das ist ja eine ganz merkwürdige Gastfreundschaft. Wir bewirten den Gast und geben ihm zu essen; ihr esst den Gast und lasst euch so von ihm bewirten.«

Er zuckte die Achseln. »Es ist eben Sitte hier. Freilich eine schändliche Sitte, aber offen gestanden, mir selber schmecken Fremde nicht, besonders dann, wenn sie sich im Sumpf von Gänsen genährt haben. Von dem Schwarzen hatte die Herrin nichts gesagt, darum hat es die Hyänen nach seinem Fleisch gelüstet – und dann sind sie noch von Fatma aufgestachelt worden. Ist ihr recht geschehen. Du sollst sehen, da sind die Toten noch glimpflich davon gekommen. – Ja, mein Pavian – ihr habt euch brav geschlagen. Hast den beiden da alle Rippen zerbrochen. Und der Löwe, der hat sich prächtig gewehrt. Drei sind glatt erschlagen, und der da hinten – sieh, er rührt sich gerade, ist aber auch gleich fertig, der ganze Schädel mitten durch gespalten! Und all die Wunden der anderen! Ja, solchen Kampf, den lobe ich mir – hat mich zu eurem Freund gemacht. Aber die da mit dem Loch – wie habt ihr die getötet? Bloß durch den lauten Ton? Ist das denn wahr?«

Todmüde, wie ich war, sprach ich eigentlich nur dem ehrwürdigen Alten zuliebe und suchte ihm daher die Eigenschaften des Schiesspulvers so kurz wie möglich klar zu machen. Sofort bat er mich, es ihm an einem der Gefesselten zu zeigen; auf einen mehr oder weniger komme es ja nicht an, und das sei zugleich eine Gelegenheit für mich, es wenigstens einem heimzuzahlen. Meine Entgegnung, dass solche Rache bei uns nicht Sitte sei, sondern dass wir die Strafe den Hütern des Gesetzes und einer höheren Macht überließen, schien über sein Begriffsvermögen hinauszugehen. Als ich aber sagte, wenn ich wieder gesund sei, könne er mit uns auf die Jagd gehen und selber ein Tier so aus der Ferne töten, freute er sich unbändig, wie ein Kind, dem man ein neues Spielzeug verspricht.

Da sahen wir, dass Leo, dem Job soeben unseren letzten Schluck Kognak eingeflößt hatte, die Augen aufschlug. Er war aber noch furchtbar schwach, weshalb wir ihn von Job und Ustane auf ein weiches Lager tragen ließen. Ich hätte die tapfere Ustane, die meinen Leo mit eigener Lebensgefahr gerettet hatte, am liebsten auf der Stelle abgeküsst, doch fürchtete ich, sie könnte es nicht recht verstehen und mir übel nehmen.

Mir taten zwar noch alle Glieder weh, aber jetzt konnte ich wenigstens mit einem seit Tagen entbehrten Gefühl der Sicherheit in meine Kammer hinken. Bevor ich mich dort schlafen legte, versäumte ich aber nicht, der Vorsehung von ganzen Herzen zu danken, dass dieses alte Grabgewölbe nicht auch für mich ein solches geworden war; denn wohl selten war ein Mensch so knapp dem Tode entronnen, wie wir drei an jenem Abend.

Bei meiner chronischen Schlaflosigkeit wollte mir in dieser Nacht der Schlaf erst recht nicht kommen, und als ich endlich doch einschlief, wurde ich von scheußlichen Träumen gequält. Bald sah ich, wie Muhamed den Folterknechten mit dem Krug zu entrinnen versuchte, bald sah ich wilde Schreckensbilder aus dem überstandenen Kampf.

Dann aber erschien mir eine tief verschleierte Gestalt, die bald die Hülle hinweg zog, bald sie wieder um sich schlang und dabei abwechselnd die schönen Formen einer voll erblühten Frau und die weißen Knochen eines grinsenden Skeletts zeigte, indem sie die mir unverständlichen, ja sinnlos scheinenden Worte sprach: »*Wer lebt, der kennt auch schon den Tod. Wer tot ist, wird doch niemals sterben. Im ewigen Lauf des großen Geistes sind Tod und Leben wie ein Nichts. Wer lebt, der lebt in Ewigkeit, doch schläft er ein, wird er vergessen.*«

Am Morgen fühlte ich mich noch so steif und zerschlagen, dass ich beim besten Willen nicht aufstehen konnte. Nachher kam Job angehumpelt und meldete mir, Leo sei zwar noch sehr schwach, habe aber gut geschlafen, worüber ich natürlich sehr erfreut war. Job selbst jedoch tat mir aufrichtig Leid; sein sonst so glattes und glänzendes Gesicht war von Rissen und Wunden entstellt und kaum noch erkennbar.

Nach ihm kam auch Billali, eine Lampe in der Hand. Ich stellte mich aber schlafend und beobachtete verstohlen seine hämisch-hübschen Greisenzüge. Seine Falkenaugen auf mich richtend und sich den schönen Bart streichend, murmelte er leise, aber wohlverständlich: »Ja, er ist hässlich – wie der andere hübsch ist. Gefällt mir aber. Dass mir noch einer gefallen kann! Hoffentlich betört die Herrin ihn nicht. Armer Pavian – er ist noch sehr müde. Ich will lieber gehen, sonst wacht er noch auf.«

Auf den Zehenspitzen ging er hinaus. Als er im Seitengang war, rief ich ihm nach: »Mein Vater, bist du es?«

»Ja, mein Sohn«, antwortete er und kam zurück. »Lass dich nicht stören! Wollte nur mal nach dir sehen und dir sagen, dass die Hyänen von gestern Abend schon unterwegs zur Herrin sind. Ich soll auch euch sogleich zur Herrin schicken. Mir scheint aber, ihr könnt noch nicht.«

»Nein, erst müssen wir uns gründlich erholt haben. Kann ich nicht eine andere Kammer bekommen? Diese ist so unbehaglich.«

»Ja, mein Sohn, du hast Recht, behaglich ist sie nicht. Aber, was mir gerade einfällt – ich will es dir mal erzählen. Als ich noch ein Junge war, fand ich einst auf diesem Lager eine Tote, eine Frau von solcher Schönheit, dass ich mich öfter heimlich herschlich und sie mir immer wieder ansah. Die Hände aber waren kalt, eiskalt – ich hätte sonst glauben können, sie schliefe nur und werde bald erwachen. So schön und friedlich lag sie da in ihrem Totenkleid. Sie war selber noch fast ebenso weiß, und ihre Haare waren blond und weich und reichten fast bis zu den Füßen. In den großen Höhlen – in der Siedlung, weißt du, wo die Herrin wohnt – da liegen noch sehr viele solche Tote. Ja, mein Sohn, die Alten hatten eine wunderbare Kunst, verstanden es, die Toten so herzurichten, dass sie nie in Staub zerfielen.

Wie ich sagte, kam ich also alle Tage her, der Toten ins Gesicht zu sehen, und war bald ganz verliebt in ihre schönen Züge. Lache nicht, mein Sohn, ich war damals ja noch ein dummer Junge. Ich habe sie sogar geküsst, und dabei nachgedacht, wer sie wohl früher geküsst hat. War ja furchtbar dumm von mir, aber dabei habe ich gelernt, wie kurz das Leben ist und wie lange der Tod währt.

Meine Mutter aber merkte bald, dass etwas mit mir los war, und kam mir eines Tages nachgeschlichen. Hättest sie nur sehen sollen, als sie die schöne Tote fand. Sie glaubte gleich, ich sei von ihr verhext – und sie hatte nicht einmal so Unrecht damit. Sie riss die Tote von der Bahre hoch und stellte sie da an die Wand und – denke dir meinen Schrecken! – hielt die Lampe an die schönen Haare. Gleich darauf stand der ganze Körper in Flammen – in hellen Flammen! Sie brennen nämlich wunderbar, diese Toten. Sieh mal, da oben ist noch der Ruß zu sehen.«

Ungläubig sah ich zur Decke hinauf – und wirklich, da war noch eine große dunkle Stelle erkennbar. An den Wänden war der Ruß natürlich mit der Zeit abgescheuert worden, oben aber war er haften geblieben.

Sinnend fuhr der Alte fort:»Ja, der ganze Körper verbrannte. Habe nur die Füße retten können. Ich kam nämlich schnell zurück und schnitt sie einfach ab. Ich wickelte sie in Leinwand und versteckte sie dort unter der Bahre. Ich bin nachher aber nie wieder hier gewesen – ich muss doch einmal sehen!«

Niederkniend tastete er unter der Platte umher. Plötzlich zog er mit freudigem Ruf einen bestaubten Gegenstand hervor und klopfte ihn am Boden ab. Dann wickelte er die zerfallene Hülle ab und zeigte mir einen schön geformten, fast ganz weißen Frauenfuß, der noch so frisch und fest erschien, als ob man ihn eben erst vom Körper gelöst hätte.
»Siehst du, ich habe dir nichts vorgeredet. Einer ist noch hier. Da nimm – ich schenke ihn dir.«
Staunend nahm ich den Fuß in die Hand, mit neuem Staunen betrachtete ich ihn. Das Fleisch strömte einen schwachen aromatischen Duft aus und war nicht runzelig oder unansehnlich, wie das der ägyptischen Mumien, sondern völlig glatt und hell, mit einziger Ausnahme der verkohlten Ränder – ein wahrer Triumph der Kunst der Mumifizierung.

Ich stellte ihn auf die Bahre zurück, auf der er als Glied seiner Herrin Jahrtausende gelegen hatte, und begann über die schöne Frau nachzusinnen, die auf ihm einst durch eine hoch entwickelte und längst versunkene Kultur geschritten war – als Kind, als Jungfrau, als voll erblühte Schönheit. Wie mochte sie gelebt, wie mochte sie den Tod gefunden haben?

Endlich wickelte ich den Fuß wieder ein und legte ihn in meinen Koffer. Dann hinkte ich, von Billali unterstützt zu Leos Kammer.

Es ging ihm herzlich schlecht, besonders durch den Blutverlust infolge der Speerwunde, und am ganzen Körper war er mit Wunden und Schrammen bedeckt. Trotzdem war er schon wieder kreuzfidel und bat sogar um das Frühstück. Job und Ustane trennten daher nach Billalis Angaben das Tuch einer Sänfte ab, legten ihn behutsam darauf und trugen ihn in den Schatten am Eingang der Höhle, aus deren Inneren man übrigens jede Spur des Blutbads entfernt hatte. Dort frühstückten wir zusammen, und auch an den beiden nächsten Tagen leisteten wir ihm dort die meiste Zeit Gesellschaft. Am dritten Tag waren Job und ich wieder obenauf, und da auch Leo sich besser fühlte, gab ich Billalis Drängen nach und erklärte mich zum Aufbruch nach Kôr bereit. Ganz unbesorgt war ich aber doch nicht, und hätten mich nicht Billalis Bitten befürchten lassen, uns könnte bei längerem Verweilen irgendeine Gefahr drohen, so hätte ich meine Einwilligung wohl nicht gegeben.

10 Irdisches Grübeln

Eine Stunde darauf standen fünf Sänften mit je vier Trägern und zwei Ersatzmännern sowie fünfzig Bewaffnete als Begleitmannschaften und Träger des Gepäcks vor der Höhle bereit. Drei der Sänften waren wieder für uns Weiße bestimmt und eine für Billali, der uns zu meiner Freude begleiten wollte. Betreffs der fünften dachte ich an Ustane und fragte daher den bei der Vorbereitung die Aufsicht führenden Alten: »Kommt Ustane mit, mein Vater?«

Er zuckte die Achseln. »Ja, wenn sie will. Frauen tun bei uns, wozu sie Lust haben. Sie werden von allen geachtet, denn sie sind der Quell des Lebens. Aber mit der Zeit werden sie ganz unerträglich. Das ist bei jeder zweiten Generation der Fall.«

»Was tut ihr dann?«, fragte ich neugierig.

Ein Lächeln umspielte seine Lippen. »Wir schlagen sie tot; zur Warnung für die Töchter. Sie sehen dann, dass wir auch noch etwas zu sagen haben. Vor drei Jahren ist es auch meiner Frau so ergangen. Es ging mir zuerst recht nahe, jetzt aber lebe ich glücklicher. Vor den jungen Frauen bin ich durch mein Alter geschützt. Übrigens, die junge da, Ustane – ich weiß nicht, was ich von ihr halten soll. Sie ist ein tapferes Mädchen und liebt deinen Freund, den Löwen. Du hast doch gesehen, wie sie ihm das Leben gerettet hat! Nach unserer Sitte ist sie seine Frau und darf ihn überall hin begleiten, aber natürlich nur, wenn die Herrin es nicht verbietet. Das Wort der Herrin ist in allem maßgebend.«

»Wenn die Herrin ihr nun befiehlt, von ihm zu lassen, und sie will nicht?«

Er zuckte wieder die Achseln. »Wenn der Orkan dem Baum befiehlt, sich zu biegen, und er will nicht – – ?« Damit schritt er zu seiner Sänfte, und bald darauf waren wir unterwegs.

Das Durchschreiten der Ebene dauerte eine gute Stunde, das Ersteigen der Felswand eine gute halbe Stunde. Oben entschädigte uns die prächtige Aussicht auf eine weite, sanft abfallende und mit Bäumen bestandene Grasfläche. Am Fuß der Böschung aber, etwa zwei Meilen weiter, lag ein düsterer Sumpf, über dem eine Dunstwolke lagerte wie dichter Nebel über einer Stadt. Bergab hatten die Träger es leicht, und schon gegen Mittag standen wir am Rande des Sumpfes. Dort machten wir Halt, aßen Mittag und zogen dann auf einem viel gewundenen Pfad durch den Sumpf.

Mit meinen ungeübten Augen konnte ich diesen Pfad bald kaum noch wahrnehmen, und heute noch weiß ich nicht, woran die Träger ihn immer erkannt haben mögen. Voran gingen zwei Mann mit langen Stangen, die sie dann und wann in den Boden stießen. Aus mir unbekannten Gründen änderte sich nämlich dieser Boden von Zeit zu Zeit, so dass Stellen, die heute ganz sicher waren, einige Wochen später den Wanderer unfehlbar verschlungen hätten. Noch nie hatte ich so etwas Ödes und Trostloses wie diese Landschaft gesehen. Meilenweit nichts als Moräste, die höchstens von vereinzelten schmalen Streifen eines festeren grünen Bodens und von tiefen und düsteren binsenumsäumten Teichmooren unterbrochen wurden. Aus diesen Teichmooren ertönte unaufhörlich das Gebrumm der Rohrdommeln und das Gequake der Frösche. So legten wir ohne jede Abwechslung Meile um Meile zurück. In diesem Riesensumpf nisteten unzählige Wasservögel und hausten allerhand Tierarten, die sich von jenen nährten. Gänse, Enten, Hühner, Schnepfen, Kraniche und Regenpfeifer umflatterten uns in ganzen Schwärmen und waren dabei so zahm, dass wir sie fast mit Händen greifen konnten. Einige Gattungen waren mir noch ganz unbekannt. Am häufigsten war eine Art bunter Schnepfen, die in Größe und Flugart mit Bekassinen Ähnlichkeit hatten.

In den Mooren lebte eine Gattung von Tieren, die ich für besonders große Leguane oder für kleine Alligatoren hielt. Auch viele hässliche schwarze Wasserschlangen sah ich, deren Biss sehr gefährlich sein sollte. Am zahlreichsten aber waren hier riesige Ochsenfrösche, deren Stimme hinter ihrer Größe nicht zurückblieb. Und die Moskitos endlich waren womöglich noch blutdürstiger als die auf dem Fluss. Das Schlimmste jedoch waren der grässliche, oft unerträgliche Gestank der verwesenden Pflanzen und die schrecklichen Malariadünste, denen gar nicht auszuweichen war. Alle diese Plagen begleiteten uns fast ununterbrochen. Als endlich die Sonne in verschleierter Pracht herabsank, erreichten wir ein Stück festeren Bodens, etwa zwei Morgen groß, das wir inmitten dieser Wüstenei wie eine Oase begrüßten. Billali gebot Halt. Unsere Rast bestand einfach darin, dass wir aus trockenem Röhricht und mitgebrachtem Holz ein dürftiges Feuer anmachten und uns rundherum auf den Boden setzten. Wir machten aber aus der Not eine Tugend und aßen und rauchten nach Herzenslust, soweit es bei der feuchten und erstickenden Hitze möglich war. Und trotz dieser Hitze machte sich zeitweise doch auch eine unangenehme Kühle bemerkbar. Da die Moskitos den Rauch des Feuers mieden, rückten wir immer dichter an die Flammen heran. Schließlich wickelten wir uns in unsere Decken und versuchten zu schlafen. Bei dem ewigen Froschgequake und Gänsegeschnatter, von allem anderen ganz zu schweigen, konnte ich aber lange Zeit kein Auge schließen. Leo neben mir schlummerte zwar, aber seine Röte im Gesicht gefiel mir nicht, und auch Ustane an seiner anderen Seite beugte sich mehrmals besorgt über ihn. Da wir Chinin schon reichlich eingenommen hatten, konnte ich leider nichts weiter für ihn tun und versank beim Anblick des Sternenhimmels in tiefes Grübeln.

Jeder Punkt dort oben eine Welt für sich! Wie viele unergründliche Rätsel gab es, und wie verschwindend war unser eigenes Nichts! Alles Forschen im Buche der Natur würde ewig unvollkommen bleiben. Das Gefäß des menschlichen Geistes war so bald gefüllt, dass schon ein Tropfen von der Kraft und Weisheit des Ewigen es zersprengen musste. Der Mensch war dazu da, in Qual und Drangsal auszuharren und sich mit des Geschickes Seifenblasen zu begnügen, die ihn schon beglückten, wenn er sie nur einen Augenblick lang vor dem Zerspringen in den Händen halten durfte. Und war sein kurzer Lebensweg erfüllt, dann war er glücklich, demutsvoll ins unbekannte Land hinüberpilgern zu dürfen. Wie schön war die Aussicht, einst alle Erdenschwere abzustreifen, die Stätte irdischer Qual zurückzulassen, um endlich im Glanz der Himmelskraft, die aller Wahrheit und Schönheit Schöpferin ist, zur Ruhe zu kommen! Ein zarter Strahl der himmlischen Schönheit beglückte uns schon im Morgenrot der Hoffnung, die der Seele Leben gab, und Schwingen, um zum Himmel aufzusteigen.

Schließlich kehrten meine Gedanken zu unserer Fahrt zurück. Welch toller Narrenstreich! Und doch – stimmte nicht manches mit der alten Inschrift überein? Was konnte das für ein mystisches Wesen sein, das auf den Spuren einer geheimnisvollen, längst verschollenen Kultur ein ebenso geheimnisvolles Volk beherrschte? Sollte es wirklich eine Möglichkeit geben, den staubgeborenen Leib vor dem Verfall zu schützen? Wer dieses Ziel erreichte, der könnte sich am Ende die ganze Erde untertan machen. Allen Reichtum, alle Macht und Weisheit könnte er für sich allein erwerben. Jeder Kunst und jeder Wissenschaft könnte er die Dauer eines ganzen Lebens widmen. Wenn aber diese »Herrin des Todes« wirklich eine solche war, wie kam es dann, dass sie ihr langes Leben bei wilden Kannibalen in düsteren Höhlen verbrachte? Wahrlich; dies stieß wieder alles um! Nein, diese ganze Geschichte war wohl doch nur ein Stückchen aus der Zeit des wilden Aberglaubens!

Ich persönlich würde auf keinen Fall Unsterblichkeit erlangen wollen. Ich hatte schon zu viele Enttäuschungen und Bitternisse durchkosten müssen, um nach ihrer endlosen Fortdauer Verlangen zu hegen. Schließlich sagte ich mir noch, dass unser Leben augenblicklich viel eher Gefahr lief, hier ein baldiges Ende zu finden, und in diesem Gedanken fand ich dann endlich den heiß ersehnten Schlaf.

Bei meinem Erwachen dämmerte es. Das Feuer war niedergebrannt. Leo saß aufrecht, den Kopf in die Hände gestützt. Sein Gesicht war glühend rot. Sein Blick war matt, das Weiße in den Augen gelblich.

»Na, Leo, wie fühlst du dich?«
»Scheußlich«, antwortete er mit matter Stimme, »der Kopf ist mir zum Zerspringen. Ich fühle mich todelend und friere am ganzen Körper.«
Kein Zweifel, er hatte heftiges Fieber. Schnell ging ich zu Job, Chinin zu holen. Aber auch mit ihm sah es bedenklich aus; er klagte über Schwindelanfälle und Rückenschmerzen und konnte sich kaum noch rühren. So gab ich denn beiden je zwei Tabletten Chinin und nahm vorsichtshalber auch selbst eine solche ein. Dann eilte ich zu Billali und bat ihn, sich die beiden anzusehen und seine Entscheidung zu treffen.
Als wir außer Hörweite waren, sagte er: »Ja – Sumpffieber. Der Löwe hat das schwere Fieber, kann es aber doch überstehen. Das Mastschwein hat bloß das leichte Fieber. Es fängt stets mit Rückenschmerzen an. Ein paar Pfund Fett wird es aber kosten.« Jobs rundliche Figur und seine kleinen Augen hatten ihm von Billali den Namen »Mastschwein« eingetragen.
»Können sie weiter mitkommen?«, fragte ich.
»Können? – Sie müssen! Sie wären hier sehr bald erledigt und sind übrigens in der Sänfte besser untergebracht als auf dem Erdboden. Den Sumpf haben wir heute Abend hinter uns, dann kommt bessere Luft. Am besten brechen wir sogleich auf. Das Herumstehen im Morgennebel ist auch nicht ungefährlich. Essen können wir unterwegs.«
Schweren Herzens willigte ich ein, und bald ging die Reise weiter. Die ersten drei Stunden verliefen nach Wunsch, dann aber ereignete sich ein Unfall, der uns beinahe die Gesellschaft unseres guten Alten gekostet hätte. Billalis Sänfte war die vorderste der Karawane. In diesem gefährlichen Teil des Sumpfes sanken die Träger oft bis an die Knie in den Schlamm und konnten die Lasten trotz der Hilfe der Ersatzmänner bald kaum noch vorwärts schleppen.
Plötzlich gab es einen lauten Schrei, wüstes Stimmengewirr und gleich darauf ein mächtiges Geplantsche. Die Karawane kam zum Stillstand. Schnell sprang ich auf die Erde und rannte nach vorn, an den steilen Abhang eines düsteren

Teichmoores. Und da sah ich die Bescherung: Billalis Sänfte lag im ekligen Wasser, von ihm selbst aber war nichts zu sehen. Nachher erfuhr ich, dass einer seiner Träger zufällig auf eine sich sonnende Schlange getreten und von ihr ins Bein gebissen worden war, so dass er im Schreck die Tragstange hatte fahren lassen; dabei hatte er das Gleichgewicht verloren und sich an der Sänfte zu halten gesucht; diese war umgekippt und, da auch die anderen Träger vor Schreck losließen, mitsamt seinem Insassen hinter dem ersten Träger her die steile Böschung hinabgerutscht, direkt ins Moor hinein. Der Träger war und blieb verschwunden, und auch Billali war nicht zu sehen. Plötzlich aber geriet die Sänfte in heftiges Schaukeln, und nun wussten wir, wo unser guter Alter steckte. In die Tücher verstrickt, konnte er aber wenigstens nicht untergehen.

»Da ist er, da ist er!«, riefen die Träger sogleich, aber keiner rührte auch nur ein Glied. Wie angewurzelt standen sie da und stierten auf das Wasser.

»Platz da, Hakunken!«, rief ich auf Englisch, warf meinen Hut ab, nahm Anlauf und sprang ohne nachzudenken mit mächtigem Satz in das moorige Wasser hinein. Mit einigen Stößen war ich an Billalis Seite und befreite ihn nicht ohne Schwierigkeiten aus seiner engen Umstrickung. Zuerst kam sein mit Schlamm und »Entengrütze« bedeckter Kopf zum Vorschein, fast wie ein bekränzter Bacchus.

Das Übrige war nur noch ein Kinderspiel. Billali, seiner praktischen Veranlagung entsprechend, klammerte sich nicht an mich an, wie Ertrinkende es so oft tun, sondern ließ sich von mir am Arm ergreifen und so ans Ufer ziehen. Und dann schleiften uns die Träger durch den dicken Morast die Böschung hinauf, so dass wir schließlich von Schlamm und Schmutz starrten.

Aber selbst jetzt gelang es dem Alten, seine ehrwürdige Haltung zu bewahren. Als er genug gehustet und geprustet hatte, fuhr er auf die Träger los: »Ihr Hunde, meine Kinder wollt ihr sein? Lasst mich ruhig hier ertrinken? Bin ich nicht euer Vater? Ohne diesen Fremdling wäre ich ertrunken. Werde es euch – – !«

Ich befürchtete das Schlimmste für die Träger, diese selbst aber zuckten mit keiner Wimper, als ob das alles sie gar nichts anginge. Dann ergriff Billali meine Hand und sagte freundlich: »Du aber, mein Sohn, mein lieber Pavian – ich bin nun dein Freund und stehe dir bei, was auch kommen mag. Du hast mir das Leben gerettet.«
Von dem Träger war keine Spur zu entdecken. Wahrscheinlich steckte er, durch den Schlangenbiss gelähmt, tief in dem Schlamm.
Nachdem wir die Sänfte herausgefischt und uns leidlich gereinigt hatten, ging die Reise wieder weiter.

11 Die Ebene von Kôr

Gegen Abend konnte ich erleichtert aufatmen. Wir verließen den Sumpf und betraten wieder festes Land, ein in sanften Wellen ansteigendes Plateau. Unterhalb des ersten Wellenkamms machten wir Halt. Leos Zustand hatte sich noch verschlimmert; ein neues übles Symptom, das Erbrechen, war hinzugekommen.
In dieser Nacht hatte ich mit Ustane alle Hände voll zu tun, um Leo und Job zu betreuen, und kam so keinen Augenblick zur Ruhe. Zum Glück war hier eine wohlig-warme Luft, und Moskitos gab es hier fast gar nicht mehr. Aus dem Nebel waren wir heraus; hier und da von Irrlichtern durchflimmert lag er jetzt in breiter Fläche zu unseren Füßen. Wir fühlten uns geborgen wie in Abrahams Schoß.
Am nächsten Morgen begann Leo, grässlich zu phantasieren, so dass ich mit Schrecken an den weiteren Verlauf der Krankheit dachte. Da kam Billali und sagte, wir müssten sofort wieder aufbrechen, denn wenn wir nicht in zwölf Stunden einen Ort erreichten, wo Leo die erforderliche Ruhe und Pflege fände, werde es in einem oder höchstens zwei Tagen mit ihm vorbei sein. Wir hoben Leo also wieder in seine Sänfte und brachen auf. Ustane aber ließ es sich nicht nehmen, von nun an neben ihm herzugehen, um die Fliegen zu verscheuchen und aufzupassen, dass er nicht herausstürzte.

Kurz vor Sonnenaufgang, als wir den Kamm der ersten Bodenwelle betraten, standen wir plötzlich vor einem entzückenden Bild.

Zu unseren Füßen lag eine breite fruchtbare Landschaft mit üppigem Graswuchs, buntem Blumenschmuck und dichtbelaubten Bäumen. Dahinter aber, einige Meilen entfernt, ragte schroff ein eigenartiger gewaltiger Berg hervor. Den Fuß dieses Berges bildete ein breiter grüner, offenbar mit Gras bewachsener Abhang, der sich – nach meiner späteren Schätzung – etwa einhundertfünfzig Meter über die Ebene erhob, und von ihm aus stieg jäh und steil die mindestens vierhundert Meter hohe Felswand empor. Dieser fast kreisrunde Berg war sicherlich vulkanischen Ursprungs. Da nur ein Teil des Kreises sichtbar war, vermochte ich den Umfang nicht zu schätzen; er musste aber ganz bedeutend sein. Nach einer später von mir angestellten Berechnung betrug er volle sechs Meilen, so dass er bei einem Durchmesser von etwa zwei Meilen drei Quadratmeilen Flächenraum bedeckte. Ein imposanteres Bild als diese kolossale natürliche Festung konnte man sich kaum vorstellen. Einsam und erhaben ragte die stolze Burg aus der Ebene empor, und ihre von Wolken umhüllten Zinnen schienen bis an den Himmel hinaufzureichen.

Von meiner Sänfte aus starrte ich auf dieses majestätische Bild. Da ließ Billali, der sich übrigens von seinem unfreiwilligen Moorbad vollkommen erholt hatte, seine Sänfte neben der meinen halten. »Siehe, mein Sohn, der Palast der ›Herrin des Todes‹! Welche Königin hat jemals einen solchen Thron besessen?«

»Ja, du hast Recht, das ist ein Thron von ganz besonderer Art. Wie kommen wir aber da hinein? Die Wände sind doch unersteigbar.«

»Warte nur ab! Jetzt sieh in die Ebene! Du bist doch ein heller Kopf; wofür hältst du die Straße dort?«

Mitten durch die Ebene, gerade auf den Fuß des Berges zu, schien eine mit Rasen bedeckte Landstraße zu führen. Zu beiden Seiten jedoch war sie von gleichmäßig hohen, nur hier und da unterbrochenen Dämmen eingefasst, deren

Zweck mir zunächst verborgen war. »Nun, eine Landstraße; oder ein Flussbett?«

In diesem Augenblick aber fiel mir die schnurgerade Richtung der Straße auf, und sofort rief ich: »Nein, nein, ein alter Kanal!«

»Richtig, mein Sohn. Ein Kanal, den die früheren Bewohner gestochen haben, um Wasser weiterzuleiten. Innerhalb der Bergwand ist einst ein großer See gewesen, und mit wunderbaren Künsten haben die Alten durch die Wand hindurch bis auf den Grund des Sees einen Abgrund geschaffen. Zuerst aber hatten sie den Kanal gegraben. Durch den geöffneten Fels strömte das Wasser bis in den Kanal und floss dann bis ins Tiefland hinter der Höhe, wo es den großen Sumpf schuf. Als der See ausgetrocknet war, bauten sie auf seinem Grund die Stadt Kôr, die jetzt in Trümmern liegt, und schlugen aus dem Felsen nach und nach alle Höhlen und Gänge heraus, – du wirst sie bald sehen.«

»Hm, mag sein, mein Vater. Wie kommt es aber, dass Regen und Quellwasser den See nicht wieder gefüllt haben?«

»Waren eben kluge Leute, diese Alten. Sie bauten, um den Grund stets trocken zu halten, noch einen Abzugsgraben. Sieh mal den Fluss dort hinten rechts, der im Bogen durch die Ebene zieht! Das ist der alte Abzugsgraben. Er kommt an derselben Stelle heraus, wo der Kanal beginnt. Später aber, als das Wasser nur noch durch den Graben floss, machten sie aus dem Kanal eine Landstraße.«

»Ist das jetzt der einzige Weg, der in den Berg führt?«

»Nein, es gibt noch einen anderen – der ist aber sehr beschwerlich und wird geheim gehalten. Du könntest lange danach suchen. Er wird auch nur alle Jahre einmal benutzt – um die Herden, wenn alles draußen abgegrast ist, wieder hineinzutreiben.«

»Kommt die Königin auch nach draußen?«

»Wo sie ist, da bleibt sie.«

Inzwischen hatten wir die große Ebene erreicht, und mit Entzücken betrachtete ich die Schönheit der halbtropischen Bäume und Blumen. Erstere standen meist einzeln, höchstens drei bis vier beisammen; die meisten waren eine Abart der immergrünen Eiche. Auch hohe Palmen gab es und riesige Baumfarne, auf denen ganze Schwärme von bunt schillernden Honigsaugern und großen Schmetterlingen saßen.

Unter den Bäumen und im langen Gras sah ich nach und nach die verschiedensten Arten von Wild sich tummeln, besonders Quaggas, Elenantilopen und schwarze Antilopen, die schönsten aller Böcke, ganz zu schweigen von den kleineren Wildarten. Sogar eine Büffelherde konnte ich einmal beobachten und außerdem einige Rhinozerosse sowie drei Strauße, welche bei unserer Annäherung wie der Wind davon stoben. In diesem Jägerparadies konnte ich nicht lange widerstehen. Wozu hatte ich meine Martinibüchse neben mir stehen? Als ich sah, wie eine Elenantilope das Gehörn an einem Baumstamm wetzte, sprang ich auf die Erde und pirschte mich heran. Bei etwa fünfundsiebzig Metern Entfernung hob das Tier, mir gerade die Breitseite zuwendend, den Kopf und sah mich erstaunt an. Ehe es sich aber zur Flucht wenden konnte, knallte schon mein Schuss. In meiner ganzen Jägerlaufbahn, die freilich nicht bedeutend ist, habe ich vielleicht keinen besseren Schuss abgegeben. Die Antilope, unter dem Schulterblatt getroffen, sprang steil empor und fiel tot nieder. Die Träger, die stehen geblieben waren, um diese für sie neuartige Jagd zu verfolgen, ließen ein Murmeln der Überraschung hören, was hier gewiss ein seltenes Kompliment war. Ein paar Männer rannten sogleich los, das Tier auszuweiden. Natürlich hätte ich mir meine Beute gern näher angesehen, aber ich unterdrückte das Verlangen und schlenderte, als ob ich schon Hunderte solcher Antilopen erlegt hätte, zu meiner Sänfte zurück. In Wirklichkeit hatte ich überhaupt noch keine Elenantilope in Freiheit gesehen, geschweige denn eine geschossen.

Billali kam mir sogleich begeistert entgegen.»Großartig, mein Sohn, ganz großartig! Das hätte ich dir nie zugetraut! Und das – kann ich auch lernen?«

»Gewiss, mein Vater, das ist kinderleicht!«, renommierte ich, indem ich mir aber vornahm, mich bei seinem ersten Schusse in gehörige Sicherheit zu bringen.

Wir zogen auf dem alten Kanal zwischen den Dämmen dahin, dann kamen wir auf den Abhang, und ein bis zwei Stunden vor Sonnenuntergang erreichten wir den Schatten der vulkanischen Felsmasse. Der Eindruck war nun noch viel großartiger als zuvor. Ihre einsame, über schroffe Zacken hinweg bis fast in die Wolken ragende Größe flößte mir Staunen und Ehrfurcht ein, während die Träger empfindungslos immer weiter trotteten.

Plötzlich standen wir vor einer riesigen in den Abhang gehauenen Öffnung, die der ganzen Länge nach in zwei Hälften geteilt war. Die linke, auf der wir weiter schritten, lag etwa sieben Meter höher als die rechte; diese rechte aber war ein Wasserlauf, der alte Abzugsgraben, der sich hier von der Öffnung aus im Bogen nach rechts wandte und sich allmählich zum Fluss erweiterte.

Nun ging es in die Öffnung hinein. Mein Staunen fand kein Ende. Wie dieses gewaltige Werk ohne Hilfe von Sprengmitteln überhaupt hatte geschaffen werden können, war mir ein Rätsel. Für diesen riesigen Durchstich und für alle diese großen Höhlen, die wir später noch kennen lernen sollten, konnte ich mir als einzige Erklärung denken, dass sie staatliche Unternehmungen jenes uralten Volkes waren – wie die Denkmäler Ägyptens –, die durch den Frondienst von vielen Tausenden Gefangener oder Sklaven im Laufe von Jahrhunderten geschaffen worden waren.

Endlich standen wir vor dem Felsmassiv selbst, und sogleich tat sich ein finsterer Tunnel vor uns auf, der mich lebhaft an unsere größten Eisenbahntunnels erinnerte. Ihm entströmte der in der Böschung weiter fließende Wasserlauf. Die Träger zündeten einige Lampen an, und Billali stieg aus und teilte mir höflich, aber bestimmt mit, dass er uns jetzt auf Befehl der Königin die Augen verbinden lassen müsse. Ich fügte mich ohne weiteres, Job aber, der sich inzwischen wieder erholt hatte, hielt dies nur für eine List zur Vorbereitung eines neuen »Festes« und sträubte sich mit Händen und Füßen. Als ich ihm jedoch klar machte, dass es hier weder Feuer noch Krüge gab, beruhigte er sich. Zum Verbinden dienten schmale Streifen derselben Leinwand, aus welcher die Gewänder der Amahagger bestanden. Sie war aber nicht, wie ich zuerst geglaubt hatte, von den Bewohnern selbst hergestellt worden, sondern stammte – gleich den schon beschriebenen Krügen – aus den alten Grabgewölben. Diese Streifen wurden uns am Hinterkopf zusammengebunden und dann unter dem Kinn verschlungen. Auch Ustane musste sich dies gefallen lassen – wahrscheinlich, um uns nicht noch nachträglich die Wege verraten zu können. Leo endlich lag in tiefer Betäubung.

Dann ging die Reise weiter. Das Echo des Getrappels und des Wasserrauschens sagte mir bald, dass wir tief im Inneren des Berges waren. Anfangs war es recht unheimlich, bald aber verging das Gefühl, zumal ich mich doch in diesem Land an manches Unheimliche hatte gewöhnen müssen. Ich versuchte sogar, mir einzureden, es sei dies ein ganz spaßiges Erlebnis. Auch hier ertönte das mir schon bekannte Marschlied, klang jetzt aber natürlich ganz anders als zuvor im Freien. Die Luft wurde immer dicker, das Rauschen des Wassers verstummte, und plötzlich wurden kurz nacheinander mehrere ganz scharfe Wendungen gemacht. Sofort legte ich mir von diesen Wendungen einen Plan im Kopf zurecht, um mich bei einer etwaigen Flucht danach zurechtfinden zu können. Es kamen aber immer neue Wendungen und schließlich wurde ich dabei so verwirrt, dass ich das Vorhaben wieder aufgeben musste. Endlich gewahrte ich durch meine Binde hindurch Tageslicht und spürte einen kühlen Lufthauch. Dann wurde Halt gemacht. Billali rief Ustane zu, sich und uns die Binden abzunehmen. Ich löste die meine sofort selbst und blickte mich um.

Wir standen auf der Innenseite des Felsrings. Die Felswand war hier wenigstens um hundert Meter niedriger als auf der Außenseite, der Grund des einstigen Sees oder Kraters hatte also hoch über der umgebenden Ebene gelegen. Es war ein ähnliches Plateau wie das der Siedlung Billalis, doch mindestens zehnmal so groß, so dass die diametral gegenüberliegende Felswand kaum noch erkennbar war. Hier und da waren Felder zum Schutz vor dem Vieh mit Steinmauern umgeben. Auch einige mit Gras bewachsene

Hügel sah ich, und nach der Mitte zu, vielleicht eine Meile von uns entfernt, glaubte ich die Umrisse gewaltiger Ruinen zu gewahren. Mehr zu beobachten war mir im Augenblick nicht möglich, da wir sofort von Eingeborenen umringt wurden, die uns jede Aussicht versperrten und sich im Übrigen genau so schweigsam verhielten wie Billalis »Söhne«.

Plötzlich gab es eine neue Überraschung. Wie ein Zug Ameisen aus einer Erdhöhle trat eine geschlossene Kompanie mit Speeren bewaffneter Eingeborener in Leinengewändern aus einer Felshöhle hervor und kam gerade auf uns zu marschiert. Die Vorgesetzten hatten Elfenbeinstäbe in den Händen. Sofort war mir klar, dass wir hier die königliche Leibwache vor uns hatten.

Der Kompanieführer trat salutierend, indem er seinen Stab quer vor die Stirn legte, an Billali heran und stellte ihm eine mir nicht verständliche Frage. Auf Billalis Antwort hin machte die Kompanie kehrt und marschierte an der Felswand entlang. Unsere Karawane trottete hinterher, und nach einigen hundert Metern wurde wieder Halt gemacht – vor einer großen Höhle, deren Öffnung mindestens fünfundzwanzig Meter breit und zwanzig Meter hoch war. Wir stiegen aus, die Leibwache stellte sich in zwei Abteilungen auf, und zwischen beiden hindurch betraten wir den »Palast« der »Herrin des Todes«.

Vorn schien noch das Licht der untergehenden Sonne hinein, der Hintergrund aber wurde durch zahlreiche Lampen an beiden Seiten erhellt. Die Wände waren mit Skulpturen bedeckt, sämtlich in Basrelief. Meist waren es, wie ich später feststellte, Liebesszenen und Jagdstücke, ich sah aber auch Ringkämpfe, Wettrennen, Folterungen und Hinrichtungen. Die Köpfe der Verbrecher steckten in Krügen. – Aha, sagte ich mir, daher der gastfreundliche Brauch des Landes! Schlachtenbilder aber waren nicht dabei. Die einstigen Kôrer hatten sich offenbar nicht mit anderen Stämmen herumzuschlagen brauchen. Entweder waren sie durch die isolierte Lage ihres Landes hinreichend geschützt worden, oder sie waren so stark und so gefürchtet gewesen, dass niemand sich an sie herangewagt hatte.

Zwischen den Bilden befanden sich lange Inschriften in mir ganz unbekannten Zeichen, die sicher weder griechisch noch ägyptisch, weder hebräisch noch assyrisch waren, sondern allenfalls mit chinesischer Schrift Ähnlichkeit hatten. Im Vordergrund der Höhle waren die Inschriften schon vielfach verwischt und unklar, nach innen zu aber meist klar und deutlich erkennbar.

Nach etwa zehn Schritten innerhalb der Höhle trat ein Mann im Leinengewand auf uns zu und verbeugte sich, ohne jedoch ein Wort zu sprechen; offenbar ein Taubstummer vom königlichen Dienstpersonal. Auf beiden Seiten führte hier nach rechts und links je ein breiter hell erleuchteter Korridor. Der linke, vor dem zwei Wächter standen, war offenbar der Eingang zu den Gemächern der Königin. Der Diener führte uns zum unbewachten rechten Korridor und bedeutete uns durch eine Gebärde, dort einzutreten. Nach einigen Schritten standen wir vor einer durch eine Bastmatte verhängten Öffnung. Hier machte der Diener eine neue Verbeugung, zog die Matte zurück und wies uns in ein hübsches geräumiges Gemach, das zu meiner Freude durch einen Deckenschacht Tageslicht erhielt und mit einer Steinbettstelle, mehreren hübschen gegerbten Leopardenfellen und einigen gefüllten Wasserkrügen ausgestattet war.

Hier hoben wir den noch immer schlafenden Leo aus seiner Sänfte heraus und ließen ihn auf einem bequemen Lager, das wir ihm bereiteten, zurück; Ustane blieb bei ihm. Ich bemerkte, dass der stumme Diener sie scharf betrachtete, als wollte er sagen: »Wer bist du und wer hat dir befohlen, hierher zu kommen?« Danach wurden wir anderen, Job, Billali und ich, zu drei ähnlichen Räumen geführt, wo wir dann der Reihe nach unser Heim aufschlagen durften.

12 Die Herrin des Todes

Nun war es Jobs und meine erste Sorge, uns nach einer gründlichen Reinigung sofort mit frischer Wäsche und neuen Kleidern zu versehen. Nie werde ich das angenehme Gefühl vergessen, das mich erfüllte, als ich mich gewaschen und meine sauberen Flanellkleider angezogen hatte. Zum vollen Wohlbehagen fehlte mir nur noch ein Stück Seife. Statt Seife benutzten die Amahagger nämlich eine Art Tonerde, die zuerst zwar ziemlich unangenehm wirkte, im Übrigen aber gar kein schlechter Seifenersatz war. Als ich mir schließlich auch den Bart geschnitten und gut durchgekämmt hatte, merkte ich, dass ich einen Bärenhunger hatte, und war daher nicht böse, als ein Mädchen zu mir eintrat und mir durch ihr Gebärdenspiel zu verstehen gab, dass das Essen bereitet sei. Dann führte sie mich in ein größeres, mir noch unbekanntes Gemach, wo ich Job, der auch von einer Dienerin dorthin geführt worden war, schon auf mich wartend vorfand. Der brave Job, im Geiste noch immer von seinem Kusserlebnis verfolgt, war schon wieder in heller Aufregung und rief mir sogleich zu: »Ach, Mr. Holly, es ist zum Verrücktwerden! Die Weiber hier stieren einen gar zu frech an!«

Bei der Besichtigung dieses Zimmers erkannte ich alsbald, dass es einstmals ein Einbalsamierungsraum gewesen war. An jeder Wand, einen halben Meter von ihr entfernt, standen lange Steinbänke, und vor jeder Bank ein ebenso langer Steintisch, einen Meter hoch und fast ebenso breit. Bänke und Tische waren sämtlich aus dem lebenden Fels gehauen und schienen so gleichsam aus dem Boden emporgewachsen zu sein. Die den Bänken zugekehrte Tischseite war nach innen ausgehöhlt, um für die Knie der Sitzenden Raum zu geben. Über jedem Tisch befand sich ein Licht und Luft einlassender Deckenschacht. Die nähere Betrachtung der Tische zeigte mir aber sogleich einen bedeutsamen Unterschied: Der Tisch links vom Eingang war offenbar kein Esstisch, sondern ein Präpariertisch gewesen; auf seiner Platte waren nämlich fünf flache, parallel gerichtete Vertiefungen, die wie der Rumpf eines Menschenkörpers geformt waren, und ebenso viele kleinere Vertiefungen, die von jenen anderen durch je eine schmale Brücke getrennt waren und also offenbar zur Aufnahme des Kopfes gedient hatten. Alle diese Vertiefungen waren aber von verschiedener Größe, von der eines erwachsenen Mannes bis herab zu der eines kleinen Kindes. Außerdem war diese Tischplatte von vielen kleinen Löchern zum Ablaufen von Flüssigkeiten durchsetzt. Zur Bestätigung genügte übrigens ein Blick auf die oberen Wandflächen. Sie waren mit drei noch ganz unbeschädigten Skulpturen geschmückt, welche das Hinscheiden, die Einbalsamierung und die Bestattung eines langbärtigen Greises, offenbar eines Königs oder anderen Großen des Landes, darstellten. Das erste Bild zeigte den Sterbenden auf einem Lager, dessen unten in einem Knauf auslaufende Füße ungefähr die Form von Musiknoten hatten. Um ihn herum standen weinende Kinder und Frauen; letzteren fiel das Haar lose auf den Rücken herab. Dann kam die Einbalsamierung. Die Leiche lag nackt auf einem Tisch, der die gleichen Vertiefungen hatte wie der vor uns stehende, der vielleicht sogar eine Nachbildung eben dieses Tisches war. Drei Männer waren bei der Arbeit: Einer als Aufsichtsführender; ein anderer hielt in der rechten Hand ein trichterartiges Gerät, dessen Spitze in einem Brustschnitt der Leiche, wahrscheinlich in der Schlagader, steckte; und in diesen Trichter goss der dritte, breitbeinig über der Leiche stehend, aus einem Krug eine dampfende Flüssigkeit hinein. Mit der Linken hielten sich die beiden letztgenannten Männer die Nasen zu – wahrscheinlich wegen der beißenden Dämpfe. Aus welchem Grund aber alle drei vor dem Gesicht eine Maske trugen, dafür wusste ich keine Erklärung zu finden. Das dritte Bild zeigte die Bestattung. Der Tote lag im Leinengewand auf einer Steinbahre gleich der, auf welcher ich in Billalis Siedlung geschlafen hatte. Zu Häuptern und Füßen des Toten brannten mehrere Lampen, seitwärts sah man bemalte Krüge. Ringsherum standen eine Gruppe von Leidtragenden sowie einige auf einem lyraartigen Instrument spielende Musikanten, und zu Füßen der Leiche hielt ein Mann ein Laken in der Hand, mit welchem er sich anschickte, die Leiche zuzudecken.

Nach der Betrachtung dieser Bildwerke, die von den Totengebräuchen eines verschollenen hochbegabten Volkes erzählten, setzten wir uns zu einem auf sauberen Holztellern aufgetragenen und aus gekochtem Ziegenfleisch, Kuchenbrot und frischer Milch bestehenden Mahl nieder und ließen es uns gut schmecken. Danach kehrten wir zu Leo zurück. Er lag in schweren Fieberphantasien und schlug wild um sich, so dass Ustane ihn gewaltsam festhalten musste. Mein Zureden aber beruhigte ihn, so dass er sich wieder Chinin geben ließ. Bald darauf trat Billali ein und teilte uns mit, dass er jetzt der Königin seine Aufwartung machen müsse. Bei Beginn der Dunkelheit kehrte er zurück und eröffnete mir mit großer Wichtigkeit, dass die Königin mich kennen zu lernen wünsche, wobei er nicht unterließ hinzuzufügen, dass dies eine ganz besondere Ehre sei, der sich gewiss nur wenige Sterbliche rühmen könnten. Dass ich diese Ehre sehr gelassen hinnahm, schien ihn arg zu enttäuschen, aber ich war mit meinen Gedanken zu sehr bei meinem Leo, als dass mir die Aussicht, jetzt vor einer Königin Afrikas erscheinen zu dürfen, hätte imponieren können. Dennoch erhob ich mich, um dem Alten zu folgen, und dabei sah ich zufällig etwas Glänzendes am Boden liegen.

Man erinnert sich, dass in dem Kästchen mit der Scherbe auch ein kleiner Skarabäus mit den Hieroglyphen »Sohn der Sonne« gelegen hatte. Diesen Skarabäus hatte Leo sich in London in einen goldenen Siegelring einfassen lassen, und dieser Ring war es, den ich jetzt vom Boden aufhob. Leo hatte ihn offenbar im Fieber vom Finger gestreift und fortgeschleudert. Um nun diesen Ring recht sicher aufzubewahren, steckte ich ihn an meinen eigenen kleinen Finger und folgte Billali, während Job und Ustane bei Leo blieben.

Beim Eingang zum linken Korridor verbeugten sich die beiden Wächter vor uns und salutierten wieder durch Anlegen des Speeres vor die Stirn. Zwischen ihnen hindurch traten wir in den hell erleuchteten Korridor ein. Hier kamen vier andere Bediente, zwei Männer und zwei Frauen, auf uns zu, verbeugten sich gleichfalls und schlossen sich uns an, die Frauen voraus, die Männer hinter uns gehend. In diesem Zug schritten wir an mehreren mit Matten verhängten Seitentüren vorbei, die, wie ich später sah, zu den Wohnungen des Dienstpersonals führten. Vor dem letzten Eingang, am

Ende des Korridors, standen wieder zwei salutierende Wächter, die uns in einen großen, hell erleuchteten Saal von gut zwölf Metern Seitenlänge eintreten ließen. In diesem Saal war eine Anzahl blond gelockter, sehr schöner Mädchen mit Stick- und Knüpfarbeiten an großen, stickrahmenartigen Gestellen beschäftigt, wobei sie sich langer Elfenbeinnadeln bedienten. Zwei andere standen, den Kopf geneigt, die Hände gefaltet, vor einem breiten Eingang in der gegenüberliegenden Wand, der durch zwei prächtige orientalische Teppiche verhängt war. Alle diese jungen Frauen waren offenbar taubstumm.

Als wir uns diesem Eingang näherten, schlugen sie die Teppiche zurück, und sofort warf sich Billali, der ehrwürdige »Vater«, zu meiner maßlosen Verwunderung lang auf den Boden nieder und kroch auf allen Vieren in das neue Gemach hinein, indem sein langer Bart am Boden schleifte. Als ich ihm, natürlich aufrecht, folgte, sah er sich erstaunt um und rief mir leise zu: »Nieder, mein Sohn! Wir kommen zur Königin! Nieder, nieder, sonst bist du des Todes!«

Unwillkürlich verharrte ich einen Augenblick, und schon wollten meine Knie nachgeben, da besann ich mich schnell. Vor einem Weibe Afrikas auf allen Vieren kriechen? Ich war doch eine Europäer, ein Engländer, nicht so ein Pavian, wie man mich hier zu nennen beliebte! Einmal gekrochen, immer gekrochen! Nein, so weit ging die Erniedrigung denn doch nicht.

In diesem etwas kleineren Raum waren auch Wände und Boden mit kostbaren Teppichen bedeckt, dem Werk der im Vorraum sitzenden Mädchen, die an den Gestellen die Streifen verfertigten und diese nachher zusammenknüpften. Außerdem standen hier mehrere Ruhebetten aus Ebenholz mit mosaikartigem Elfenbeinschmuck. Durch einen Teppich an der gegenüberliegenden Wand drang ein leiser Lichtschimmer. Dahinter schien sich ein Alkoven zu befinden.

Schwerfällig kroch der Alte durch das ganze Gemach und ich gab mir alle Mühe, ihm möglichst ernst und gravitätisch zu folgen. Um ihn nicht zu treten, musste ich hinter jedem Schritt eine theatralische Pause machen, so dass ich mehrmals in Versuchung geriet, ihm durch einen wohl gemeinten Fußtritt vorwärts zu helfen. Vor eine Kannibalenfürstin treten wie ein Bauer, der sein Schwein zu Markte treibt! Beinahe hätte ich laut aufgelacht, verscheuchte aber die vielleicht gefährliche Heiterkeit noch schnell dadurch, dass ich mir die Nase schnob. Entsetzt drehte Billali sich um und murmelte fassungslos:»Armer Pavian!«

So langten wir schließlich vor dem Alkoven an. Hier warf sich der Alte lang auf den Bauch und streckte die Arme vor sich aus, als ob er in den letzten Zügen liege.

Plötzlich hatte ich die Empfindung, als ob ich von jemandem hinter dem Vorhang beobachtet würde. Zu sehen war niemand, und doch fühlte ich deutlich den Blick irgendeines dort befindlichen Wesens auf mir ruhen, so dass ich bald ganz aufgeregt wurde. Immer tiefer schien mich dieser Blick zu durchdringen, und schließlich war ich wie in Angstschweiß gebadet. Endlich, nach langen bangen Minuten gab es ein Lebenszeichen. Der Vorhang bewegte sich.

Wer in aller Welt mochte sich dahinter befinden? Eine nackte Schwarze? Eine schmachtende Odaliske? Eine hochmoderne Dame am Teetisch? Ich hatte keine blasse Ahnung und würde mich über keine von den dreien im Geringsten gewundert haben.

Der Vorhang bewegte sich wieder ein wenig, und eine weiße, fast schneeweiße Hand mit langen, spitz zulaufenden Fingern und rosig schimmernden Nägeln kam zum Vorschein. Langsam, ganz langsam, schob sie den Vorhang ein Stück zur Seite, und gleichzeitig vernahm ich eine sanfte und silberhelle Stimme mit einem nie gehörten süßen Klang, so etwa wie Bachgeriesel.»Fremdling«, sagte die Stimme auf Arabisch, doch in einem viel reineren, viel klassischeren Arabisch, als ich es jemals von den Amahaggern gehört hatte.»Fremdling, was erschreckt dich so?«

Da ich mir stark einbildete, meine Fassung wenigstens äußerlich bewahrt zu haben, setzte mich diese Frage in nicht geringes Erstaunen. Bevor ich mich aber zu einer Antwort entschließen konnte, schob die Hand den Vorhang weiter zurück, und vor mir sah ich eine schlanke Gestalt, deren ganzer Körper, das Gesicht nicht ausgenommen, von einem weißen Schleierstoff umhüllt war, so dass ich im ersten Augenblick eine Leiche in Grabestüchern zu sehen vermeinte – ein Gedanke, der sich jedoch sofort selbst Lügen strafte, da durch den dünnen Schleier der Schimmer ihrer rosigen Haut zu erkennen war. Nein, eher machte diese Gestalt den Eindruck eines überirdischen Wesens – und doch war deutlich zu erkennen, dass ich hier eine schlanke, liebliche und sehr schöne Frau vor mir hatte, die zudem von einer seltsamen schlangenhaften Anmut war, wie ich sie noch nie gesehen hatte.

»Warum die Angst, die große Angst, Fremdling? Ist etwas an mir, was dich schrecken könnte? Dann habt ihr Männer euch ja sehr verändert!«

Es war eine überaus melodische Stimme, die mir mit ihren lieblichen Akkorden gleich tief zu Herzen ging.

Den Arm hebend, wandte sie sich mit leiser Koketterie ein wenig zur Seite, mir ihre ganze Lieblichkeit sowie das volle rabenschwarze Haar zeigend, das ihr in losen Wellen über den Schleier hinweg bis fast zu den Füßen herabrieselte, an denen sie Sandalen trug.

»Deine Schönheit, Königin, überrascht mich so«, gab ich endlich zur Antwort, ohne mir jedoch der Worte recht bewusst zu sein. Zugleich hörte ich, wie Billali vor sich hin murmelte: »Gut, mein Pavian, gut gesagt!«

Sie aber sagte mit einem Lachen wie fernes Glockenläuten: »Aha, ich sehe, dass die Männer nicht verlernt haben, uns Frauen durch schöne Worte zu betören. Aber wisse, das war es nicht! Du bist erschreckt, weil meine Augen so tief dir in die Seele dringen. Nun sieh, du hast gelogen, Fremdling! Doch war es nur aus Höflichkeit, es mag dir darum verziehen werden. Doch nun erzähle, wie ihr in das öde Land des Höhlenvolkes kommt, ins Land der Sümpfe und des Grauens, wo nur die Schatten ferner Zeit und ihrer Toten wohnen? Was sucht ihr hier? Was könnt ihr hier wünschen? Ist euch das Leben so wenig wert, dass ihr es in meine Hände legt? Ihr wisst doch, wie man mich hier nennt? Man nennt mich die ›Herrin des Todes‹! – Du sprichst arabisch, wie kommt das? Sie ist also nicht tot, die schöne Sprache? Denn sieh, ich lebe in Höhlen hier, Jahr ein, Jahr aus von Toten nur umgeben, und höre so nichts von dem Laufe der Welt – um den ich mich auch längst schon nicht mehr bekümmere. Ich lebe nur noch der Erinnerung, mein ganzes Denken gilt dem Grabe – dem Grabe, das ich selbst geschaufelt habe. Ein jeder baut sich selbst sein Schicksal. Ein altes Wort und ewig wahr gesprochen.«

Die letzten Worte, leise erzitternd, klangen fast wie Vogelgezwitscher. Dann blickte sie zu Billali nieder und schien sich zu besinnen. »Ach, du bist auch da, Alter! Was ist es mit deiner Siedlung? Die greift meine Gäste an und will einen mit dem Kruge töten! Die anderen waren nur so tapfer, sonst hätte man die wohl auch getötet! Was soll das heißen, Alter, wie? Ich soll dich wohl, so alt du bist, den Dienern meiner Rache übergeben?«

Ihre jetzt erhobene und zornige Stimme erfüllte klar und kühl den ganzen Raum, und durch den Schleier glaubte ich das Blitzen ihrer Augen wahrzunehmen. Billali aber erzitterte bei jedem ihrer Worte und gab in Herzensangst zur Antwort: »Oh, ›Herrin des Todes‹, lass Gnade walten! Sei gnädig, wie du groß bist! Ich bin wie immer dein gehorsamer Sklave. Ich konnte nichts dafür. Die Bestien, die sich meine Kinder nennen, sind Schuld an allem. Fatma hat sie aufgestachelt. Sie war, während ich fort war, von deinem weißen Gast, dem Mastschwein, abgewiesen worden. Der Pavian aber und der Löwe, der jetzt das Fieber hat, sie sahen alles und haben sie getötet – und mit ihr auch den Schwarzen. Da stürzten sich die Bestien, toll vor Blutgier, auch auf deine weißen Gäste. Die haben aber wunderbar gekämpft. Ich kam selbst erst im letzten Augenblick zurück und habe sie noch eben retten können. Sie hatten schon viele getötet. Die anderen sind hier und erwarten dein Urteil.«

»Ich weiß. Das Urteil werde ich morgen sprechen. Es wird mir schwer, doch diesmal mag dir noch vergeben sein. Jetzt geh!«

Mit verblüffender Schnelligkeit richtete er sich sofort auf die Knie, beugte dreimal den Kopf und kroch durch das ganze Gemach zurück. Ich selbst aber blieb zu meiner Bestürzung bei diesem unheimlichen und doch so bestrickenden Weibe allein zurück.

13 Ayescha legt den Schleier ab

Als Billali verschwunden war, sagte sie: »Nun ist er fort, der greise Narr. Wie wenig doch ein Mensch in seinem kurzen Leben lernt! Er schöpft sich Wissen, ganz wie Wasser, doch durch die Hand zerfließt es ihm, und ist die Hand gerade nur betaut, ruft gleich ein Heer vor Toren: ›Seht her! Seht her! Hier steht ein Meister!‹ So ist es doch stets, nicht wahr, Fremdling? Doch sage mir, wie du heißt!«

»Ich heiße Holly, Königin.«

»Holly.« Sie sprach es mit entzückendem Wohlklang. »Und was bedeutet ›Holly‹[13]?«

»Es ist ein Baum mit vielen Stacheln.«

»Ja, wirklich«, sagte sie, »so siehst du aus, wie ein Baum mit Stacheln, stark und hässlich. Im Grunde jedoch erscheinst du mir – ich denke, ich irre nicht – als ein Mann von Ehre, ein fester Stab, auf den Verlass ist. Und auch ein Denker, tief und scharf. Doch halt, steh nicht dort draußen! Tritt ein und setz dich, nimm hier Platz! Dich möchte ich nicht wie jenen Sklaven im Staube vor mir kriechen sehen. Ich habe die stete Ehrung all der Knechte und ihre Ängste satt. Zuweilen, wenn Verdruss mich packt, spüre ich fast Lust, sie zu vernichten, um dann zu sehen, wie all den anderen der Schreck durch alle Glieder fährt.«

Ihre Hand zog den Vorhang ganz zur Seite. Erschaudernd trat ich ein, an die Seite dieser seltsamen Frau.

Der Alkoven war etwa vier Meter breit und fünf Meter tief. Links stand ein Ruhebett, in der Mitte ein Tisch mit einer Schale voll Obst und einem Krug voll klaren Wassers. Hinter dem Tisch aber stand ein großes steinernes Becken, das gleichfalls mit klarem Wasser gefüllt war. Mehrere zierlich

---

[13] Stechpalme.

geformte Lampen verbreiteten ein angenehmes Licht im Raum. Die Luft war von einem zarten Duft erfüllt. Unschlüssig blieb ich stehen. »Nun setz dich!«, sagte sie und wies auf das Ruhebett. »Noch brauchst du mich ja nicht zu fürchten!«
Ich setzte mich also auf das eine Ende des Ruhebettes, sie selbst glitt sanft auf das andere nieder. »Du sprichst arabisch! Wie seltsam! Arabien ist mein Heimatland, ich bin Al Arab al Ariba, vom Stamm des Vaters Jarab. Die Wiege stand mir einst in Ozal, der alten Stadt im schönen Jemen. Du sprichst es aber anders aus; dir fehlt der Wohllaut der Himjariten, auch manche Worte lauten anders. Du sprichst ähnlich wie die Wilden hier, die meine Muttersprache so entstellen. Mit diesen muss ich leider auch so reden[14].«

»Ich habe jahrelang Arabisch studiert. Es wird jetzt nicht nur in Arabien, sondern auch in Ägypten und anderen Ländern gesprochen.«

»Ägypten? Das gibt es auch noch? Wer ist denn jetzt dort Pharao? Ein Perser – von des Ochus Brut?«

»Nein, Königin, die Perser sind längst vertrieben worden, schon vor fast zweitausend Jahren«, sagte ich in höchster Verwunderung. »Nach ihnen haben die Ptolemäer, die Römer und andere Völker das Nilland beherrscht, aber auch diese alle sind, wenn ihre Zeit gekommen war, gestürzt worden. Was weißt du denn aber von Artaxerxes?«

Sie lachte nur, ohne eine Antwort zu geben, und wieder überlief mich ein Frösteln. Endlich sagte sie: »Wie steht es denn jetzt mit Griechenland? Gibt es ein Land der Griechen

---

[14] Jarab, der Sohn Kahtans, welcher einige Jahrhunderte vor Abraham lebte, war der Stammvater der alten Araber und gab dem Land seinen Namen. Mit *Al Arab al Ariba*, »eine Araberin der Araber«, wollte sie offenbar sagen, dass sie aus echt arabischem Blut stammte, nicht von den naturalisierten Arabern, den im Norden wohnenden Ismaeliten, den Nachkommen Ismaels, des Sohnes Abrahams und Hagars. Die Sprache der Koreischiten in Mittelarabien, die Muhamed zur herrschenden Landessprache erhob, galt zwar als das reine, das heilige Arabisch, die Sprache der Himjariten aber stand dem Altsyrischen an Reinheit näher. L.H.H.

noch? Die edlen Griechen mochte ich gern. Sie waren klug und klaren Blickes, und schön dabei wie das Sonnenlicht, doch wild und wankelmütig.«

»Ja, ein Griechenland gibt es noch, aber es ist nur noch ein Schatten des alten Griechenlands, und auch die heutigen Griechen sind nicht mehr das, was einst die alten waren.«

»So, so – und die Juden? Sind sie noch in Jerusalem? Und steht der große Tempel noch, der Tempel Salomons? Und welchen Gott verehrt man dort? Weißt du vom Messias auch, von dessen Nahen sie so viel Wesens machten?«

»Das Reich der Juden ist längst zerstört, sie sind jetzt über die ganze Erde zerstreut. Das alte Jerusalem ist nicht mehr. Und der Tempel des Herodes –«

»Herodes? Wer ist denn das? Ein Herodes ist mir nicht bekannt! Doch weiter, Holly, sprich nur weiter!«

»Den Tempel haben die Römer verbrannt; Judäa ist jetzt eine Wüste.«

»So – die Römer! Welch ein starkes Volk! Es ging auf sein Ziel zu wie das Fatum selbst, wie der Adler auf die Beute. Und hinter ihnen blieb der Friede.«

»*Solitudinem faciunt, pacem appellant*«, warf ich ein.

»Ei, sieh, lateinisch!«, rief sie überrascht. »Ich habe es so lange nicht mehr gehört, fast klingt es mir fremd im Ohr. Du sprichst es auch ganz anders aus. Wer hat denn dieses Wort geprägt? Es ist mir fremd, doch treffend wie kein anderes. Du bist also ein Gelehrter, Holly? Und kannst du vielleicht auch Griechisch sprechen?«

»Ja, Königin, auch etwas Hebräisch, aber nicht fließend. Das sind jetzt lauter tote Sprachen.«

Voll kindlicher Freude klatschte sie in die Hände. »Du bist kein schöner Baum – verzeih mir, Holly, dennoch trägst du süße Früchte. Und nun sprich weiter von den Juden – und vom Messias, ist er aufgetreten? Ist jetzt alles ihm untertan?«

»Ja, aufgetreten ist er, aber nicht in Macht und Herrlichkeit, sondern arm und niedrig, und sie haben ihn verleumdet und gegeißelt und ans Kreuz geschlagen. Sein Wort und

seine Werke aber leben noch heute, denn er war der Sohn Gottes. Und jetzt beherrscht er die halbe Erde, sein Reich jedoch ist nicht von dieser Welt.«
»Die Juden! Böse Wölfe waren sie – gemütlos, nur Gewinn im Auge. Ihre düsteren Mienen stehen mir heute noch vor Augen. Und ihr Messias – wie, gekreuzigt? Ja, das sieht ihnen ähnlich. Die Götter, die in Demut kamen, fanden nicht ihren Beifall. Zu Baal, Astarte und zu anderen beten – und doch sich rühmen als das auserwählte Volk Jehovas! Und jetzt in alle Welt zerstreut? Ja, so sagte es auch einer unserer Propheten voraus. – Durch sie wurde mir die Welt verhasst und das Herz gebrochen. Als ich einst in Jerusalem – es war am Tor des großen Tempels – zu ihnen sprach, sie lehren wollte, da schalt und schrie man ›Arge Heidin!‹, da bin ich fast gesteinigt worden! Sieh hier das Mal, ich trage es noch heute!« Die Hülle ihres rechten Arms zurückstreifend, zeigte sie mir eine kleine rote Narbe, die sich deutlich von der schneeweißen Zartheit des Armes abhob.

Erschrocken zuckte ich zurück. »Verzeih, Königin, ich bin völlig verwirrt. Die Kreuzigung des Messias ist bald zweitausend Jahre her! Wie kannst du schon vor ihm in Jerusalem gewesen sein? Kann ein Mensch zweitausend Jahre leben? Wie soll ich dich verstehen, oh Königin?«

Sie lehnte sich zurück und ich fühlte, wie ihre Blicke mich blitzartig umzuckten. Langsam und bedächtig sagte sie endlich: »Von manchem, scheint es, weißt du wenig. Wie – glaubst du auch, dass alles stirbt? Da irrst du dich sehr, Holly. Tod gibt es nicht, nur ewigen Wechsel.« Dann wies sie auf die Wandskulpturen. »Zum Beispiel, sieh die Bilder hier! Seitdem der letzte Mann des Volkes, das einst die schönen Bilder schuf, dem giftigen Hauch der Pest erlag, sind dreimal schon zweitausend Jahre ins ewige Meer hinabgesunken, und doch – ich glaube sogar, dieses alte Volk ist heute noch nicht tot. Wir sind vielleicht im Augenblick umringt von ihren Geistern, und manchmal ist mir fast, als sähe ich ihre Augen.«

»Für die Welt aber sind sie doch tot.«

»Gewiss, ein Weilchen sind sie tot, doch werden alle neu-

geboren. Ich selbst, Ayescha, – ja, so heiße ich – was meinst du wohl, was ich war; – ich, die ich für ein gutes Weilchen sogar den Wechsel überwand, den ihr als Tod bezeichnet; – was meinst du wohl, warum ich hier inmitten von Barbaren weile, die tiefer stehen als Tiere?«
»Das kann ich nicht erraten.«
»Ich harre hier der Neugeburt des einst von mir geliebten Mannes! Er kommt, – er muss ja kommen! Ich weiß, wir sehen uns hier einst wieder, und dann – dann schlägt sein Herz für mich allein, wie sehr ich auch an ihm gesündigt habe. Und wenn er mich auch nicht mehr kennt, er wird sein Herz nur mir allein schenken – und sei es nur meiner Schönheit wegen.«

Ich war sprachlos; alle ihre Worte gingen über mein Begriffsvermögen hinaus. »Schön, Königin, du magst Recht haben, wir Menschen werden neugeboren. Auf dich trifft das aber doch nicht zu! Du bist doch, sagst du, nicht gestorben!«

»So ist es, Holly – ja, so ist es. Ein Urgeheimnis unserer Welt – ich habe es entdeckt, ich habe es enträtselt. Durch Zufall, ja – doch auch durch eigenes Forschen. Sage selbst, das Leben ist doch da; sollte es wirklich ganz unmöglich sein, ihm ein Stück hinzuzusetzen? Zehntausend oder zwanzigtausend und selbst auch fünfzigtausend Jahre – was ist denn das im Kreis des Lebens? Im Lauf von zehntausend Jahren vermindern Sturm und Regen nicht die Spitze eines einzigen Berges auch nur um eine Spannbreite. Dann sieh die alten Höhlen hier! Im Laufe von zweitausend Jahren, solange ich selbst hier schon weile, hat nichts bisher sich je verändert – ja, nichts als Tiere und Menschen. Das Leben selbst, ja wahrlich, Holly, das Leben ist ein großes Wunder; seine Verlängerung aber, – was ist denn das so Wunderbares? Auch die Natur, des Menschen Mutter, auch sie hat ihren Geist des Lebens, und wer ihn findet, wer darin atmet, der hat des Todes Macht bezwungen, der lebt, solange sie selber lebt. – Doch ewig – nein – ewig lebt er nicht, denn ewig lebt auch sie ja nicht. Auch sie verfällt des Todes Mächten – das heißt, sie sinkt in langen Schlaf, bis einst der Tag zu neuem Leben dämmert. Doch wann mag es

sein, wann sinkt sie hin? Mir scheint, der Tag ist noch sehr fern. – Doch staunst du nicht, woher ich von euch wusste? Woher ich wusste, dass ihr angekommen seid?«
»Ja, Königin«, antwortete ich leise.
Da stand sie auf, trat dicht an das Becken und hielt die Hände darüber.
»Dann tritt näher und blicke auf dieses Wasser!«
Also trat ich an das Becken und blickte gespannt auf die Wasserfläche. Zuerst verdunkelte sie sich, dann erhellte sie sich wieder, und plötzlich sah ich deutlich, ganz deutlich – ein Bild des schrecklichen Kanals, und auf ihm unser Boot. Leo lag darin und hatte sich zum Schutz vor den Moskitos einen Rock über den Kopf gebreitet; wir drei anderen zogen das Boot – ein Bild, das kürzlich Wirklichkeit gewesen war.
Entsetzt prallte ich zurück. »Das ist ja die reine Magie!«
Doch ruhig entgegnete sie: »Nein, Holly, nein, das ist es nicht! Das scheint dir nur so, weil es dir noch fremd ist. Und dann – Magie? Die gibt es gar nicht! Im Schoße der Natur jedoch, da lässt sich noch so manches finden, noch manches harrt der Kunst des Menschen. So ist es auch mit dem Wasser hier: Für mich ein Spiegel ganz besonderer Art. Er zeigt mir viel, sogar was andere kennen, und alles, was geschieht auf Erden, sofern ich selbst den Ort nur kenne. Doch glaube nicht, dass ich ihn oft befrage! Wie ist es denn, Holly, hast du Lust? Ja, stell dir einen Freund nur vor, so zeige ich dir sein Bild im Spiegel. Auch glaube nicht, ich hätte ihn selbst erfunden! Oh nein, den gab es schon in meiner Jugend. Nun dachte ich kürzlich des Kanals – ich bin auf ihm hierher gekommen, – und um zu sehen, wie es jetzt dort aussieht, befragte ich meinen treuen Spiegel. Ich sah ein Boot und dann drei Männer und einen, der im Boote schlief. Des Letzten Antlitz war verdeckt, doch schien er stolz und guter Herkunft. Und so befahl ich denn, euch nicht zu töten. – Doch nun lebe wohl! Nein, halt, zuvor erzähl mir noch von deinem ›Löwen‹! Ich würde ihn lieber selbst ja sprechen, doch liegt er nun in schwerem Fieber.«
»Ja, er ist todkrank«, sagte ich betrübt. »Kannst du ihn nicht heilen?«

»Gewiss, das kann ich, gewiss. Doch warum bist du so traurig, Holly? Ist er dein Sohn? Dein eigener Sohn?«
»Nein – mein Adoptivsohn. Dürfen wir ihn dir vielleicht herbringen?«
»Wie lange liegt er schon im Fieber?«
»Seit vorgestern.«
»Dann lass ihn noch bis morgen liegen! Erholt er sich aus eigener Kraft, dann ist es umso besser. Doch ist es morgen nicht der Fall, so komme ich selbst und werde sehen. Noch eines – sag, wer pflegt ihn denn?«
»Unser Diener, das ›Mastschwein‹, wie Billali sagt, und – Ustane, ein Mädchen aus deinem Volk. Bei unserer Ankunft hat sie ihn nach der Sitte deines Volkes, oh Königin, geküsst und geht ihm seitdem nicht von der Seite.«
»Meines Volkes? Ach, rede mir nicht von meinem Volk! Mein Volk sind diese Sklaven nicht! Das sind nur Hunde – weiter nichts! Verschone mich auch mit ihren Sitten – mit solchen Sitten habe ich nichts zu schaffen. Und endlich – nenne mich nicht Königin! Des Schmeichelns bin ich herzlich satt. Sag einfach: Ayescha, weiter nichts – ein Echo aus der Jugendzeit. Und halt, Ustane – ob es wohl die ist, vor der mich eine Stimme warnte und die ich selbst auch kürzlich warnte? Sie hat – doch halt, wir wollen sehen!«
Wieder hielt sie die Hände über das Becken und blickte starr auf die Wasserfläche. »Ist dies das Mädchen?«
Ich sah hin und erkannte – ein Schattenbild der Züge Ustanes. Liebevoll schien sie sich über etwas am Boden Liegendes niederzubeugen.
»Ja, das ist sie«, sagte ich in größter Bestürzung. »Leo schläft, und sie bewacht ihn.«
»Leo!«, rief Ayescha wie geistesabwesend. »Der Löwe! Sieh, wie treffend! Das hat der Alte gut gewählt.« Dann hielt sie die Hände wieder über das Wasser. Es verdunkelte sich, das Trugbild verschwand. »Da fällt mir ein, du hast vielleicht noch eine Bitte. Es muss sich hier sehr öde leben. Mir selbst macht das zwar wenig aus; meine Nahrung besteht nur aus Obst und Kuchen und als Getränk das klare Wasser. Die Mädchen, hoffe ich, sind doch flink im Dienst? Sie sind zwar

alle stumm und taub, doch drum auch sehr verlässlich und können nichts verraten. Ich habe sie mir so erzogen – mit vieler Mühe in langen Jahren. Auch vordem war es mir schon gelungen, doch das Geschlecht war gar zu hässlich, ich ließ es darum untergehen. – Wie ist es nun? Hast du einen Wunsch?«

»Ja, Ayescha«, sagte ich mit kühner Stirn, doch um so zageren Herzens. »Ich möchte gern dein Antlitz sehen.«

Da ließ sie ein glockenhelles Lachen ertönen. »Das überlege dir gut! Du kennst doch die alten Sagen! Ist dir bekannt, wie elend Aktäon sterben musste? So könnte es auch dir selbst ergehen! Denn wenn du mir ins Auge blickst, dann packt dich wildes Verlangen, dein armes Herz verzehrend. Doch ich bin nur für einen Mann, und du, oh Holly, bist es nicht.«

»Wie du meinst, Ayescha. Aber dass ich mich vor deiner Schönheit fürchte, glaube nur ja nicht! Frauenschönheit, die doch vergeht, wie Blumen auf dem Felde – nein, Ayescha, darüber bin ich längst hinaus.«

»Oh nein, du irrst, sie vergeht nicht. Mir bleibt sie – wie ich selber bleibe. Nun, wenn du willst, Vorwitziger, Kühner, – doch packt dich wilder Liebeswahn, dann bitte, gib mir nicht die Schuld! Der Mann, der meine Schönheit sieht, der ist für alle Zeit gefesselt. Darum bin ich hier auch verhüllt, damit die Wilden mich verschonen und ich sie nicht zu töten brauche. Wohlan, du willst?«

»Ja!«, rief ich aus – denn meine Neugier war grenzenlos.

Da hob sie die weißen Arme empor – wer hätte je solche Arme gesehen? – und löste langsam unter den Haaren ein Band, so dass die lange weite Hülle zu Boden fiel. Jetzt trug sie nur noch ein knappes, fest anschmiegendes Mieder, das ihre vollendet harmonische Figur in aller Deutlichkeit zeigte. Der ganze Körper schien tiefes Leben zu atmen, eine schlangenartige Grazie offenbarend, die gleichsam überirdisch wirkte.

Ganz langsam, nach und nach, glitten meine Augen an dieser herrlichen Gestalt empor: Die zierlichen Füße trugen Sandalen, durch goldene Knöpfe geschlossen. Dann sah ich ein paar Knöchel – Knöchel sah ich, wie noch kein Künstler sie geträumt hat. Das weiße Mieder war von einer goldenen doppelköpfigen Schlange umgürtet, über der sich die Figur in reiner, zarter Linienführung dehnte, bis zum Ausschnitt der in marmorner Weiße schimmernden Brust, wo das Kleid endete; die schönen Arme hielt sie über der Brust verschränkt.

Nun erst blickte ich auch zu ihrem Antlitz empor – um sogleich geblendet zurückzuzucken. Oft rühmt man der himmlischen Schönheit: Hier stand sie vor mir, lebensvoll. Wie soll ich aber so viel Schönheit schildern? Zwar könnte ich vom tiefen Schwarz der großen seelenvollen Augen und ihrem wechselvollen Glanz sprechen, von der edlen Breite ihrer sanft gewölbten Stirn und von dem Liebreiz ihrer holden Züge; doch Ayeschas höchste, ganz besondere Schönheit lag in etwas anderem – in einer hohen Majestät, in einer königlichen Anmut, in einer stolzen Macht, die ihr ganzes Wesen erfüllte, ja, die ihr strahlendes Antlitz wie ein lebender Glorienschein zu umhüllen schien. Die Schönheit war hier zur Erhabenheit geworden. Und trotzdem war es mir, als gewahrte ich zugleich auch einen anderen, einen wesensfremden Zug, der nicht der Himmelsgüte entspross, nein, der leise ins Dämonische spielte. Er vermochte jedoch in keiner Weise, Ayeschas Schönheit abträglich zu sein.

Ich sah das Antlitz einer jugendlichen Frau von höchstens dreißig Jahren im Schmelzhauch der gereiften Schönheit, in strahlender Gesundheit; doch auf ihm lag zugleich ein Abglanz unaussprechlicher Erfahrung und abgrundtiefer Kenntnis von Kummer und von Leidenschaft. Auch einen leisen Schatten sah ich, den selbst das sanfte Lächeln und die Grübchen in den Wangen nicht ganz verbergen konnten und der sogar im Strahle ihrer Augen, im Hauche ihrer Majestät hervortrat.

Meine Blicke, unwiderstehlich angezogen, auf ihren Augen ruhen lassend, fühlte ich, wie ein blendender Lichtstrom zu mir überfloss und mir fast die Besinnung raubte. Himmlisch lächelnd nickte sie mir nun zu und sagte: »Voreiliger Mann, dein Wunsch ist nun erfüllt. Doch hüte dich, dass dich nicht auch, wie einst den armen Griechenjüngling, die Hunde deiner Leidenschaft zerfleischen. Hast du nun genug gesehen?«

»Ja, Ayescha, jetzt habe ich die vollkommene Schönheit gesehen und ich bin völlig geblendet«, sagte ich, die Augen mit der Hand bedeckend.

»Du warst gewarnt! Die Schönheit gleicht dem Blitze. So zart sie ist, sie kann auch töten – besonders Bäume, Holly«, setzte sie lächelnd hinzu, um dann aber plötzlich innezuhalten.

Und da sah ich durch die Finger meiner Hand, wie sich auf ihren Zügen ein jäher Wechsel vollzog, so dass das liebliche Gesicht fast wie versteinert aussah. Auf mich zuspringend blickte sie mich an: »Der Skarabäus – sag, woher – sprich, sprich, denn sonst – – !« Dabei schossen aus ihren Augen so grelle Blitze, dass ich vor Schreck zu Boden stürzte.

Gleich darauf aber vernahm ich wieder ihre frühere, ihre sanfte Stimme. »Verzeih, ich hätte dich fast getötet! Ach, leicht verdrießt den höheren Geist die Langsamkeit des Menschengeistes. Dann treibt es mich, von meiner Macht Gebrauch zu machen. Zum Glück jedoch besann ich mich. Nun sag – der Skarabäus?«

Ich aber war noch immer so verwirrt, dass ich mich im Augenblick an nichts weiter erinnern konnte, als dass ich ihn in Leos Kammer aufgehoben hatte. »Den – habe ich – vorhin gefunden«, stieß ich hervor, indem ich mich mühsam wieder aufrichtete.

»Wie seltsam! – Ich kannte einen, der ihm gleich war. Er hing am Halse des Geliebten. Dies muss – dies muss ein Zwilling sein!« Sie seufzte es, wie eine echte Evastochter. »Auch solchen gibt es – hätte es nicht gedacht! Jetzt geh, und wenn es dir möglich ist, vergiss, was du gesehen hast!«

Sich auf das Ruhebett werfend, vergrub sie ihr Gesicht in den Kissen.

Ich aber wankte fassungslos von dannen.

14 Eine Seele in Qualen der Hölle

Als ich mich aufs Lager warf, war es spät abends. Fast an meinem Verstande zweifelnd, begann ich nachzudenken. Je mehr ich aber nachsann, umso weniger konnte ich mir alles zusammenreimen. War ich berauscht oder gar von Sinnen? Wie konnte ein mit der Weltgeschichte wohl vertrauter Mann bei klarem Verstand allen Ernstes glauben, dass er sich soeben mit einer mehr als zweitausend Jahre alten Frau unterhalten hätte? Nein, das schlug aller menschlichen Erfahrung ins Gesicht, das konnte nur ein ganz raffinierter Schwindel sein! Aber wie den erklären? Und wie war es mit den Bildern auf dem Wasser? Und wie war diese genaue Kenntnis des fernen Altertums neben der völligen Unkenntnis aller späteren Weltgeschichte zu erklären? Letztere freilich konnte ja Verstellung sein, aber nicht so der geradezu überirdische Liebreiz dieses Weibes; der war zweifellos Wirklichkeit; den konnte kein sterbliches Weib besitzen!

Ja, sie hatte Recht gehabt. So viel Schönheit zu sehen, war für jeden Mann gefährlich, für jeden. Ich selbst –; war ich nicht überzeugt gewesen, gegen derartige Gefahren gefeit zu sein? Und jetzt? Ach, diesen Augen war ich verfallen, mit Leib und Seele verfallen. Der leise diabolische Zug hatte zwar etwas Abstoßendes, zog aber zugleich noch viel unwiderstehlicher an. Eine Frau mit einer zweitausendjährigen Erfahrung, eine Frau mit solchen Geisteskräften, eine Frau, die den Tod zu bannen verstand, war sicher wert, geliebt zu werden. Doch wert oder nicht: Ich, Horace Holly, Dozent zu Cambridge, als Frauenhasser stadtbekannt, – ich war verliebt! Ich war mir selbst ein Rätsel. Ich alter Knabe war in die Netze dieser modernen Circe geraten! Doch nein, modern war sie ja gar nicht; war sie doch – wenigstens nach ihren eigenen Worten – fast ebenso alt wie jene allererste Circe!

Die Haare mir zerraufend, sprang ich vom Lager auf. Halt, was war das mit dem Skarabäus? Das war doch der Skarabäus aus dem Kästchen mit der Scherbe! Sollte die tolle Geschichte am Ende doch Wahrheit und Wirklichkeit sein? Und wenn sie es war, war dann – etwa Leo der Mann, auf den die schöne Frau dort harrte? War er der Tote, dessen Neugeburt ihr ganzes Sehnen galt? Ach, schon wieder eine Unmöglichkeit! Nein, nein, es musste dennoch Schwindel sein! Wer hatte je davon gehört, dass ein Mensch von neuem geboren wurde?

Wenn es aber möglich war, dass eine Frau zweitausend Jahre lebte, warum sollte dann nicht auch dieses möglich sein? Dann war einfach alles möglich! Dann war ich selbst vielleicht ein anderes längst vergessenes Ich. Oder gar das jüngste Ich in einer ganzen Serie von Ichs, die also meine Ich-Ahnen waren! Warum auch nicht? Schade, dass ich mich an diese meine »Ahnen« nicht erinnern konnte. Der Einfall kam mir so toll vor, dass ich hell auflachte und dem Steinbild eines grimmigen Kriegers an der Wand laut zurief: »Wer weiß, altes Haus? Vielleicht sind wir mal Freunde gewesen! Oder vielleicht war ich einst du, und du bist ich!« Dann musste ich über meine Verrücktheit lachen, und hohl klang das Echo von der Wand zurück, als ob der Geist des Kriegers mein Lachen erwidert hätte.

Da fiel mir Leo wieder ein. Ich zog die Stiefel aus und schlich auf Strümpfen, eine Lampe in der Hand, über den Korridor zu seiner Kammer. Ich trat leise ein und sah sogleich, dass er sich noch immer im Fieber wälzte. An sein Bett gelehnt saß Ustane am Boden und war, eine seiner Hände in der ihren haltend, vor Ermattung eingeschlafen. Welch hübsches und rührendes Bild! Armer Leo! Seine Augen glühten, unter seinen Augen lagen dunkle Schatten, sein Atem ging keuchend. Wieder packte mich die Angst, er könnte von mir gehen und mich allein zurücklassen. Wenn er aber genas, war er vielleicht mein Nebenbuhler! Und selbst wenn er der Ersehnte nicht war, was für Aussichten hatte ich, der alte Pavian, gegen diesen jungen Apoll?

Aber, Gott sei Dank, mein Sinn für Recht und Gerechtigkeit war noch nicht ertötet worden: Nein, wie ich so dastand, faltete ich die Hände und betete zum Allmächtigen, mir meinen Sohn am Leben zu lassen, auch wenn er wirklich der von Ayescha Ersehnte sein sollte.

Leise kehrte ich in mein Kämmerlein zurück, konnte aber

auch jetzt noch keinen Schlaf finden. Auf und ab gehend, gewahrte ich plötzlich in der Wand einen schmalen Spalt, bei welchem ein Gang begann. Da konnte also jemand kommen, während ich im Schlaf lag! Eine peinliche Vorstellung! Um zu sehen, wohin der Gang führte, zwängte ich mich, die Lampe in der Hand, hinein und ging weiter. Bald kam ich auf eine Treppe und stieg sie hinab. Unten begann ein neuer Gang, der nach meiner Schätzung unter dem rechten Korridor und weiterhin unter der Haupthöhle verlief. Von einem unbestimmten Drang angetrieben, schritt ich geräuschlos dahin. Etwa fünfzig Meter weiter erreichte ich einen rechtwinklig einmündenden Quergang, und gerade an der Ecke geschah plötzlich etwas Schreckliches: Ein scharfer Luftzug fuhr in meine Lampe und löschte sie. In tiefer Finsternis stand ich nun im Inneren des geheimnisvollen Felsens. Um nicht in den Quergang zu geraten, trat ich schnell einige Schritte vor und blieb dann stehen, um zu überlegen. Was war zu tun? Streichhölzer hatte ich nicht bei mir. Den ganzen Weg zurückzutappen, schien mir entsetzlich, und die ganze Nacht hindurch konnte ich auch nicht hier stehen bleiben. Was würde mir das auch genützt haben? Hier unten war es mittags sicher genau so finster wie bei Mitternacht.

Ich sah über die Schulter zurück: Kein Laut, kein Lichtschein. Dann suchte ich das Dunkel vor mir mit den Augen zu durchdringen; – und richtig, war dort hinten, in der Ferne, nicht ein matter Feuerschein zu erkennen? Gott sei Dank, das war vielleicht die Gelegenheit, meine Lampe wieder anzuzünden. Langsam und unbeholfen tappte ich geräuschlos vorwärts, indem ich mit der Hand immer an der Wand entlang strich und zugleich vor jedem Schritt mit den Füßen den Boden befühlte, um nicht in einen Abgrund zu stürzen.

Einige Dutzend Schritte weiter erkannte ich ein sich bewegendes Licht, das zwischen Vorhängen hindurch schien. Bald war ich ganz nahe – und stand endlich an den Vorhängen selbst. Sie schlossen nicht ganz dicht, so dass es möglich war, ins Innere des Raumes dahinter zu blicken: Eine Totenkammer war es, die ein in der Mitte des Bodens brennendes Feuer mit weißlicher, rauchloser Flamme erhellte. Auf einer Steinbahre an der Wand schien, weiß verhüllt, ein Menschenleib zu liegen; auf einer anderen an der rechten lagen geflickte Decken. Neben dem Feuer aber stand, mit einem schwarzen Mantel bekleidet, eine weibliche Gestalt, deren linke Seite mir und deren Gesicht dem verhüllten Körper zugewandt war. In die Flamme starrend, fuhr sie plötzlich mit einem Ruck empor und warf den Mantel von sich. – Es war Ayescha!

Wieder trug sie das weiße anschmiegende Mieder mit dem goldenen Gürtel, wieder fiel ihr schwarzes Haar lose am Gürtel herab. So war sie also die gleiche wie zuvor; verändert aber, stark verändert, war ihr Antlitz: Bei aller Schönheit enthielt es jetzt noch einen neuen Zug, so wild, so unheimlich, dass ich wie fest gebannt dastand. Qual und Hass und zügellose Rachsucht waren da zu lesen, die zuckenden Mienen entstellend, so dass ich es kaum zu beschreiben vermag.

Plötzlich ballte sie die Fäuste und streckte beide Arme starr empor; das Mieder fiel bis zum Gürtel herab, den blendenden Liebreiz ihres Körpers vollständig enthüllend.

Was, wenn sie mich jetzt hier sah oder hörte? Wenn ich jetzt niesen musste? Wenn ihre Zauberkraft ihr den Lauscher verriet? Doch wie angewurzelt stand ich da und war nicht fähig, einen Finger zu rühren, was auch kommen mochte.

Nun ließ sie die Hände niederfallen und starrte wieder in die Flamme. Plötzlich fuhren die Fäuste empor, und mit ihnen schoss – und ich sage es, so wahr ich ein ehrlicher Mensch bin – auch die Flamme empor, fast bis zur Decke hinauf, den ganzen Raum mit einem grellen, geisterhaften Schein erfüllend.

Dann sanken die Fäuste herab, und mit ihnen fiel auch die Flamme. Zugleich vernahm ich Ayeschas Stimme, doch war es jetzt ein wildes Zischen, so entsetzlich, dass mich neues Grauen packte. »Verflucht sei, Weib! Verflucht, verflucht!« Wieder stiegen die Fäuste empor, die Feuerzunge ihnen nach, um dann zugleich herabzusinken. »Verflucht sei dein Gedächtnis, fremde Schlange!«

Und von neuem schossen Fäuste und Flamme auf und nieder, so dass ihr Körper bald in grellem Licht, bald in trübem Dunkel lag. »Verflucht, verflucht sei deine Schönheit! Verflucht die Kraft, die mich besiegt hat!« Dann schien ihr Grimm zu erlahmen. Das Gesicht mit den Händen bedeckend, rief sie mit rein menschlich klagender Stimmen: »Was nutzt das Fluchen? Ach, sie ist entronnen!« Plötzlich aber brach wieder ihr Zorn hervor, nur umso schrecklicher zischend, und bei jedem neuen Fluch fuhren Fäuste und Flamme von neuem auf und nieder. »Hinab mit dir ins ewige Dunkel! Verflucht sei selbst dein Schatten!« Wieder ließ ihr Zorn nach und jammernd erklangen die Worte: »Umsonst, umsonst, ich kann sie nicht erreichen.« Doch neue Flüche folgten mit neuem Auf und Nieder der Fäuste und der Flamme. »Verflucht sollst du geboren werden, verflucht sein, wenn du wiederkehrst! Verflucht sollst du sein, Weib, dein Lebelang! Die Rache kommt und wird dich doch vernichten!«

Das Zischen erstarb in leisem Echo. Ihre Kraft schien nun völlig erlahmt zu sein. Sie setzte sich auf den Boden, schüttelte das Haar über die Brust herab und brach in herzzerreißendes Schluchzen aus. »Die Schreckensqual! Zweitausend Jahre! Und stets die Sünde vor den Augen! Geliebter, ach, Kallikrates!«

Oh, wie erbebte ich beim Klange dieses Namens!

»Warum muss jener Fremdling kommen, und mich an dich erinnern? Ist es nicht genug des Leidens! Was kann ich noch tun? Ach, dass ich, als ich dich erschlug, nicht mit dir sterben konnte! Ach, dass der Tod nicht kommt, dass ich den Tod nicht finde!« Sie warf sich lang hin und schluchzte so schrecklich, dass ich meinte, ihr müsse das Herz brechen.

Ich selbst aber, unfähig, es noch länger auszuhalten, wandte mich zitternd um und kroch langsam den finsteren Gang zurück; – mit dem Gefühl, hier eine Seele in den Qualen der Hölle gesehen zu haben.

Immer weiter stolperte ich und weiß kaum, wie ich vorwärts kam. Mehrmals fiel ich lang hin, einmal kroch ich in den Quergang, bemerkte aber zum Glück noch meinen Irrtum, ehe es zu spät war. Über eine halbe Stunde sicherlich kroch ich dahin, bis ich endlich die Empfindung hatte, soeben an der Treppe vorbeigekommen zu sein. In äußerster Erschöpfung sank ich ohnmächtig nieder. Als ich wieder zu mir kam, glaubte ich hinter mir einen schwachen Lichtschein zu erkennen. Ich kroch dorthin und fand – die gesuchte Treppe; die Stufen herab stahl sich ein schwacher Dämmerschein. Ich stieg hinauf und kam endlich in meine Kammer zurück, wo ich bald darauf in tiefem Schlaf oder vielmehr in tiefer Betäubung lag.

15 Ayescha auf dem Richterstuhl

Als ich die Augen wieder aufschlug, sah ich, wie Job unter dem Lichtschacht meiner Kammer stehend in Ermangelung einer Bürste gerade meine Kleider ausschüttelte. Dann legte er sie säuberlich zusammen, packte sie mir zu Füßen aufs Bett, holte mein Reisebesteck aus dem Koffer und stellte diesen, nachdem er ihn wieder geschlossen hatte, aufrecht gegen das Fußende meines Bettes und das Besteck gebrauchsfertig oben auf den Koffer. Da die Besichtigung dieses seines Werkes offenbar zu seiner Zufriedenheit ausfiel, nahm er auch die gefüllten Wasserkrüge in Augenschein und machte dabei seinem Ärger in den leise gemurmelten Worten Luft: »Tolle Wirtschaft in diesem Loch! Nicht mal heißes Wasser kann man sich hier machen! So was gibt es hier natürlich nur beim großen Schlachtfest, wenn es ans Menschenbrühen geht.«

»Was ist denn los, Job?«, fragte ich.

»Ach, entschuldigen Sie, Mr. Holly«, sagte er, »ich dachte, Sie schliefen noch. Aber um Gottes willen, wie sehen Sie denn aus? Sie scheinen den Schlaf verdammt nötig zu haben. Haben Sie Gespenster gesehen?«

Als Antwort stöhnte ich nur leise. Er hatte ja allzu Recht; solch eine Nacht hätte ich nicht noch einmal durchmachen mögen.

»Wie geht es denn Mr. Leo, Job?«
»Ach, immer dasselbe. Wenn es nicht bald besser wird, geht es mit ihm zu Ende. Die braune Mamsell da gibt sich alle Mühe und geht ihm kaum noch vom Lager. Wenn ich auch mal zu ihm ran will, wird sie gleich fuchsteufelswild und schimpft wie ein Rohrspatz – wenigstens sieht sie ganz danach aus.«
»Na, und was tust du dann?«
»Ich? Ich mach ihr den Diener und sage: ›Nanu, Misses, was finden Sie denn hier? Sie bilden sich wohl ein, Sie sind hier verheiratet? Nee, so was gibt es nicht! Hier ist mein Posten, verstanden? Für meinen Herrn habe ich zu sorgen und tue es, solange ich kriechen kann.‹ Aber meinen Sie, sie kehrt sich dran? Denken Sie nur, heute Nacht zieht sie mit einem Mal unter ihrem Nachthemd, oder was das sonst für ein Ding ist, ein langes Messer hervor, und ich, nicht faul, ziehe meinen Revolver, und dann rennen wir immer umeinander herum, bis sie endlich über den Spaß in lautes Lachen ausbricht. Na, Mr. Holly, mit so einer Wilden sich herumzuärgern, ist nichts für einen ehrlichen Christenmenschen. Aber was kann man Besseres erwarten, wenn man solch ein Schaf ist und in ein so gottvergessenes Land reist und nach Dingen forscht, die doch keiner herauskriegt? Glauben Sie man, Mr. Holly, das ist die gerechte Strafe. Und sie ist noch lange nicht zu Ende, und Sie sollen mal sehen, nachher ist es auch mit uns zu Ende! Dann werden wir wohl ewig hier bleiben müssen. Nun muss ich aber schnell zu Mr. Leo und nach seiner Morgensuppe sehen, das heißt, wenn die Katze da mich ranlässt. Vielleicht möchten Sie jetzt auch aufstehen? Es ist schon neun Uhr vorbei.«

Jobs Reden waren nicht dazu angetan, mich aufzuheitern, zumal er eigentlich den Nagel auf den Kopf getroffen hatte. Wenn ich unsere Lage richtig erwog, schien es wirklich so gut wie ausgeschlossen, dass wir jemals aus diesem Land wieder herauskommen würden.

Nach dem Frühstück eilte ich sogleich zu Leo. Als ich Ustane fragte, was sie von ihm halte, schüttelte sie nur weinend den Kopf. Daher beschloss ich, Ayescha selbst um

sofortige Hilfe zu bitten. Da kam auch Billali und schüttelte gleichfalls den Kopf.»Er stirbt bald – heute Abend.«
»Das verhüte Gott, mein Vater!«
»Übrigens, mein Pavian – du sollst zur Herrin kommen, zum Gericht in der Halle. Komm, es ist höchste Zeit. Sei aber vorsichtiger! Ich glaubte gestern schon, sie würde dich töten.«

Wir gingen also, während Job und Ustane bei Leo blieben. Beim Betreten der Haupthöhle, der »Halle«, sahen wir schon viele Männer und Frauen dem Hintergrund derselben zueilen. Wir schlossen uns ihnen an.

In diesem hinteren Teil der Höhle waren die Wände mit besonders prächtigen Skulpturen bedeckt, und etwa alle zwanzig Schritte kamen rechts und links schmale Seitengänge, die, wie Billali nicht ohne Stolz erzählte, zu lauter Totenkammern führten. Wie freute ich mich, hier vielleicht bald allerhand archäologische Studien und Entdeckungen machen zu können!

Am Ende der Halle befand sich eine große Plattform, ähnlich der, auf welcher wir nach dem Fest gekämpft hatten, und jetzt erfuhr ich auch, wozu diese Erhöhungen dienten und wahrscheinlich auch schon in ältester Zeit gedient hatten; nämlich zur Abhaltung von allerhand feierlichen Handlungen, besonders religiöser Art, und zwar besonders zur Abhaltung von Bestattungsfeierlichkeiten. Auch seitwärts dieser großen Plattform waren Seitengänge, die zu alten Totenkammern führten; ja, Billali behauptete sogar, die ganze Bergwand sei sozusagen mit Leichen angefüllt und diese seien fast sämtlich noch tadellos erhalten.

Gegenüber der Plattform hatte sich eine zahlreiche Menschenmenge angesammelt, die erwartungsvoll und mit finsteren Mienen dreinblickte. Oben stand ein Stuhl aus Ebenholz mit Elfenbeinverzierung, auf der Sitzfläche lag ein Kissen, und unten am Gestell war eine Fußbank zu sehen.

Plötzlich erschall der Ruf:»Die ›Herrin des Todes‹!«

Wie ein Mann, wie vom Blitz getroffen, stürzten allesamt zu Boden und lagen unbeweglich da, als ob sie der Schlag gerührt hätte. Ich selbst war der Einzige, der stehen blieb, so dass ich mir fast wie der letzte Überlebende nach einem großen Blutbad vorkam.

Aus einem Seitengang linker Hand rückte alsbald eine Abteilung von Leibwächtern heran und nahm zu beiden Seiten der Plattform Aufstellung. Ihnen folgten etwa zwanzig Diener und ebenso viele Dienerinnen mit Lampen in den Händen, und schließlich kam auch Ayescha selbst, natürlich im Schleiergewand. Sie stieg zur Plattform hinauf, setzte sich auf den Stuhl und fing sogleich ein Gespräch mit mir an, und zwar auf Griechisch – wahrscheinlich, um nicht von den anderen verstanden zu werden.

»Komm, setz dich hierher und sieh, wie ich die Bestien richte! Und wenn mein Griechisch etwas hinkt, so bitte ich um Verzeihung; ich habe es so lange nicht geübt.«

Ich verneigte mich, stieg zu ihr hinauf und nahm zu ihren Füßen Platz.

»Nun, Holly, gut geschlafen?«

»Nein, Ayescha, schlecht«, antwortete ich wahrheitsgemäß, fürchtete aber im Stillen, sie wisse, wie ich die Mitternachtsstunde zugebracht hatte.

»Ich auch – ich auch, mich quälten böse Träume. Und du bist Schuld.«

»Das tut mir sehr Leid, Ayescha, aber wovon hast du denn geträumt?«

»Von Hass und Liebe, Holly.« Dann sagte sie, zum Führer der Leibwache gewandt, auf Arabisch: »Jetzt hol die Missetäter!«

Nach einer Verbeugung – die Leibwache und die Bedienten waren nämlich stehen geblieben – marschierte die Leibwache in einen der zur Rechten liegenden Seitengänge.

In der nun eintretenden Pause schien Ayescha in tiefe Gedanken versunken zu sein. Die Menge blieb unentwegt liegen und wagte höchstens ein gelegentliches kurzes Heben des Kopfes, um einen flüchtigen Blick auf Ayescha oder vielmehr auf ihr Gewand zu werfen. Ihr Antlitz hatte wahrscheinlich noch niemand von ihnen allen gesehen.

Endlich kehrte die Leibwache mit den Missetätern, einigen zwanzig, zurück. Vor der Plattform wollten sie sich sofort zu Boden werfen, Ayescha aber rief sanft und mit melodischem Lachen: »Nein, bleibt nur stehen! Des Liegens seid ihr doch bald müde.«

Entsetzt zuckten sie zusammen, und ich fühlte Mitleid. Einige Minuten herrschte wieder Schweigen, währenddessen Ayescha jeden einzelnen der Übeltäter genau zu betrachten schien. Dann wandte sie sich zu mir. »Erkennst du all die Männer?«

»Ja, Königin, fast alle«, und sie blickten mich wütend an.

»Dann schildere uns den Hergang!«

In aller Kürze erzählte ich.

Dann rief Ayescha den alten Billali an, und dieser, nur den Kopf hebend, bestätigte meinen Bericht. Weiteres Zeugnis wurde nicht gefordert.

»Ihr habt gehört, Kinder der Empörung. Wenn etwas euch entschuldigen kann, so sagt es!«

Ihre jetzt eisigkalte Stimme war mir neu an ihr. Ayescha besaß offenbar die wunderbare Fähigkeit, jeder Stimmung des Augenblicks den Klang der Stimme auf das Genaueste anzupassen.

Nach einigem Zögern ergriff einer der Übeltäter das Wort: »Oh ›Herrin des Todes‹, unser Vater sagte uns, du habest nur befohlen, die Weißen nicht zu töten. Vom Schwarzen, ihrem Diener, hat er nichts gesagt. Deshalb hat Fatma, als der eine der Weißen sie beleidigt hatte, uns alle aufgefordert, den Schwarzen nach alter Sitte unseres Landes mit dem Krug zu töten, und weiter haben wir auch nichts gewollt. Das andere alles ist nachher nur in der Wut gekommen. Verzeih uns, oh Herrin, wir bereuen es. Gnade, Königin, Gnade! In die Sümpfe lass uns ziehen! Schick uns in die Sümpfe, in Verbannung!«

Tiefes Schweigen folgte.

Beim wirren Flackerschein der Lampen sah ich eines der seltsamsten Bilder vor mir, die ich je erleben durfte. Vorne standen die Todesopfer, ihre Angst durch scheinbar gleichmütige Mienen zu verbergen bemüht. Dahinter lagen hingestreckt wie Tote in langen, langen Reihen die Zuschauer. In den Seiten standen die Leibwächter in Leinengewändern und die stumme Dienerschaft, voller Neugier alles verfolgend. Hoch über allen thronte Ayescha, weiß verschleiert, in einem Glorienschein von grauser Macht und unendlichem Liebreiz. Ich selbst saß zu ihren Füßen und konnte alles überblicken.

Endlich brach Ayeschas Zorn hervor. Leise beginnend schwoll ihre Stimme allmählich an, um bald den ganzen Raum zu erfüllen.

»Ihr Hunde ihr, ihr wilden Kannibalen! Ihr habt gesündigt, doppelt schwer. Die Gäste habt ihr angegriffen, den schwarzen Diener töten wollen. Den Tod verdient schon das allein. Und zweitens habt ihr nicht gehorcht. Hieß ich euch nicht, sie gut aufnehmen? Trotzdem – ihr habt sie töten wollen und hättet es sicher auch getan, wären sie nicht stark und tapfer gewesen. Ihr lerntet doch als Kinder schon, dass das Wort der Herrin Gesetz ist, und dass, wer es bricht, den Tod erleiden muss! Ist jedes meiner Worte nicht, so leise es auch sei, Gesetz? Wie könnt ihr mir zuwiderhandeln und was ich sage, schwer und leicht nach eurer Willkür nehmen? Das wisst ihr auch, ihr wisst es längst. Doch böse seid ihr allesamt, und falsch und hinterlistig. Vergesst ihr denn, dass ohne mich ihr längst schon nicht mehr wäret, dass ihr euch gegenseitig selbst schon längst gemordet hättet? Wohlan, so hört das Urteil: Man führt euch jetzt zur Folterkammer, die Knechte stehen dort schon bereit, und wer heute Abend sich noch rührt, der stirbt – der stirbt, ihr wisst schon wie!«

Überall ein Gemurmel des Entsetzens. Die Opfer stürzten nieder und heulten um Gnade.

Auch ich bat Ayescha, das Urteil zu mildern; sie blieb jedoch unerbittlich.

»Es geht nicht, nein, es geht nicht, Holly«, sagte sie zu mir auf Griechisch. »Verschone ich sie – nicht einen Tag mehr wäret ihr sicher. Denn Tiger sind es, die heute noch nach eurem Blute lechzen. Wie herrsche ich hier? Nicht durch Gewalt! Ich herrsche durch den Schrecken nur, mein Reich ist nur ein Reich des Geistes. Ich tue es auch nicht aus Rache nur – was könnte Rache mir wohl nützen? Wer lange lebt, ist frei von Rachsucht. Doch muss man wissen, was

man will, darf nicht sein Ziel verlieren. Ich scheine dir wohl im Zorn zu richten – doch wirklich, nein, das ist es nicht. Du hast oft gesehen, wie hoch am Himmel die Wölkchen hin und her treiben. Doch hinter ihnen treibt der Sturm und wählt sich die Bahn, die er will. Und so ist auch bei mir. Die Launen unstet, wechselvoll – das sind die kleinen Wölkchen. Doch hinter ihnen steht mein Wille. Nein, nein, sie sterben – wie ich es sagte.«
Dann wandte sie sich zur Leibwache. »So geht! Hinweg mit ihnen!«

16 Die Gräber von Kôr

Als die Leibwache mit den Todesopfern abgerückt war, machten sämtliche Zuschauer auf einen Wink Ayeschas am Boden kehrt und krochen wie eine Hammelherde zum Eingang zurück, von wo sie ins Freie enteilten.

Mit Ausnahme der Dienerschar und einigen Wächtern blieben nur Ayescha und ich zurück und ich bat sie sogleich um Hilfe für Leo. Sie erwiderte aber, im Laufe des Tages werde er sicher nicht sterben, da es mit diesen Kranken immer nur abends oder frühmorgens zu Ende gehe; bevor sie selbst eingreife, sei es besser, die Krankheit sich erst austoben zu lassen. Als ich mich daraufhin von ihr verabschieden wollte, forderte sie mich auf, ihr zu folgen.

Einige Winke, und das Personal entfernte sich; nur vier Mädchen blieben zurück und nahmen eine Lampe zur Hand. Dann stieg Ayescha von der Plattform herab und sagte: »Komm, Holly, ich habe dir viel zu zeigen. Zuerst sieh diese Höhle selbst, auch sie ist ein Werk der alten Kôrer! Wie lange hat man wohl dazu gebraucht?«

»Tausende von Menschen müssen viele, viele Jahre daran gearbeitet haben.«

»Ganz recht. Und weißt du, was ich noch erforschte? Noch ehe man einst Ägypten kannte, war Kôr schon ein sehr altes Volk. Du wirst das auch selbst erkennen.«

Dann ließ sie die vier Lampen hoch emporhalten und zeigte auf die Felswand hinter der Plattform. »Von all den vielen Höhlen Kôrs war diese eine der letzten. Du hast die Schriften doch gesehen, und denke – ich kann sie lesen! Wer sucht, der findet, sagte ich mir; so suchte ich nach dem Schlüssel und fand ihn auch – und habe inzwischen fast alle entziffert!«

Oberhalb der Plattform war das gemeißelte Bild eines auf einem Stuhl sitzenden Greises mit einem Herrscherstab in der Hand zu sehen. Sofort fiel mir die Ähnlichkeit mit dem Greis in den Bildern des Präparierzimmers auf. Der Stuhl war das Ebenbild dessen, auf welchem Ayescha soeben gesessen hatte, und unterhalb des Stuhls befand sich eine Inschrift in den mir unbekannten, wie chinesisch anmutenden Schriftzeichen.

Ayescha las sie mir mit einigem Stocken in der fremden Sprache vor und gab dann etwa folgende Übersetzung: »Diese Höhle wurde im Jahre 4279 seit der Gründung Kôrs von König Tisno vollendet. Drei Menschenalter hat das Volk mit seinen Sklaven hier gegraben, um seinen Bürgern späterer Zeit ein würdiges Grab zu schaffen. Auf ihrem Werk möge der Segen des Himmels über den Himmeln ruhen und Tisnos Schlaf, des ruhmvollen Herrschers, dessen Bildnis hier verewigt ist, bis zum Tage des Erwachens[15] zu einem glücklichen machen und ebenso auch den Schlaf seiner Nachkommen, die einst ihr Haupt ebenso tief im Staub werden betten müssen.«

Dann fügte sie hinzu: »Du siehst, die große Trümmerstadt ist mehr noch als viertausend Jahre, bevor die Höhle fertig war, von diesem Volk gegründet worden. Und als dann ich – es ist zweitausend Jahre her – die Höhle hier zuerst betrat, da war sie schon genau wie heute! Wie alt muss wohl erst die Stadt sein! Doch komm, ich zeige dir noch mehr, ich zeige dir auch, wie dieses Volkes untergegangen ist!«

Genau in der Mitte der Höhle gab es eine große runde Bodenöffnung, und in diese war ein ringsum abschließender

---

[15] Diese Wendung beweist, dass schon die alten Kôrer an ein zukünftiges Leben geglaubt haben. Haggard.

Felsblock eingelassen worden. Als wir davor standen, fuhr Ayescha fort:»Was mag dies sein? Nun rate, Holly!«
»Wie kann ich das erraten?«
Darauf schritt sie zur linken Seitenwand und ließ auch hier die Lampen emporhalten. Da sah ich an der Wand eine mit roter Farbe in den mir unbekannten, noch deutlich erkennbaren Schriftzügen ausgeführte Inschrift, und Ayescha las sie mir sofort in ihrer Übersetzung fort:

»Ich, Junis, ein Priester des großen Tempels von Kôr, schreibe dies auf der Wand der Begräbnisstätte im Jahre 4803 seit der Gründung Kôrs. Kôr ist gefallen! Nie wieder wird hier Festgesang erschallen, nie wieder wird das große Kôr die Welt beherrschen, nie wieder werden seine Schiffe zum Handel mit der Welt das Meer befahren. Kôr ist gefallen! Alle seine stolzen Werke und schönen Städte und alle Häfen und Kanäle sind für den Wolf jetzt und die Eule, den wilden Schwan und die Barbaren, die nach ihm kommen werden. Vor fünfundzwanzig Monden war es, als eine Wolke sich niederließ auf Kôr und seine schönen Städte, und aus der Wolke stieg die Pest herab und raffte jung und alt dahin, den einen wie den anderen, ohne Schonung. Sie wurden schwarz und mussten sterben – jung und alt, und arm und reich, und Mann und Weib, und Fürst und Sklave. Sie raffte hin bei Tag und Nacht, und wer entkam, erlag dem Hunger. Der Toten waren bald so viele, dass es den Lebenden unmöglich war, nach altem Brauch die Körper zu erhalten. Man stürzte sie daher durchs Loch im Boden dieser Höhle hinunter in den tiefen Abgrund. Ein kleiner Rest entkam trotzdem, gelangte an das große Meer und fuhr von dort gen Norden. Und jetzt bin ich, der Priester Junis, der letzte in der großen Stadt. Doch ob vielleicht aus anderen Städten noch einige sich gerettet haben, das ist mir nicht bekannt geworden. Drum schreib ich dies, bevor ich gleichfalls sterbe, im tiefsten Kummer nieder, weil niemand mehr im Tempel betet, weil alle Häuser öde stehen, weil alle Fürsten, alle Krieger und alle Händler, alle Frauen den langen Schlaf des Todes schlafen.«

Welch unendlicher Jammer sprach aus diesen schlichten

Worten! Was musste dieser letzte Überlebende eines zuvor so mächtigen Volkes empfunden haben, als er hier in grässlicher Vereinsamung die Trauergeschichte an der Wand verewigte! In maßlosem Staunen, auf Heftigste erschüttert, stieß ich einen Seufzer aus.
Da legte Ayescha mir die Hand auf die Schulter. »Was meinst du, Holly, wäre es nicht möglich, dass diese, die gen Norden fuhren, die Väter der Ägypter waren?«
»Wer kann das wissen? Die Welt scheint recht alt zu sein.«
»Ja, wahrlich, sie ist alt, sehr alt. Wie oft sind Völker, reich und stark, in allen Künsten wohl erfahren, verschwunden und vergessen worden! Das Volk von Kôr ist eines von vielen. Die Zeit verzehrt der Menschen Werke, es sei denn, dass er Höhlen gräbt, und selbst die kann das Meer verschlingen, oder die Erde, wenn sie bebt, verschütten. Wer weiß denn, was schon alles war auf Erden und was die dunkle Zukunft birgt? Nichts Neues gibt es im Sonnenlicht, wie einst schon der Hebräer schrieb. Doch weißt du, was ich selber glaube? Die Pest hat Kôr nicht ganz vernichtet! In einigen anderen ihrer Städte sind manche doch verschont geblieben! Barbaren aus dem Süden aber, vielleicht auch gar mein eigenes Volk, kamen über sie, besiegten sie und heirateten ihre Frauen. Dann wäre das Volk der Amahagger ein Mischlingsstamm von Söhnen Kôrs und wohnt jetzt hier in diesen Gräbern – den Gräbern seiner Ahnen[16]. Doch Sicheres freilich weiß ich nicht, bis in den finstern Schoß der Zeit vermag ich nicht zu blicken. Dieses Volk hat erst die Welt erobert und saß dann still und wohlgemut inmitten seiner Felsenwände, ein Handelsvolk, ein Volk des Friedens. Mit seinem Ruhm sich nun begnügend, lebte es lustig in den Tag hinein, von Sängern, Künstlern, schönen Frauen umgeben – bis plötzlich dann der Tag ihres grauenvollen Untergangs kam. – Und nun komm mit zum tiefen Abgrund! So etwas siehst du niemals wieder.«

---

[16] Der Name *Amahagger* deutet in der Tat auf eine Rassenmischung hin, wie sie am Sambesi leicht möglich war. Das Präfix *ama* ist der Sprache der Zulus und verwandter Stämme gemein und bedeutet *Volk*; *hagger* ist arabisch und bedeutet *Stein*. Haggard.

Sie führte uns durch einen Seitengang, dann eine lange Treppe hinab und schließlich durch einen vielleicht zwanzig Meter unter der Oberfläche des Felsens liegenden waagerechten Schacht mit eigenartigen aufwärts laufenden Luftlöchern. Am Ende dieses Schachtes ließ sie die Lampen emporhalten, und da sah ich in der Tat ein Bild, wie es mir nie wieder vor Augen kommen wird. – Vor uns, noch tief unter uns, lag ein gewaltiger Abgrund, von einer niedrigen Felsenmauer umschlossen. Und dieser ganze Abgrund, mindestens ebenso groß wie der Kuppelraum der St. Pauls-Kathedrale, war ein riesiges Leichenhaus, buchstäblich angefüllt mit vielen Tausenden von menschlichen Skeletten. Sie bildeten eine riesige bleich schimmernde Pyramide, wie sie durch das Niedergleiten der fort und fort herab geworfenen Leichen entstanden war. Etwas Grausigeres als diese wirre Masse von Überresten eines verschollenen Volkes kann ich mir nicht vorstellen, und noch grausiger wurde das Bild dadurch, dass in der hier völlig trockenen Luft viele der Leichen mit der Haut auf den Knochen zusammengetrocknet waren und uns jetzt in allen möglichen Stellungen angrinsten – grässliche Karikaturen der Menschengestalt.

Ein lauter Ausruf staunenden Grauens entfuhr mir, und das Echo traf vermutlich auf einen Schädel, der wohl Jahrhunderte lang auf der Spitze der Pyramide im Gleichgewicht gelegen haben mochte. In lustigen Sprüngen hüpfte er gerade zu uns herab und zog natürlich eine ganze Lawine von anderen Gebeinen hinter sich her, so dass die ganze Höhle widerhallte, und es sah fast aus, als ob alle diese Skelette uns begrüßen wollten.

»Komm, komm!«, sagte ich da, indem ich mich abwandte. »Dies sind also lauter Opfer der Pest?«

»Ja. Doch wisse, vor der Pest war es Brauch, die Toten gut zu präparieren. Die Toten Kôrs – da wirst du staunen. Ägyptens Mumien sind damit gar nicht zu vergleichen! Die Kôrer hatten einen eigenen Stoff, der mit großer Kunst von ihnen zubereitet wurde. Dieser Stoff wurde dem Toten eingespritzt und füllte so den ganzen Körper. Die Wirkung war – doch komm, du sollst es sehen!«

Wir schritten zurück durch einen Schacht, in den lauter schmale Türöffnungen mündeten. Vor einer blieb Ayescha stehen, die Mädchen leuchteten, und wir traten ein. Es war eine Totenkammer, ähnlich dem Raum, in dem ich während meines ersten Aufenthalts geschlafen hatte, doch mit zwei Steinbahren. Auf jeder lag ein Toter, in Leinwand[17] gehüllt, die mit einer nur sehr dünnen Staubschicht bedeckt war. Am Boden und auch auf den Bahren selbst standen mehrere Krüge mit hübschem Bildschmuck.

»Nun, Holly, hebe die Tücher auf!«, sagte Ayescha zu mir. Schon streckte ich nach einer der Bahren die Hand aus, aber es kam mir wie eine Grabesschändung vor, und der hehre Ernst des Ortes erfüllte mich mit einer so heiligen Scheu, dass ich die Hand sofort wieder zurückzog.

Lächelnd entfernte Ayescha nun selbst die Tücher, indem sie so zum ersten Mal seit Jahrtausenden das Antlitz auf der Bahre dem Blick von Lebenden enthüllte. Vor uns lag ein Weib von fünfunddreißig Jahren, das sicher einst eine Schönheit gewesen war und dessen friedliche Züge mit den zarten Brauen und den langen Wimpern selbst jetzt noch von bewundernswerter Schönheit waren. Im weißen Totenkleide, über das ihr dunkles Haar herabfloss, schlief diese Frau hier ihren letzten, langen Schlaf, im Arm ein Kindchen haltend, dessen Kopf sie an die Brust gepresst hielt. Mutter und Kind, diese Zeugen einer längst vergessenen Periode der menschlichen Geschichte, hier lagen sie wie lebend vor uns und sprachen mehr zum Herzen, als wenn wir ihren ganzen Lebenslauf hätten lesen können.

Ehrfürchtig legte ich die Tücher wieder zurück und nahm dann selbst mit aller Vorsicht von der anderen Bahre die weiße Hülle hinweg. Hier lag ein Greis mit langem weißem Bart, vielleicht der Gatte jener schönen Frau, der sie wohl um viele Jahre überlebt hatte und nun neben ihr den Schlaf der Ewigkeit schlief.

Nach dieser Totenkammer betraten wir noch viele andere;

---

[17] Alle Leinwand der Amahagger stammte aus den Grabkammern der Kôrer. Nach dem Waschen wurden die Totenhüllen wieder schneeweiß. L.H.H.

was wir in ihnen aber sahen, kann ich hier unmöglich alles schildern. Alle hatten ihre toten Bewohner, die wohl sämtlich noch nie in ihrem vieltausendjährigen Schlafe gestört worden waren. Ihre Beschreibung würde ein ganzes Buch anfüllen, und doch wäre alles, von geringen Änderungen abgesehen, nicht viel mehr als eine Wiederholung des Gesagten. Die Kunst des Einbalsamierens war hier so hoch entwickelt gewesen, dass die meisten Körper fast wie lebend aussahen. Vor Hitze, Kälte und Feuchtigkeit waren sie in diesen Höhlen vollkommen geschützt, und die aromatischen Stoffe, mit denen sie durchsättigt waren, schienen für die Ewigkeit zu wirken. Hier und da fanden sich freilich Ausnahmen, wo das Fleisch zuerst noch ganz fest zu sein schien, bei Berührung aber in Staub zerfiel. Dies erklärte Ayescha damit, dass diese Körper – vielleicht infolge großer Eile bei der Bestattung – statt die vorgeschriebene Einspritzung der Essenz zu erhalten, nur flüchtig in diese eingetaucht worden waren[18].

Nur noch über das letzte Grab, das ich sah, will ich ein Wort sagen; denn sein Inhalt berührte mich noch mehr als der der ersten. Auf einer und derselben Bahre lagen hier zwei Körper, und nach der Entfernung der Leichentücher erblickte ich einen Jüngling und eine Jungfrau in enger Umarmung. Als ich das Kleid des ersteren öffnete, sah ich über seinem Herzen eine tiefe Dolchwunde – und eine gleiche befand sich unter der Brust des Mädchens. Die Wand über

---

[18] Später zeigte Ayescha mir noch das Bäumchen, das diese Essenz lieferte und das noch jetzt dort auf den Abhängen wächst. Die schmalen, lorbeerähnlichen Blätter haben ein lebhaftes Grün, das im Herbst jedoch hellrot wird. Am Baum selbst riechen sie fast gar nicht, gekocht aber strömen sie einen starken würzigen Duft aus. Die beste Essenz liefern die Wurzeln, und es gab ein auf einigen Inschriften erwähntes Gesetz, das die Benutzung der Wurzelessenz nur bei Personen in bestimmten höheren Stellungen gestattete. Dadurch sollte der Baum offenbar vor Vernichtung geschützt werden. Der Verkauf von Blättern und Wurzeln war ein Staatsmonopol, das den Königen einen guten Teil ihres Privateinkommens sicherte. L.H.H.

ihnen trug – nach Ayeschas Übersetzung – die Inschrift: »Im Tode vereint.«

Was mochten diese beiden, schön im Leben, einst wohl erlitten haben? Indem ich die Augen schloss und meine Fantasie den Faden der Gedanken weiterspinnen ließ, zauberte sie mir ein so lebenstreues Bild vor Augen, dass ich fast vermeinte, die dunkle Zeitspanne überbrückt und entschleiert zu haben.

Mir war, als sähe ich die Jungfrau lebend vor mir, im blonden Haarschmuck auf schneeweißem Kleide; mir war, als sähe ich die große Halle mit Kriegern in glänzender Rüstung gefüllt. Auf der Plattform stand ein Priester, von den Geräten seines Amtes umgeben. Ein Mann in Purpurkleidung trat ein, und ihm folgten schöne Frauen, die ein Hochzeitslied anstimmten. Beim Altar aber stand jene blonde Jungfrau und fuhr entsetzt zusammen. Doch plötzlich sprang aus dem Gedränge ein schwarz gelockter Jüngling vor und schlang den Arm um die Geliebte, ihr bleiches Antlitz küssend. Nun folgten Tumult und Schwerterblitzen. Man riss die beiden auseinander, der Jüngling wurde erstochen. Laut schreiend zog sie seinen Dolch und stieß ihn selbst sich in die Brust, um dann entseelt zu Boden zu sinken.

Und plötzlich war das Bild entschwunden – die Pforten der Vergangenheit waren wieder dicht verschlossen.

Da hörte ich Ayescha sprechen, die das tote Paar soeben wieder zudeckte. »Das Los der Menschen – hier ist es zu sehen!«, sprach sie feierlich. »Das Grab ist das Erbteil aller. Auch meines, wenn es auch noch lange bis dahin dauern mag. Der schöne Tag – er wird auch mir einst dämmern. Und was hat es dann genügt, den Tod ein wenig fernzuhalten? Zehntausend Jahre, selbst auch Zwanzigtausend, was sind die schon im Zeitenlauf? Ein Nichts, dem schwanken Nebel gleich – ein Atemzug des ewigen Geistes. Oh, Los der Menschenkinder! Es trifft uns alle, jeder muss sehr bald der Ruhe pflegen. Doch ist es genug, erwachen wir, und dann beginnt ein neues Leben. Und so geht es fort durch alle Zeit, bis auch die Welt in Schlummer sinkt und nichts mehr ist als nur der Geist, – der Geist der Ewigkeiten. – Ist es nun genug? Ich zeige dir gern auch Tisnos Grab, das stolze Grab des größten Herrschers von Kôr.«

»Ich habe genug gesehen, meine Königin«, antwortete ich. »Mein Herz ist überwältigt von der allgegenwärtigen Macht des Todes. Die Lebenskraft ist schwach und könnte in Gesellschaft dessen, was mich am Ende erwartet, leicht zusammenbrechen. Bring mich daher fort von hier, Ayescha!«

17 Am Wendepunkt

Wir schritten zurück und standen bald darauf vor einer kurzen Treppe zu Ayeschas Vorzimmer. Als ich mich verabschieden wollte, sagte sie: »Nein, bleib nur hier – und tritt doch ein! Ich plaudere wirklich gern mit dir. So stets allein – das hasse ich schon, und des ewigen Denkens bin ich herzlich müde. Du bist noch sehr jung an Jahren und doch ein schwerer Denker, und ähnelst einem alten Weisen, mit dem ich oft in Mekka disputierte.«

Wir traten ein und setzten uns. »Versuch mein Obst und lass uns plaudern«, sagte sie, »so recht gemütlich – ohne Schleier! Heute möchte ich mich mal rühmen hören, möchte hören, wie schön ich bin.«

Damit sprang sie wieder auf, ließ die Hülle fallen und stand dann da – ein Bild der strahlendsten Schönheit. Ihre wunderbaren Augen auf mich heftend lachte sie hell wie Silberglocken und war jetzt völlig umgewandelt. Das Grauen zügelloser Rachsucht, die kalte, unerbittliche Richtermacht, der feierliche Ernst des Todes – mit dem Schleier war alles dahin und vergessen. Jetzt war sie nur die liebliche Versucherin, jetzt war sie in der Stimmung der alles bewegenden Venus. Die langen Locken schüttelnd, so dass ihr Duft den ganzen Raum erfüllte, ein Verslein aus einem griechischen Hochzeitsliede summend und mit den Füßen den Takt am Boden schlagend, durchdrang sie mich mit ihren Blicken und sagte dann: »Nein, Holly, nein, dort musst du sitzen, von dort siehst du besser! – Ja, ja, so ist es recht, so bleibe sitzen! Nun, Holly, gefalle ich dir? Erst prüfe mich recht, prüfe

Zug um Zug! Auch die Gestalt vergiss mir nicht, auch Hände nicht und nicht die Füße, das Haar nicht, und nicht die zarte schöne Haut! Und siehst du meinen Gürtel an, bedenke auch, dass die Schlange hier zu lang ist! Sie ist jedoch ein kluges Tier, sie weiß, man soll den Leib nicht schnüren. Du kannst dich selbst ja überzeugen! Gib deine Hände, so ist es recht – und drück nur zu, so, siehst du jetzt – du kannst mich gut umspannen!«

Ich konnte nicht mehr an mich halten. Im Nu lag ich ihr zu Füßen und stammelte in einem tollen Sprachengemisch, dass ich sie verehrte, wie nie zuvor ein Weib verehrt worden sei, und dass ich meine Seligkeit hingeben würde, wenn sie die meine werden wolle.

Zuerst schien sie überrascht zu sein, dann klatschte sie lachend in die Hände.

»So schnell? So schnell? Das hätte ich nicht gedacht! Wie lange ist es her, seit Männer vor mir knieten! Dem Weib ist es ein so süßer Anblick, ein so holdes Glück, das nichts uns mindert, nicht Weisheit, noch des Lebens Länge, das einzige, das uns Frauen zusteht. – Doch wie – du willst? Die deine kann ich niemals werden, ich liebe nur ihn, den einen, und du bist dieser eine nicht! Bei aller Weisheit, Holly – und auf deine Art bist du weise – so bist du doch in dieser Hinsicht nur ein Narr und sinnst auf Torheit! Ins Auge mir schauen, mich küssen? Wohlan, so schaue!«

Und sie beugte sich zu mir herab. »Und willst du – ei, so küsse mich! Denn Küsse lassen keine Spur – so will es der Weisen weiser Plan – als einzig nur im Herzen. Doch wenn du küsst – ach, du wirst dein Herz in stetem Gram verzehren, du wirst dran sterben müssen.« Dabei beugte sie sich noch weiter zu mir nieder, bis ihr Haar meine Stirn streifte, und ihr Atem mir alle Beherrschung raubte. Schon streckte ich die Arme aus, um sie an mich zu reißen, da richtete sie sich plötzlich wieder auf, und ein schneller Wechsel kam über sie. Zugleich hielt sie mir ihre Rechte über den Kopf, und augenblicklich hatte ich die Empfindung, dass ein Strom von ihr zu mir herüber floss und, mir die Sinne kühlend, mir das Bewusstsein von Anstand und Sitte zurückgab.

»Genug des Spiels, des losen Spiels!«, sagte sie nun ganz ernst. »Du scheinst mir ein Mann von Ehre zu sein, ich möchte dich gern verschonen. Vergiss, vergiss, verscheuche das Denken – oder wenn es sein muss, so lass es in den Abgrund der Verzweiflung sinken! Bedenke, dass ich dir fremd bin! Ja, hättest du gestern mich gesehen, am Abend, in der Stunde meines Hasses, du wärest entsetzt zurückgewichen. Ich bin ein Weib von vielen Launen, doch alle gehen sehr schnell vorüber. Und wenn du mich noch einmal quälst, so zeige ich mich dir niemals wieder – dann darfst du mich nie mehr ohne Schleier sehen!«

Ich erhob mich und sank auf das Ruhebett, noch zitternd vor Erregung, obgleich die tolle Leidenschaft mich sofort verlassen hatte – wie die Blätter eines Baumes auch nach dem Sturm noch zittern. Dass ich sie in jener Nacht aber gesehen hatte – das hatte ich nicht den Mut, ihr einzugestehen.

»So, jetzt versuch mein Obst – die einzig wahre Kost des Menschen! Und dann erzähle mir vom Messias! Der war gewiss sehr klug und weise – den hätte ich auch mal hören mögen! Von unserer Weisheit wollte niemand etwas wissen. Gelage und Blut und Sinnenlust und kalter Stahl und Schlachtgetümmel – das waren da die Glaubenssätze!«

Inzwischen hatte ich mich etwas erholt und versuchte nun in tiefer Beschämung, ihr die Grundlehren des Christentums darzulegen. Aber sie schenkte dem nicht die erwartete Aufmerksamkeit. Nur bei meinen Erklärungen über unsere Auffassung von Himmel und Hölle hörte sie gespannt zu. Im Übrigen galt ihre Teilnahme hauptsächlich der Person des Messias. Dann erzählte ich ihr, dass auch in ihrem eigenen Volk ein neuer Prophet, Mohammed, erstanden sei und einen neuen Glauben gepredigt habe, den alsbald Millionen von Menschen angenommen hätten. Da rief sie aus: »Sieh an, zwei neue Lehren! Mir sind so viele schon bekannt, und seit ich hier so fern von allem weile, sind sicher noch viel mehr erstanden! Was ist der Zweck der neuen Lehren? Der Ursprung aller ist das Gleiche, ist Todesfurcht und eitel Ichsucht. Und was verheißen alle? Den Gläubigen winkt die

Seligkeit, den Spöttern aber – oh ihr Toren, was winkt denn euch? – nur Böses, Böses! Auf eine Lehre folgt die andere, Kultur vergeht, Kultur erblüht, Bestand jedoch hat nur die Welt und die Natur des Menschen. Ach, könnte er doch zu der Einsicht kommen, dass Hoffnung nicht von außen blüht und dass er sich erretten kann nur durch die eigene Kraft, durch eigenes Wollen! Was gut, was böse ist, ja, das weiß er – das heißt, er glaubt, er weiß es. Nun – so sollte er darauf fußen und sein Leben nur nach Gut und Böse zimmern.«

Diese, nicht neue Art der Beweisführung war zwar nicht nach meinem Sinne, da ich aber von all den seelischen Erregungen schon sehr abgespannt war und im Voraus wusste, dass ich doch nur den Kürzeren ziehen würde, widerstrebte es mir, mich mit ihr in lange Erörterungen einzulassen. Wahrscheinlich würde sie mich eher bekehrt haben als umgekehrt. Daher ließ ich die Sache auf sich beruhen und schwieg. Heute freilich muss ich das bitter bereuen. Dieses Gespräch blieb die einzige Gelegenheit, wo ich vielleicht ihren wahren Glauben hätte ergründen können.

»Also auch die Menschen in meiner Heimat haben einen neuen Glauben gefunden?«, fuhr Ayescha fort. »Einen falschen Propheten, wie du sagst, – weil er nicht aus deinem Volke war! Und sicher hast du Recht damit! Doch zu meiner Zeit war es schlimmer, da gab es in Arabien viele Götter. Es gab Allât und Saba, den Herrn des Himmels, Al Uzza und Manah, den Steinernen, für den das Blut der Opfer floss, und Wadd und Sawâ und Yaghûth, den Löwen der Einwohner von Yaman, und Yäûk, das Pferd von Morad, und Nasr, den Adler von Hamyar, und viele andere. Der alte Glaube – Schmach und Schande! Doch als dann ich an Weisheit zunahm und sie lehren wollte, da bin ich fast getötet worden! Doch lass, so war es immer. – So still, so schweigsam, Holly? Bist du meiner schon überdrüssig? Hast du Angst, dass ich dich auch bekehren will? Auch ich habe ein System erbaut, wie alle Lehrer oder Weisen. Drum hüte dich, mich zu reizen, Holly! Sonst musst du mein System erlernen und mein Schüler werden. Und dann – der Plan ist gar nicht übel – dann treten wir gemeinsam auf mit einer neuen Lehre –

und die verdrängt sie alle! – Doch sieh, wie bist du ungetreu! Noch keine Stunde ist es her, da lagst du mir zu Füßen noch – die Haltung steht dir herzlich schlecht! – und schworst mir ewige Liebe. Aber genug, – wir gehen zum Löwen. Und wenn er schon im Sterben liegt, hab keine Angst, ich heile ihn schon. Magie ist Torheit! Es sind die Kräfte der Natur, die all die Wunder wirken. Nun geh, ich mache den Trank bereit und komme dann selbst und werde ihm helfen[19].«

So verließ ich sie denn.

In Leos Zimmer traf ich Job und Ustane in größter Sorge an. Beide erklärten, Leo liege in den letzten Zügen und sie hätten schon überall nach mir gesucht.

In der Tat, ein Blick genügte: Er lag im Sterben; sein Atem ging schwer, die Lippen zuckten, durch die Glieder fuhr ihm von Zeit zu Zeit ein leises Schütteln. Wie verwünschte ich meine Selbstsucht, bei Ayescha zu verweilen, während er hier mit dem Tode rang! Was war ich für ein elender Wicht! Seit einer halben Stunde hatte ich nicht einmal an ihn gedacht, an ihn, der zwanzig Jahre lang gleichsam mein Augapfel gewesen war. Und jetzt war es vielleicht zu spät!

Die Hände ringend blickte ich umher. Ustane saß in trostloser Verzweiflung neben Leo; Job hockte in der Ecke und schluchzte zum Gotterbarmen. Als ich ihn fest ansah, ging er auf den Korridor hinaus, um sich dort auszuweinen. Meine letzte Hoffnung lag bei Ayescha – falls ihren Worten zu glauben war. Ich beschloss, sofort zu ihr zurückzukehren.

Aber gerade, als ich mich zum Ausgang wandte, kam Job mit buchstäblich gesträubten Haaren wieder hereingestürzt und keuchte: »Oh Gott, oh Gott, Herr Holly, draußen steht ein Gespenst!«

Zuerst war ich verdutzt, gleich darauf aber kam es mir zum Bewusstsein, dass dies Ayescha im Schleiergewand sein müsse. Und dann stand sie auch schon im Eingang.

---

[19] In der Chemie leistete Ayescha geradezu Hervorragendes. Chemie war wohl ihre liebste Beschäftigung. Eine der Höhlen hatte sie sich als Laboratorium eingerichtet, und trotz ihrer naturgemäß unvollkommenen Geräte erzielte sie erstaunliche Erfolge – wie man bald sehen wird. L.H.H.

Job drehte sich nach ihr um, sprang unter dem Geheul: »Da ist es!« in eine Ecke und drückte sein Gesicht an die Wand, während Ustane in der sofortigen Erkenntnis, dass ihre Königin vor ihr stand, sich lang zu Boden warf.
»Es ist höchste Zeit, Ayescha«, rief ich, »er liegt schon im Sterben.«
»Im Sterben? So? Dann geht`s ja noch«, erwiderte sie in aller Ruhe. »Wer ist denn das dort in der Ecke? Dein Diener? Wie, dein Diener? Ist das die Art, wie eure Diener bei uns hier Fremde grüßen?«
»Verzeih ihm, Ayescha! Er hat Angst vor dir, er hält dich für einen Geist.«
Sie lachte. »Und die dort? Ach, ich weiß schon. Schick sie beide hinaus! Vor Dienern zeige ich meine Künste nicht.«
Sofort befahl ich beiden, das Zimmer zu verlassen. Job gehorchte nur allzu gern, anders Ustane. »Was will die Herrin?«, flüsterte sie. »Darf eine Frau nicht bei ihrem sterbenden Gatten sein? Ich bleibe hier!«
»Warum geht sie nicht?«, fragte Ayescha, die sich am anderen Ende der Kammer in die Wandskulpturen vertieft hatte.
»Sie möchte hier bleiben«, antwortete ich verlegen. Ayescha fuhr herum und sprach nur ein einziges Wort, der Ton aber genügte. »Geh!«
Ustane kroch hinaus.
»Du siehst, es war sehr nötig, Holly, dieses Volk Gehorsam heute zu lehren. Doch lass, ich muss den Kranken sehen.«
Damit glitt sie zu Leo, dessen Gesicht, der Wand zugekehrt, gerade im Schatten lag. Sich über ihn beugend sagte sie: »Wie stattlich, ei, wie –«
Im gleichen Augenblick aber taumelte sie mit einem furchtbaren Schrei bis zur anderen Wand zurück.
»Was ist dir, Ayescha? Ist er tot?«
Wie rasend sprang sie auf mich los, so dass ich schon mein Ende vor mir sah, und zischte: »Du Hund, wie kannst du mir das verschweigen?«
»Was denn? Was denn?«
»Das hast du nicht gewusst? – Ja, ja, mag sein, ich will es

dir glauben. – So höre und staune: Dort liegt – dort liegt Kallikrates – von dem ich sprach – auf den ich warte! Da liegt er, jetzt endlich ist er da! Ich wusste – ich wusste, er würde kommen!«

Schluchzend und lachend zugleich, immerfort »Kallikrates« murmelnd, trieb sie jetzt allerhand närrische Possen, wie jedes andere Menschenkind, das vor Freude außer sich ist. Was für ein Unsinn, dachte ich bei mir, hütete mich aber, es auch nur anzudeuten, und hatte überdies in meiner Angst um Leo alles andere darüber sogleich wieder vergessen. Wenn er nur nicht starb, während sie dort wie ein Lämmlein herumhüpfte.

»Wenn du ihm jetzt nicht hilfst, Ayescha«, erinnerte ich sie endlich, »kann dich Kallikrates bald nicht mehr hören. Sieh doch, er stirbt schon!«

»Ja, richtig! Dass ich nicht eher kam! Ich bin so wirr, mir fliegt die Hand – und es ist so leicht!« Aus den Falten ihres Gewandes zog sie eine kleine Phiole hervor. »Nimm sie und gieß ihm alles in den Hals! Schnell, schnell – es ist höchste Zeit!«

Die Phiole war mit einem Holzstopfen verschlossen. Indem ich ihn mit den Zähnen herauszog, spritzte mir ein Tropfen auf die Zunge. Er schmeckte süß und machte mich einen Augenblick schwindlig, zum Glück ging das aber schnell wieder vorüber.

Der letzte Todeskampf hatte begonnen. Leos Kopf bewegte sich langsam hin und her, sein Mund war etwas geöffnet. Ich bat Ayescha, ihm schnell den Kopf zu halten. Sie tat es, zitternd wie Espenlaub. Dann machte ich ihm den Mund etwas weiter auf und goss ihm den Inhalt des Fläschchens hinein. Sofort stieg ein feiner Dampf empor, wie wenn man Salpetersäure umgießt, ein Anblick, der nicht gerade geeignet war, meine Hoffnung zu stärken.

Eines aber war sofort erkennbar: Der Todeskampf hörte auf. Also war es aus mit ihm! Leo hatte die dunkle Pforte durchschritten. Sein Gesicht wurde leichenblass, seine Herzschläge schienen völlig aufzuhören. Nur die Augenlider zuckten noch. Verzweifelnd blickte ich auf Ayescha, deren

Kopfschleier sich bei der furchtbaren Aufregung verschoben hatte. Noch immer Leos Kopf haltend, beobachtete sie ihn mit unsäglicher Todesangst und war dabei jetzt ebenso bleich wie Leo selbst. Auch sie wusste offenbar nicht, ob er leben oder sterben würde. So vergingen fünf lange und bange Minuten. Sie schien alle Hoffnung aufzugeben. Ihr liebliches Gesicht fiel immer mehr zusammen und wurde immer spitzer. Die Seelenangst zeichnete schon schwarze Ränder um ihre Augen und die zuckenden Lippen wurden immer weißer. Sie war nicht mehr wieder zu erkennen. Obgleich selbst von tiefstem Schmerz erfüllt, fühlte ich aufrichtiges Mitleid mit ihr.

»Ist es zu spät?«, stieß ich keuchend hervor.

Ohne zu antworten ließ sie Leos Kopf los und verbarg ihr Gesicht in den Händen. Ich wandte mich ab. Im gleichen Augenblick aber hörte ich einen tiefen Atemzug und dann, mich schnell zu Leo niederbeugend, sah ich, wie sein Gesicht langsam wieder Farbe bekam. Und plötzlich, oh Wunder, wälzte sich der Totgeglaubte auf die andere Seite.

»Sieh, sieh!«, flüsterte ich.

»Gerettet, ja, ich sehe.« Es klang rau und heiser. »Noch einen Augenblick, und es wäre zu spät gewesen.« Da wurde sie von einem schrecklichen Weinkrampf geschüttelt und sah bei all dem Schluchzen plötzlich wieder frisch und lieblich aus, fast lieblicher als zuvor.

Endlich hörte ihr Weinen auf.

»Verzeih, du siehst, ich bin ein schwaches Weib. Doch wirklich, stell dir das nur vor! Du sprachst erst heute von eurer Hölle. Dort lebt der Geist, sich klar erinnernd, und all die Fehler, all die Wünsche und Schrecken, die ihn früher quälten – sie sind auch dort und lassen keine Hoffnung. So habe ich zweitausend Jahre beständiger Qualen durchkostet, der alten Sünde stets gedenkend, in unerfülltem Wunsche bangend, allein und ungetröstet – und konnte nicht, wie sonst die Menschen, Erlösung durch den Tod erhoffen! Und dann – das hörst du niemals wieder, und das selbst in zehntausend Jahren nicht, die ich dir schenken möchte – dann kommt er endlich, endlich an, zu der Zeit, zu der er kommen musste – denn dass er käme, das wusste ich ja, nur eben nicht das Wann und Wie – und er ist hier, schon viele Stunden, und ich, ich fühle nichts von allem – und hab` ihn doch so lang erwartet! Und endlich komme ich, und was muss ich sehen? Er steht am Rand des Grabes! Und wenn er stürbe, so müsste ich die ganze Qual noch einmal kosten! Von neuem all die Zeit durchwandern, bis wieder einst – in weiter Zukunft – die Stunde seiner Rückkehr schlägt! Dann reichst du ihm den Trank, und diese paar Minuten – sie schienen mir viel länger noch als all die vielen Jahre! Und endlich, endlich sind sie um, und ich weiß, wirkt der Trank nicht gleich, so ist`s vorbei, so bleibt er ohne Wirkung. Schon denke ich, er ist wieder tot, und alle Qual durchbohrt mich schon von neuem! – Da höre ich, wie er leise seufzt! – – Nun wusste ich, das er nicht mehr stirbt; denn kommt der Trank zur Wirkung erst, so bringt er auch die Heilung. Jetzt stärkt ihn noch ein tiefer Schlaf, und morgen früh, zwölf Stunden später, erwacht er, frei vom Fieber.«

Sie legte ihm die Hand auf die Locken und drückte ihm einen feuchten Kuss auf die Stirn – der mir wie ein Stich ins Herz drang.

Ich war eifersüchtig.

18 Hinweg mit dir!

In ihrem Freudenrausch sah Ayescha wie ein Engel aus. Doch plötzlich kam ihr ein neuer Gedanke – und da allerdings sah sie nicht mehr wie ein Engel aus. »Das Weib da! Bald hätte ich es vergessen! Was ist sie? Die Dienerin?«

»Soweit ich das hier verstehe«, sagte ich achselzuckend, »ist sie seine Frau. Natürlich, sicher –«

Ihre Züge verfinsterten sich. »Dann muss ein Ende werden! Sie stirbt – und zwar sofort!«

»Nanu, Ayescha, was hat sie denn verbrochen?«, fragte ich entsetzt. »Sie hat doch nichts getan, was du nicht auch getan hast! Sie liebt ihn, und er hat ihre Liebe erwidert. Worin hat sie also gesündigt?«

»Du bist ein Narr, ein alter Narr!«, rief sie ärgerlich aus. »Du fragst, worin ihre Sünde liegt? Ja, will sie denn nicht zwischen mich und meinen Willen treten? Ich könnte ihn ihr leicht entreißen – und welcher Mann, wenn ich es will, kann mir wohl widerstehen? Die Männer, Holly, sind nur treu, wenn die Versuchung fern bleibt. Ist die Versuchung stark genug, so unterliegen alle; denn Leidenschaft ist für den Mann, was Gold und Macht uns Frauen. In eurem Himmel, scheint mir, wird es den Frauen schlecht ergehen; die Männer hängen sich sogleich an all die schöneren Geister und machen euren Himmel so den Frauen bald zur Hölle. Mit Weiberschönheit, glaube mir, lässt jeder Mann sich kaufen. Die Welt ist nur ein großer Markt, und wer am meisten bietet, für den ist alles käuflich.«

Wenn mich diese zynischen Reden bei einer so alten und erfahrenen Frau auch nicht Wunder nahmen, so war ich doch verärgert, und erwiderte trocken, dass in unserem Himmel keine Ehen geschlossen würden.

»Aha, du meinst, sonst wäre es kein Himmel! Schäme dich, Holly, schäme dich, so schlecht zu denken von uns Frauen! Ist Ehe denn das einzige, was Hölle und Himmel unterscheidet? – Genug! Wir haben mehr zu tun, als uns herumzustreiten. Was soll das ewige Streiten auch? Du bist wohl auch solch neuer Weiser? Ich sage dir, dieses Weib muss sterben! Sonst könnte er, solange sie lebt, sie liebend in Erinnerung haben! Mein Reich muss ganz mein eigen sein. Sie hat ja schon ihr Teil gehabt und mag sich das genügen lassen. Denn eine Stunde nur der Liebe wiegt hundert öde Jahre auf. Sie muss hinweg, es geht nicht anders!«

»Nein, nein!«, rief ich aus, »das wäre ein schweres Verbrechen. Verbrechen haben nur Böses im Gefolge. Um deinetwillen, Ayescha, tu es nicht, um deinetwillen!«

»Wie, Holly, ist es denn ein Verbrechen, was uns im Wege steht, hinwegzuräumen? Dann ist ja schon das Leben selbst an jedem Tag ein Verbrechen! Zerstört man nicht an jedem Tag um des bloßen Lebens willen? Die Schwachen müssen untergehen, der Starke bleibt am Leben. Die Starken sind es, nur sie allein, die alle Früchte ernten. Für einen einzigen

Baum, der wächst, verdorren zwanzig andere. Der Schwache stürzt, und über ihn geht es fort zu Macht und Ehre. Sogar dem Kind, das Hunger hat, entziehen wir oft die Nahrung. Das ist der Plan des großen Alls, das ist der Welten Ordnung. – Und ferner meinst du, böse Tat – die kann nur Böses zeugen? Da, Holly, fehlt dir die Erfahrung. Nein, böse Tat zeugt oft das Gute, und Gutes wieder zeugt oft Böses. Tyrannenwut ist segensreich für die Geschlechter späterer Zeiten, und frommer Herrscher Sanftmut führt meist zur Knechtschaft ihrer Völker. Man schlägt und weiß nicht, wo man trifft. Gutes und Böses – Liebe und Hass – Tag und Nacht – Süßes und Bitteres – Mann und Weib – und Himmel und Erde – ein jedes hat das andere nötig, doch wer kennt von allem schon das Ziel? Die Hand des Schicksals, ihrem Zweck zu dienen, verflicht sie alle in ein großes Band, und da ist jedes Fädchen nötig. Was heißt uns eines gut und anderes böse nennen? Und Dunkles hässlich, Helles schön? Mit welchem Recht? Den Augen anderer ist Dunkles schön und Helles hässlich! Und manchem gar gefällt wohl beides.«

Gegen solche Kasuistik anzukämpfen, erschien mir ganz aussichtslos. Was war außerdem nicht alles von einem Wesen zu erwarten, das sich über alle Menschensatzung, über jedes moralische Empfinden, über Recht und Unrecht und über jedes persönliche Verantwortungsgefühl erhaben dünkte und hinweggesetzt hatte? Da ich Ustane aber vor dem grausigen Schicksal der Hand ihrer mächtigen Nebenbuhlerin aufrichtig zu retten wünschte, machte ich noch einen weiteren Versuch.

»Ayescha«, sagte ich, »du bist mir zu spitzfindig. Aber du hast selbst gesagt, jeder Mensch soll der Lehre seines Herzens folgen und sich selbst ein Gesetz sein. Hat dein Herz kein Mitleid? Bedenke doch: Der Mann, dem dein ganzes Sehnen gilt, ist endlich zurückgekehrt, eben erst hast du ihn dem Tode entrissen und nun willst du seine Ankunft durch die Ermordung des Mädchens feiern, das ihn liebt und das auch er lieb gewonnen hat? Und hat sie ihm nicht das Leben gerettet – und für dich gerettet, als deine Sklaven ihn ermorden wollten? Und schließlich hast du mir doch eben erzählt,

dass du diesem Mann vor langen Jahren bitteres Unrecht getan hast, weil er damals die Ägypterin Amenartas liebte.«
Da packte sie mich am Arm und rief: »Wo hast du diesen Namen her? Und was weißt du von dieser Liebe? Von mir hast du den Namen nicht!«
»Na, dann habe ich ihn vielleicht geträumt! Man hat hier sonderbare Träume. Dieser Traum scheint aber Wahrheit zu enthalten. Was hast du denn von deinem Verbrechen gehabt? Zweitausend Jahre bangen Wartens! Und die möchtest du noch einmal durchmachen? Nein, sage, was du willst – es wird nur böse Folgen für dich haben! Wer Gutes tut, wird Gutes ernten; wer Böses tut, wird Böses ernten, wenn späterhin aus Bösem auch wirklich einmal Gutes kommen sollte. Nein, es kann nur großes Ärgernis kommen, und wehe dem, der es verschuldet hat! So sprach auch unser Messias, und er hat wahr gesprochen. Wenn du dieses unschuldige Mädchen tötest, so wirst du verflucht sein und von dem alten Baume deiner Liebe keine Frucht ernten. Und noch eines: Glaubst du vielleicht, der Mann hier würde dich nehmen, wenn du mit blutbefleckten Händen vor ihn trittst, als Mörderin des Mädchens, das ihn geliebt und sogar vor dem Tode gerettet hat?«
»Die Antwort hast du schon gehört. Und wenn ich dich, dich selber töte, er müsste mich selbst dann noch lieben. Und doch, mag sein, ein Körnchen Wahrheit – – wohlan, ich will sie schonen. Geh, hol sie her, bevor die Stimmung umschlägt!«
Eiligst zog sie den Schleier über den Kopf, und ich eilte freudig hinaus.
Ustane saß weinend unter einer Lampe und sprang bei meinem Ruf sofort auf. »Ist er tot?«
»Nein, er lebt. Die Königin hat ihn gerettet. Geh nur hinein!«
Mit einem tiefen Seufzer trat sie ein und warf sich sofort zu Boden.
»Steh auf und tritt näher!«, sagte Ayescha mit Eiseskälte.
Gesenkten Hauptes trat Ustane vor sie hin.
»Wer ist der Mann?« Ayescha wies auf Leo.

»Mein Gatte.«
»Wer hat ihn dir gegeben?«
»Gegeben? Niemand! Genommen habe ich ihn mir! So ist es Sitte.«
»Mit welchem Recht? Er ist ein Fremdling! Für Fremde gilt die Sitte nicht! War es nur Dummheit? Ich will es hoffen und dich deshalb am Leben lassen. Jetzt geh zu deiner Siedlung! Und diesen Mann, das merke dir ja, den darfst du niemals wieder sprechen – und nie mit ihm zusammenkommen! Gehorchst du nicht, so ist es dein Tod. Nun geh!«
Ustane rührte sich nicht.
»Hinweg mit dir!«
»Nein, Herrin, ich gehe nicht!«, antwortete sie mit erstickter Stimme. »Der Mann ist mein Gatte! Ich liebe ihn und verlasse ihn nicht! Mit welchem Recht darfst du mich von meinem Gatten trennen?«
Ayescha zuckte zusammen. Auch ich erschrak und machte mich auf das Schlimmste gefasst. »Sei gnädig«, sagte ich auf Lateinisch. »Sie spricht ja nur, wie ihr das Herz gebietet.«
»Ich bin es!«, erwiderte sie kalt und in derselben Sprache. »Wie du siehst, lebt sie noch.« Dann wandte sie sich wieder an Ustane. »Du gehst sofort! Es ist sonst dein Tod!«
»Nein, ich gehe nicht! Er ist mein!«, rief sie in ihrer Herzensangst. »Ich habe ihn mir erwählt und ihm das Leben gerettet. Töte mich doch, wenn du kannst! Meinen Gatten aber gebe ich dir nicht! Niemals! Niemals!«
Da machte Ayescha eine so schnelle Bewegung, dass ich ihr kaum folgen konnte. Ich sah nur so viel, dass sie der Armen mit der Hand einen leisen Schlag auf den Kopf versetzte. Und dann sah ich auf Ustanes braunen Haaren drei deutliche Fingerabdrücke – alle schneeweiß.
»Gott im Himmel!«, rief ich entsetzt aus, während Ustane sich mit den Händen zum Kopfe fuhr.
Ayescha aber lächelte nur. »Du Närrin denkst, ich kann nicht töten?« Dann wies sie auf Leos Handspiegel, den Job auf den Koffer gelegt hatte, und sagte zu mir: »Den Spiegel gib ihr, dass sie auch das Zeichen ihrer Haare sieht! Dann weiß sie, ob ich töten kann.«

Ich hielt Ustane den Spiegel vor die Augen. Hineinblickend griff sie sich nach den Haaren und sank mit einem Schrei zu Boden. Ayescha aber sagte spöttisch: »Nun geh, sonst muss ich dich noch einmal zeichnen! Jetzt trägst du mein Siegel, woran ich dich stets wieder erkenne. Und treffe ich dich noch einmal hier, dann werden deine Knochen bald noch weißer sein als das da!«
Schluchzend kroch die Ärmste mit dem unheimlichen Fingermal hinaus.
»Du siehst ja so erschreckt aus, Holly«, sagte Ayescha in größter Seelenruhe. »Du denkst wohl an Magie, nicht wahr? Doch die gibt es nicht! Auch dies hier ging natürlich zu – wenn du die Kraft nur kennen würdest. Ich wollte sie nur erschrecken, nicht töten. – Jetzt lasse ich ihn in meine Nähe bringen; in dieser Nacht wache ich bei ihm und will ihn morgen früh begrüßen. Und auch ihr anderen müsst jetzt drüben wohnen. Doch von Ustane sag ihm nichts und möglichst wenig auch von mir! Vergiss das nicht – ja, lass dich warnen!«
Damit eilte sie hinaus und ließ mich in größter Bestürzung zurück. Zum Glück blieb mir nicht viel Zeit zum Grübeln; denn gleich darauf kamen mehrere Diener und trugen Leo mitsamt unseren Habseligkeiten zum anderen Korridor hinüber, wo unsere neuen Wohnräume dicht hinter Ayeschas Alkoven lagen.
In dieser Nacht schlief ich noch in Leos Zimmer. Ich schlief im Übrigen sehr gut, hatte aber einen grässlichen Traum von der großen Knochenpyramide. Alle Skelette richteten sich auf und marschierten im Sonnenlicht nach Kôr, der stolzen Königsstadt. Rasselnd fielen die Zugbrücken nieder und trapp, trapp, trapp ging es an Brunnen, Palästen und Tempeln vorbei. Doch auf dem Marktplatz war niemand zum Empfang bereit, nur eine Stimme rief immer von neuem: »Gefallen ist Kôr, gefallen, gefallen!« Die ganze Stadt durcheilten die gespenstischen Kolonnen und dann ging es auf die breite Stadtmauer hinauf. Wieder bei der Zugbrücke angelangt, stürmten sie zu ihrer Gruft zurück. Endlich hatten sie die große Höhle erreicht und stürzten sich in endlosen Reihen wieder in die Gruft hinab.

Schaudernd erwachte ich und sah gerade, wie Ayescha schemenhaft aus der Kammer hinausschwebte. Nach diesem Traum fiel ich in einen ungestörten Schlaf, nach welchem ich erfrischt aufstand. Endlich kam die Stunde, wo Leo erwachen sollte. Da trat auch Ayescha wieder ein, natürlich tief verschleiert. »Gleich wacht er auf, ganz frei vom Fieber.«

In der Tat, es dauerte nicht lange, da drehte Leo sich um, streckte die Arme aus, ließ ein lautes Gähnen hören und öffnete die Augen. Eine weibliche Gestalt über sich gebeugt sehend, hielt er sie natürlich für Ustane und sagte auf Arabisch: »Nanu, was ist denn los, Ustane? Hast du Zahnschmerzen?« Dann aber rief er auf Englisch: »Potzwelt! Habe ich heute einen Bärenhunger! Hör mal, Job, alter Junge, wo sind wir eigentlich?«

»Ja, Mr. Leo, wenn ich das wüsste!«, antwortete Job, indem er an Ayescha, die er noch immer nur mit Angst und Schrecken ansehen konnte, vorbeischielte: »Sie dürfen noch nicht sprechen, Mr. Leo. Sie sind furchtbar krank gewesen, und wenn die gnädige Frau hier so gut sein und ein bisschen beiseite gehen würde, bringe ich Ihnen auch die Morgensuppe.«

Da blickte Leo genauer nach der »gnädigen Frau« und rief sogleich: »Nanu, das ist doch nicht Ustane! Wo steckt sie denn?«

Jetzt sprach Ayescha das erste Wort zu ihm – und es war eine Lüge. »Sie ist heute morgen ausgegangen, und ich bin hier an ihrer Stelle.«

Ihre silberhelle Stimme setzte Leo in nicht geringeres Erstaunen als ihr weißes Schleiergewand. Er sagte aber nichts, aß seine Suppe, drehte sich um und schlief sofort wieder ein.

Bei seinem zweiten Erwachen, am Abend, sah er auch mich und stellte allerhand Fragen. Ich vertröstete ihn aber auf den nächsten Tag. Und richtig, am nächsten Morgen ging es ihm erstaunlich besser. Nun erzählte ich ihm von seiner Krankheit und ein ganz klein wenig von meinen letzten Erlebnissen; von Ayescha aber, die daneben stand, sagte ich nur, dass sie die Königin des Landes und uns wohl gesonnen sei, und dass sie stets so verschleiert gehe.

Am nächsten Morgen war er fast ganz wiederhergestellt. Die Wunde war verheilt, und seine kräftige Natur hatte auch die dem Fieber sonst folgende Erschöpfung überwunden. Mit der Genesung kam auch die Erinnerung an unsere Erlebnisse bis zum Beginn des Fiebers. Seine Liebe zu Ustane zeigte sich in tausend Fragen nach ihr, die ich ihm aber nicht beantworten durfte, zumal Ayescha mich inzwischen nochmals gewarnt hatte.

Ayescha wurde jetzt eine ganz andere. War ich der Ansicht gewesen, sie werde die allererste Gelegenheit benutzen, um ihren vermeintlichen Geliebten aus uralter Zeit für sich zu beanspruchen, so hatte ich mich gründlich getäuscht. Ihre Gründe für diese Zurückhaltung waren mir allerdings unerfindlich. Ruhig und freundlich sorgte sie für ihn, bediente ihn fast mit Unterwürfigkeit, redete ihn stets ehrerbietig an und ließ ihn überhaupt kaum aus den Augen. Natürlich war er riesig neugierig, besonders auf ihr Gesicht, von dem ich ihm aber nur sagte, dass es ebenso schön sei wie ihre Gestalt und ihre Stimme.

Als er mich am dritten Morgen mit seinen Fragen nach Ustane in die Enge trieb, verwies ich ihn an Ayescha selbst und sagte wahrheitsgemäß, ich wisse nicht, wo Ustane sei. Nach dem Frühstück begaben wir uns daher in Ayeschas Gemach, in das wir jederzeit ohne weiteres Zutritt hatten. Bei unserem Eintreten kam sie uns mit ausgestreckten Armen entgegen, um uns, oder vielmehr um Leo zu begrüßen.

»Mein teurer Gast, ich grüße dich. Es freut mich sehr, dich wohl zu sehen. Die böse Krankheit ist vorbei, und dass sie niemals wiederkehrt, dafür lass mich nur sorgen!«

Leo verbeugte sich und dankte ihr in seinem besten Arabisch für alle Fürsorge, die sie ihm, dem Unbekannten erwiesen habe.

»Ein Mann wie du, mein werter Gast – den kann die Welt nicht gut entbehren. Denn Schönheit ist sehr selten heute. Des Danks von dir bedarf es nicht; dein Kommen hat mich sehr gefreut.«

»Alle Wetter, Onkelchen«, flüsterte mir Leo mit einem Rippenstoß auf Englisch zu, »ist die aber liebenswürdig! Haben wir Glück gehabt! Hoffentlich hast du die Gelegenheit ordentlich ausgenutzt. Donnerwetter, hat die ein Paar Arme!«
Da Ayescha mich aus ihren Augen neugierig anblitze, gab ich ihm durch einen Rippenstoß meinerseits zu verstehen, dass er schweigen solle. Ayescha aber fuhr fort: »Was irgend an Behaglichkeit mein Haus dem Gaste bieten mag, das steht dir zur Verfügung. Und wenn ich dir sonst noch dienen kann –«
»Ja, gnädige Königin«, fiel Leo sofort ein, »ich möchte wissen, wo Ustane ist.«
»Ach so, Ustane – ja, die sah ich; – sie sagte mir, sie ginge fort – wohin, das weiß ich leider nicht. Sie kommt sicher wieder, wer kann es wissen? Das ist so leicht nicht, Kranke zu pflegen – und diese Wilden hier, ich glaube – die wissen selbst nicht, was sie wollen.«
Diese Auskunft ärgerte und betrübte ihn. »Sonderbar!«, sagte er zu mir auf Englisch, um dann, zu Ayescha gewandt, auf Arabisch fortzufahren: »Das wundert mich – wir hatten uns schon so gut verstanden.«
Ayescha aber ließ nur ein leises Lachen hören und gab dem Gespräch schnell eine andere Wendung.

19 Ein Tanz

Des nun folgenden Gesprächs kann ich mich nicht mehr recht erinnern. Ayeschas Worte hatten, wahrscheinlich weil sie die Stunde, sich Leo zu offenbaren, noch nicht für gekommen hielt, etwas Sprunghaftes und Gezwungenes an sich. Schließlich teilte sie uns mit, dass sie für diesen Abend zu unserer Unterhaltung einen Tanz angeordnet habe. Dass die Amahagger am Tanz Freude finden könnten, hatte ich ihnen gar nicht zugetraut. Bald sollte ich aber erkennen, dass Tanzen hier etwas anderes war als anderswo.
Als wir uns zurückziehen wollten, fragte Ayescha, ob Leo vielleicht Lust habe, einige der Wunder dieser Höhlen ken-

nen zu lernen. Er war sogleich bereit, und so brachen wir auf und nahmen auch Job und Billali mit.

Da ich alles Wesentliche über die Totenkammer schon geschildert habe, brauche ich diese Besichtigung nicht mehr ausführlich zu beschreiben. Wir besuchten jetzt zwar ganz andere Kammern, aber was wir da sahen, war im Großen und Ganzen dasselbe[20]. Dann gingen wir zur Knochenpyramide und von dort durch einen langen abwärts führenden Gang zu einem riesigen Gewölbe, in welchem die Leichen der ärmeren Bürger Kôrs lagen. Diese waren aber nicht annähernd so gut erhalten wie die reicheren. Viele lagen dort ohne Gewand und in jeder einzelnen Kammer waren fünfhundert bis tausend Leichen übereinander geschichtet.

Leo brachte diesem erstaunlichen Anblick natürlich das regste Interesse entgegen, Job aber wurde bald ganz wild vor Aufregung und wäre am liebsten davongelaufen. Billali suchte ihm daher auf seine Art gut zuzureden: Vor diesen Toten brauche er doch keine Angst zu haben, sie seien ganz harmlos und täten keinem etwas zu Leide, und bald werde er selbst doch auch so einer sein. Als ich Job diese Worte übersetzte, geriet er vollends in Harnisch und platzte los: »Was, das wagt der Kerl mir ins Gesicht zu sagen? Da hört sich doch alles auf! Was für eine nette Art! Sollte sich was schämen, der alte Knacker! Aber was kann man von so einem Kannibalen auch anderes erwarten? Ja – und wenn man es recht besieht – wer weiß, vielleicht hat er gar nicht mal so Unrecht.«

Nach dieser Besichtigung verzehrten wir drei schnell unser Mahl, machten ein Nachmittagsschläfchen und kehrten dann zu Ayescha zurück, die durch ihre Bilder auf dem »Wasserspiegel« Leo alsbald in neues Staunen, Job in neue Angst versetzte. Jetzt lernte ich diese Kunst Ayeschas auch etwas näher kennen. Im Allgemeinen konnte sie alle Dinge

---

[20] Der ganze ringförmige Berg war wabenartig von Totenkammern durchsetzt. Anfangs war es mir ein Rätsel, wo alle herausgehauenen Felsmassen geblieben sein könnten, nachher aber erfuhr ich, dass man sie zum Bau der Häuser und Mauern und zum Bekleiden der Brunnen und Abzugskanäle von Kôr verwandt hatte.

nur so erscheinen lassen, wie sie einer anwesenden Person im Augenblick tatsächlich im Geiste vorschwebten, und zwar auch nur dann, wenn diese Person selbst den Wunsch dazu hatte. Wenn Ayescha eine Örtlichkeit aber selbst kannte, so konnte sie das Bild derselben, wie es bei dem Kanal der Fall gewesen war, auch mit dem, was dort geschah, hervorzaubern; eine wahrlich wunderbare Kraft, die sie aber, wohlverstanden, nur für ihre eigene Erinnerung besaß. Daher konnte sie mir das Innere unserer College-Kapelle nur so zeigen, wie es mir im Geiste gegenwärtig war, und als wir ihr Bilder berühmter Gebäude, zum Beispiel der St. Pauls-Kathedrale, zu zeigen versuchten, fiel das Ergebnis allzu kläglich aus, da wir von den vielen architektonischen Einzelheiten keine rechte Vorstellung mehr hatten.

Als Ayescha zufällig hörte, Job habe sechzehn Geschwister, forderte sie ihn auf, sich diese einmal alle vorzustellen, wie sie am Mittagstische beisammen saßen. Das Bild, welches dann auf dem Wasser erschien, war in der Tat eine derartige Szene, aber natürlich genau so, wie sie Job in diesem Augenblick nach so vielen Jahren noch im Geiste vorschwebte. Da er aber von den meisten Personen keine deutliche Vorstellung mehr hatte, so waren nur wenige Gesichter erkennbar, die meisten waren verschwommen oder zeigten nur gewisse charakteristische Züge, aber diese in arger Übertreibung. Dieses Bild seiner längst in alle Welt zerstreuten Geschwister entriss Job ein wahres Schreckensgeheul, das ich nie vergessen werde, ebenso wenig wie Ayeschas glockenhelles Gelächter, mit dem sie dankend seine Bestürzung quittierte.

Bald darauf meldete eine Dienerin in ihrer Gebärdensprache, dass Billali um eine Audienz bitte. Als er eingetreten oder vielmehr »eingekrochen« war, teilte er Ayescha mit, dass alles zum Tanze bereit sei. Sie zog einen schwarzen Mantel über ihr Schleiergewand – denselben, den sie in jener Schreckensnacht getragen hatte – und wir brachen auf.

Einige Schritte vor dem Eingang der Höhle standen drei Stühle, auf denen wir, da noch kein Tänzer in Sicht war,

Platz nahmen und abwarteten. Da es schon ziemlich dunkel und der Mond noch nicht aufgegangen war, waren wir gespannt, wie wir dem Tanze nachher würden zusehen können.

Auf Leos diesbezügliche Frage gab Ayescha lächelnd zur Antwort:»Da mach dir nur keine Sorge, lieber Gast!« Und richtig – bald darauf tauchten an allen Ecken und Enden dunkle Gestalten auf, mit brennenden Fackeln in den Händen, deren Flammen über einen Meter emporzüngelten. Mindestens fünfzig solcher Fackelträger kamen so auf uns zu gerannt, und schließlich erkannten wir zu unserem grenzenlosen Staunen, dass diese Fackeln lauter brennende Menschenleiber waren! Der Tanz sollte also durch brennende Mumien beleuchtet werden.

Etwa zwanzig Schritte vor uns trafen alle Fackelträger zusammen und warfen ihre Fackeln zu einem gewaltigen Scheiterhaufen übereinander. Großer Gott, war das ein Geprassel und Geflacker! Toller als von brennenden Teertonnen. Aber es sollte noch ganz anders kommen. Plötzlich riss ein Kerl seiner»Fackel« einen brennenden Arm aus und rannte damit abseits ins Dunkel. Wo er dann anhielt, schoss sofort eine hohe Feuersäule empor, die die Finsternis und mit ihr die»Lampe«, der sie selbst entsprang, erhellte. Diese Lampe aber war ein an einem Pfahl befestigter Frauenleib, dessen lange Haare der Fackelträger durch Berührung mit dem lodernden Arm in Brand gesetzt hatte. Einige Schritte weiter berührte er eine zweite, dann eine dritte Frauenmumie und so fort, bis wir fast ringsherum von lodernden Menschenleibern umgeben waren. Die Essenz hatte diese Körper nämlich so leicht entzündlich gemacht, dass ihnen die Flammen in langen Zungen sogar aus Nase und Mund hervorschossen.

Wenn Neros Gartenbeleuchtung durch Teer getränkte lebende Christen geschah, so erlebten wir jetzt – vielleicht zum ersten Mal seit den Zeiten des Cäsarenwahnsinns – ein ähnliches Schauspiel, doch waren unsere Lampen, Gott sei Dank, nicht mehr von blühendem Leben erfüllt. Aber auch dies war ein in seiner Unheimlichkeit fast unbeschreibliches

Schauspiel. Caesars Staub – oder war es der Alexanders? – mochte ein Spundloch verstopfen[21], diese alten Könige Kôrs jedoch waren dazu auserlesen, einem wilden Fetischtanz zu leuchten! Was für krause Gedanken dieses Schauspiel in mir erweckte! Was würde einmal aus unseren Leibern werden? Würde es auch uns einmal beschieden sein, so tief herabzusinken? Würden auch wir in den Augen unserer Nachkommen so wenig gelten?

In physischer Hinsicht freilich war das Schauspiel nicht minder schön als es schaurig war. Diese alten Kôrer und Kôrerinnen brannten jedenfalls ebenso flott und lustig drauflos, wie sie, ihren Bildern und Inschriften nach zu urteilen, einst gelebt hatten. Und welcher Reichtum, welche Fülle von lodernden Leibern! War einer nach etwa zwanzig Minuten bis auf die Füße heruntergebrannt, stieß man diesen einfach weg und stellte einen neuen an seine Stelle. Und die gleiche schier unerschöpfliche Freigebigkeit ergänzte auch den großen Scheiterhaufen stets von neuem, so dass dessen Flammen, das nächtliche Dunkel gespenstisch erhellend, mit tollem Geknatter ununterbrochen wohl zehn Meter emporschossen.

Entgeistert und wie angewurzelt standen wir da und hätten uns nicht gewundert, wenn plötzlich die Geister dieser Toten hervorgeschwebt wären und furchtbare Rache genommen hätten.

»Nun, Holly, habe ich Wort gehalten?«, fragte Ayescha lächelnd. »Ihr habt wohl vieles schon gesehen, doch sicher nichts, das diesem gleichkommt. Man kann auch manches daraus lernen. Genieße den Tag, die Gegenwart, bau nicht auf künftige Zeiten! Ach, hätten die dort je geahnt, welch niederem Zweck sie einstmals dienen müssten! Zum Tanz von Wilden leuchten – ach, wie kläglich! Doch seht, die Tänzer kommen. Ein lustiges Volk, nicht wahr, mein Gast? Die Bühne ist erhellt, wohlan, nun kann das Spiel beginnen.«

---

[21] In »Hamlet« V 1 sagt Hamlet: »In was für schnöden Bestimmungen wir kommen, Horatio! Warum sollte die Einbildungskraft nicht den Staub Alexanders verfolgen können, bis sie ihn findet, wo er ein Spundloch verstopft?«

Schweigend rückten zwei lange Reihen von etwa fünfzig Gestalten heran, die eine nur Männer, die andere nur Frauen, allen nur mit einem Lendenschurz bekleidet. Erst marschierten sie rund um den lodernden Scheiterhaufen herum, dann stellten sie sich zwischen diesem und uns einander gegenüber in zwei Reihen auf – und der Tanz begann, ein wahrer Höllencancan. An tollen Bocksprüngen und wildem Beingeschlenker war, weiß Gott, kein Mangel, doch merkten wir bald, dass das Ganze weniger ein Tanz als vielmehr eine Art Pantomime war.

Auch alle Belustigungen dieser Höhlenbewohner schienen aus dem unerschöpflichen Bestand der Gräber jener Toten zu stammen, mit denen sie die Wohnstatt teilten; ja, ihr ganzes Naturell schien auf den Todesernst jener Grabstätten abgestimmt zu sein. Kein Wunder, dass auch der Gegenstand des jetzigen Spiels nicht nur ungewöhnlich, sondern geradezu unheimlich war. Zuerst wurde nämlich ein Mordversuch vorgeführt, dann sollte das Opfer lebendig begraben werden, sträubte sich aber aufs Heftigste und suchte schließlich dem Grabe wieder zu entrinnen. Und dieses ganze, grausige Spiel wurde in tiefstem Schweigen aufgeführt, während jeder Akt mit einem wilden, unbändigen Rundtanz um das Opfer schloss, das sich im gespenstischen Schein des Scheiterhaufens am Boden wälzte.

Plötzlich gab es eine Unterbrechung. Eine große Frau, in ihrer Raserei schon ganz außer sich, kam auf uns zugesprungen und stürzte wenige Schritte vor uns unter grässlichen Zuckungen und mit Schaum vor dem Mund zu Boden, indem sie schrie:»Schnell, schnell, einen Bock, einen schwarzen Bock!«

Die meisten der Tänzerinnen und Tänzer sprangen herbei und umringten sie, während die übrigen sich in ihren Kapriolen nicht stören ließen.»Sie hat den Teufel!«, rief einer.»Schnell, holt ihr den schwarzen Bock! – Still, Teufel, still! Du kriegst deinen Bock! Wir holen ihn schon!«

»Lass gut sein, Teufel, er kommt gleich. Sei still, Teufel, sei doch verständig!«, besänftigten andere.

Dieses Geschwätze und Gekreische dauerte an, bis endlich aus einem in der Nähe befindlichen Viehkraal ein blökender Ziegenbock an den Hörnern herbeigezerrt wurde. »Ist er schwarz, ist er schwarz?«, kreischte die Besessene.

»Ja, ja, Teufel, schwarz wie die Nacht!«, besänftigte sie einer, flüsterte aber dem das widerspenstige Opfer Heranführenden zu: »Halt ihn hinter dich, dass der Teufel die weißen Flecken nicht sieht!« Dann besänftigte er die Tobende wieder: »Gleich, Teufel, gleich!« und fuhr zu dem anderen fort: »So, jetzt den Stoß in den Hals! Wo ist die Schüssel?«

»Das Blut, schnell, schnell, das Blut!«, kreischte wieder die Besessene.

Ein jämmerlicher Schrei verriet den Vollzug des Opfers und gleich darauf kam ein Weib mit einer Schüssel voll Blut angelaufen. Dieses Blut trank die Besessene sofort in einem Zuge aus – und war dann geheilt. Von ihrer grässlichen Krankheit, mochte es Hysterie oder Epilepsie oder Gott weiß was gewesen sein, schien plötzlich auch nicht mehr die Spur geblieben zu sein. Sich streckend und lächelnd kehrte sie ruhig zu den Tänzern zurück, und diese zogen dann wieder in zwei Reihen ab, so dass der Raum zwischen uns und dem großen Feuer wieder frei war.

Bis hierher hatte Job es noch ausgehalten, jetzt aber wurde es ihm doch zuviel, und er rannte wie besessen zur Höhle zurück. In dem Glauben, der Tanz sei jetzt zu Ende, wollte ich, da mir schon ganz übel wurde, Ayescha gerade fragen, ob wir nun gehen könnten, als plötzlich die Gestalt des Pavians angesprungen kam und lustig um das Feuer hüpfte. An der anderen Seite des Feuers erschien die Gestalt eines Löwen, und weiter erschienen dann abwechselnd rechts und links eine Ziege, ein Ochse mit lose hin und her schlenkernden Hörnern, ein Bläß-Bock, eine Pala-Antilope, ein Kudu und allerhand andere Tiere und schließlich sogar eine riesige Tigerschlange, in deren glänzender Haut ein Weib steckte, das den mehrere Meter langen Schwanz mühsam hinter sich her schleppte.

Endlich war die ganze Menagerie beisammen und führte einen wüsten plumpen Tanz um das Feuer herum auf, indem jeder zugleich die betreffende Tierstimme nachahmte, bis die Luft widerhallte von all dem Gebrüll und Geblöcke und Gemuhe und Gezische. Als dieser Höllenlärm kein Ende nahm und ich des tollen Treibens herzlich satt war, fragte ich Ayescha, ob ich mir wohl mit Leo zusammen die immer noch prasselnden Menschenfackeln näher ansehen könne. Sie hatte nichts dagegen, und so zogen wir beide denn los und wandten uns nach links.

Nach Besichtigung einiger der schrecklichen Fackeln wollten wir gerade wieder umkehren, als unsere Aufmerksamkeit sich auf einen ganz besondere Sprünge machenden Leoparden lenkte, der sich von der »Menagerie« entfernt hatte und jetzt in unserer Nähe umher sprang, indem er sich allmählich in den Schatten zwischen zwei Fackeln heranschlängelte. Neugierig gingen wir ihm nach, und plötzlich sprang er in den Schatten dahinter, stellte sich auf die Hinterfüße und flüsterte: »Kommt!«

Es war die unverkennbare Stimme Ustanes. Leo folgte ihr sogleich, und ich, Böses ahnend, folgte gleichfalls. Ustane sprang auf allen vieren noch ein Ende weiter, und als sie endlich auch von den Fackeln aus nicht mehr zu sehen war, stand Leo schon an ihrer Seite und ich noch ein Stück hinter ihnen.

Da hörte ich Ustane flüstern: »Endlich habe ich dich gefunden, Geliebter. Höre zu! Die Königin trachtet mir nach dem Leben. Der ›Pavian‹ hat dir doch erzählt, wie sie mich weggejagt hat? Du weißt, ich liebe dich und bin dein Weib. Ich habe dir das Leben gerettet. Wirst du mich jetzt verstoßen?«

»Nein, nein, Ustane! Wo bist du denn so lange gewesen? Komm – wir wollen der Königin alles erzählen!«

»Nein, nein, sie würde uns sogleich töten. Du kennst ihre Macht nicht. Der ›Pavian‹ aber, der kennt sie, der hat es mit angesehen. Nein, es gibt nur einen einzigen Weg. Wenn du mich auch lieb hast, müssen wir jetzt entfliehen. Dann können wir uns vielleicht noch retten.«

»Um Gottes willen, nicht, Leo!«

Aber sie unterbrach mich: »Höre nicht auf ihn! Schnell, schnell, jede Sekunde kann uns verderben. Vielleicht hört sie uns schon.«

Und sie umarmte ihn. Dabei rutschte der Kopf des Leopardenfelles herab, und im matten Sternenschimmer sah ich das Weiß der drei Fingermale auf dem Braun ihres Haares. Indem ich die verzweifelte Lage erkannte, wollte ich noch einmal eingreifen; wusste ich doch, dass Leo, wenn Frauen im Spiel waren, nicht festbleiben konnte – da, oh Schrecken, ertönte hinter mir ein leises Lachen wie Glockenklang. Ich wandte mich um – und sah Ayescha, Billali und zwei Diener vor mir.

Mir versagte der Atem, fast wäre ich zu Boden gesunken.

Ustane bedeckte ihr Gesicht mit den Händen, Leo aber, der den Ernst der Lage ja nicht ermessen konnte, stand da wie ein begossener Pudel.

20 Triumph

Nach einem peinlichen Schweigen sagte Ayescha sanft und doch nicht ohne Schärfe:»Mein werter Gast, so traurig heute? Der Löwe und der Leopard! Fürwahr, wie hübsch, wie reizend!«

»Mach, dass du wegkommst!«, brauste Leo auf Englisch auf. Ayescha aber wies auf den gerade aufgehenden Mond und fuhr gelassen fort:»Und du, Ustane, siehst du nun? Dein Mal hat dich verraten. Die Lampen sind ausgebrannt und alles liegt in Asche. Und dies war dir, der Dienerin, der Augenblick der Liebe! Und ich dachte, du seiest bereits in weiter Ferne!«

»Spotte nicht, Königin!«, stöhnte die Unglückliche.»Töte mich und mach ein Ende!«

»Nein, nein, warum? Es ist nicht schön, mit heißer Liebeslippe ins kalte Grab zu steigen.«

Auf einen Wink von ihr packten die Diener Ustane an den Armen. Mit einem Fluch aber stürzte sich Leo auf den nächsten, schlug ihn zu Boden und blieb mit erhobener Faust über ihm stehen.

»Tapfer, mein werter Gast! Für einen, der im Fieber lag, ein Schlag ganz ohnegleichen! Doch diesen Mann verschone mir bitte und lass ihn mir gehorchen! Dem Mädchen wird kein Haar gekrümmt, da sei ganz ohne Sorge. Der Frau, der du gewogen bist, der bin auch ich nicht abgeneigt.«

Diese Worte schüchterten Leo so ein, dass ich ihn von dem noch am Boden liegenden Diener wegziehen konnte. Nun kehrten wir allesamt zur Höhle zurück. Der große Scheiterhaufen war jetzt nur noch ein weißer Aschehaufen. Von den Mitwirkenden des Festes war nichts mehr zu sehen und zu hören.

Und dann waren wir bald wieder in Ayeschas Gemach – nur allzu bald, ahnte ich doch ein trauriges Nachspiel.

Ayescha nahm auf ihrem Ruhebett Platz, wir anderen blieben stehen. Dann ließ sie die Lampen füllen, schickte Job, Billali und die Dienerinnen – mit Ausnahme ihrer Lieblingsdienerin – wieder hinaus und begann: »Du, Holly, sprich zuerst! Du weißt, weshalb ich sie verschonte. Auf deinen Wunsch – nur dir zuliebe! Du weißt auch, dass ich ihr befahl, die Siedlung zu verlassen. Wie kam es, dass du auch dabei warst? Doch merke dir, Lügen dulde ich nicht!«

»Es war Zufall, Königin. Ich wusste von nichts.«

Eisigkalt entgegnete sie: »Mag sein, ich will es dir glauben. Zu deinem besten, Holly. So ist sie denn Schuld, sie allein.«

»Ich finde keine Schuld an ihr«, platzte Leo sofort heraus. »Hat sie mich nicht nach eurer Sitte geheiratet? Wen geht es also etwas an? Wem schadet das? Was sie getan hat, habe ich auch getan! Wenn du sie bestrafst, musst du auch mich bestrafen. Aber das sage ich dir, wenn deine staubstummen Halunken da das Mädchen noch einmal anrühren, reiße ich sie in Stücke.«

Und es schien ihm ernst zu sein.

Ayescha hörte in eisigem Schweigen zu und erwiderte nichts. Dann aber wandte sie sich zu Ustane. »Und was hast du zu sagen, Weib? Du Strohhalm, du leichte Feder! Du suchst dein winziges Liebesspiel und trotzt dem Sturmwind meines Willens? So sprich doch, dass ich dich verstehe! Was trieb dich, so zu handeln? Sprich!«

Und nun sollte ich Zeuge eines Mutes, einer Unerschrockenheit sondergleichen sein. Obwohl die Arme aus eigener

Erfahrung wusste, was sie hier zu erwarten hatte, schöpfte sie doch aus der Tiefe ihrer Verzweiflung die Kraft, der gewaltigen Feindin die Stirn zu bieten. Hoch aufgerichtet erwiderte sie:»Weshalb ich es tat? Weil meine Liebe stärker ist als der Tod, weil mein Leben ohne diesen Mann nur ein lebender Tod ist. Wenn ich auch deinem Zorn verfallen bin, ich bereue es nicht! Denn er hat mich geküsst und mir gestanden, dass er mich auch jetzt noch lieb hat.«

Ayescha richtete sich auf, sank aber sogleich wieder zurück, während Ustane mit starker Betonung fortfuhr:»Ich bin zwar keine Königin und keine Zaubererin und nicht unsterblich, doch Frauenliebe hat Verstand und lässt sich nicht ersticken. Ich durchschaue dich – trotz des Schleiers! Du liebst ihn selbst und deshalb willst du mich jetzt töten. Im Herzen aber scheint mir ein helles Licht und zeigt mir die Wahrheit. Am Tag, als mein Gebieter kam und ich zuerst ins Auge ihm blickte, schon da hat sein Herz mir gesagt, dass seine Liebe mir den Tod bringt. Und dennoch wich ich nicht zurück und bin bereit, den Preis zu zahlen. Doch höre mich an, ich weiß noch mehr, ich weiß, dass du, so hoch du stehst, die Früchte deines Tuns nicht ernten wirst! Er wird dich niemals deine Gattin nennen! Und du bist auch – ja, auch du bist schon gerichtet! Ich sehe – ich sehe –« Wie eine Prophetin stand sie vor uns, vom Geist der Gottheit erfüllt.

Bei ihren letzten Worten ertönte ein Schrei des Schreckens, der Wut. Ayescha war aufgesprungen und wies mit ausgestrecktem Arm auf Ustane, die plötzlich innehielt. Während ich die Ärmste gespannt anblickte, gewahrte ich auf ihren Zügen denselben Ausdruck des Entsetzens, den ich schon bei ihrem prophetischen Gesang in der Höhle Billalis beobachtet hatte. Ihre Augen weiteten sich, die Nasenflügel dehnten sich, die Lippen erbleichten.

Ayescha, wie Espenlaub zitternd, stand hoch aufgerichtet und lautlos da und streckte nur den rechten Arm aus. Plötzlich fuhr Ustane mit den Händen zum Kopf und stieß einen gellenden Schrei aus. Dann drehte sie sich zweimal um sich selbst und stürzte mit lautem Krach hintenüber auf den

Rücken. Leo und ich waren sofort an ihrer Seite, doch es war schon zu spät – sie war tot, durch Ayeschas geheimnisvollen elektrischen Strom, durch ihre alles beherrschende Willenskraft vernichtet.

Zuerst war Leo, der neben der Leiche kniete, alles unbegreiflich, dann aber, als er die Sachlage erfasste, war er schrecklich anzusehen. Mit einem wilden Fluch sprang er auf und stürzte sich auf Ayescha. Sie aber, die ihn nicht aus den Augen ließ, streckte wieder nur den Arm aus; taumelnd wich er zurück und wäre sicher zu Boden gefallen, wenn ich ihn nicht gehalten hätte. Später gestand er mir noch, es sei ihm gewesen, als habe er einen heftigen Schlag vor die Brust erhalten, ja, als sei plötzlich alle Manneskraft von ihm gewichen.

»Mein lieber, teurer Gast, vergib, wenn mein Gericht dich schreckte!«, sagte Ayescha ruhig und sanft.

»Dir vergeben, du Teufelsweib?«, brüllte Leo, vor Wut und Schmerz die Hände ringend. »Dir vergeben, verfluchte Mörderin? Nein, eher schlage ich dich zu Boden, dass du nie wieder aufstehst!«

»Nein, mein Gast – du weißt ja nicht – doch jetzt, jetzt sollst du alles hören! Du bist – Kallikrates, den ich erwarte – auf den ich schon so lange warte. Zweitausend Jahre warte ich schon, und jetzt endlich bist du wieder hier! Und die da, die uns trennen wollte, hat darum sterben müssen.«

»Verfluchte Lüge das!«, schrie Leo. »Ich heiße nicht Kallikrates, ich heiße Vincey. – Kallikrates? Das war ja wohl mein Ahne?«

»Jawohl, er war dein Ahne! Und du bist auch Kallikrates, bist endlich neugeboren und bist zu mir zurückgekommen! Jetzt soll uns nichts mehr trennen! Jetzt bist du wieder mein Geliebter!«

»Ach was! Ich bin nicht Kallikrates und erst recht nicht dein Geliebter! – Was soll das alles heißen, du Teufelsweib? Was habe ich überhaupt mit dir zu schaffen?«

»Was sprichst du nur, Kallikrates? Du hast mich lange nicht gesehen, zweitausend Jahre nicht, und weißt nicht mehr, wie schön ich bin. Ja, ich bin schön, Geliebter!«

»Ich will dich gar nicht sehen, verhasste Mörderin! Was geht mich an, ob du schön bist oder nicht! Nein – ich hasse dich! Ja – ich hasse dich!«

»Und doch – ich sage dir, bald liegst du mir zu Füßen und schwörst mir ewige Liebe!«, antwortete sie mit einem süßen Spottlächeln. »Heute ist der Tag, der lang ersehnte! – Sieh her, Kallikrates!«

Mit einer schnellen Handbewegung ließ sie ihr Schleiergewand zu Boden fallen und stand dann plötzlich in ihrem kleinen Mieder mit dem Schlangengürtel vor uns, in herrlicher Schönheit, in königlicher Anmut glänzend. Wie Aphrodite aus dem Meeresschaum, wie Galatea aus dem Marmor, so entstieg sie der Hülle, die ihren Körper bekleidet hatte, trat auf Leo zu und heftete ihre strahlenden Augen auf die seinen.

Und siehe – seine zuckende Miene besänftigte sich, seine geballten Fäuste öffneten sich, und sein Staunen wandelte sich zur Bewunderung und endlich zur Verzückung. Und deutlich war zu sehen, dass diese erhabene Schönheit, je mehr er gegen sie ankämpfte, nur desto größere Macht über ihn gewann. Alle Sinne schlug sie ihm in Fesseln, seine ganze Seele füllte sie mit ihren Reizen und drang dabei bis in die Tiefen seines Herzens vor.

Ich selbst wusste ja nur allzu gut, wie alles dieses vor sich ging. Hatte ich nicht, obwohl doppelt so alt, alles selbst durchkosten müssen? Und kostete ich es nicht schon wieder durch, obgleich ihr Liebesblick doch gar nicht mir galt? Ach, dass ich es bekennen muss! Eifersucht packte mich, rasende Eifersucht. Ich hätte mich auf ihn stürzen mögen! Meine ganze Moral war ins Wanken geraten. Mich gewaltsam beherrschend, wartete ich in atemloser Spannung den Ausgang dieses Trauerspiels ab.

»Oh, Gott im Himmel!«, stöhnte Leo, »bist du ein Weib, ein irdisches Weib?«

»Ja, ein Weib, Kallikrates, ein echtes Weib – und ganz dein eigen!« Und mit einem bezaubernden Lächeln streckte sie ihm die Arme entgegen.

Er blickte sie an – und langsam trat er näher. Doch plötzlich fiel sein Blick auf die Leiche Ustanes. Er zuckte zusammen, hielt inne und sagte heiser: »Wie kann ich denn? Du bist doch eine Mörderin – und sie hat mich so lieb gehabt!« Allerdings – aber hatte nicht auch er sie lieb gehabt? Daran aber schien er schon nicht mehr zu denken!

Da flüsterte Ayescha mit einer Stimme, die wie ein holder Abendwind war: »Was will das sagen, lieber Freund? War es Unrecht? Sünde? So lass die Schönheit alles tilgen! War es Unrecht und Sünde, so nur, weil ich dich allzu sehr liebte! Vergib es mir, vergiss es!« Und wieder streckte sie ihm die Arme entgegen. »Komm!«

Da war es um ihn geschehen. Er kämpfte noch, er wollte fliehen – doch ihre Augen bannten ihn und zogen ihn zu sich hin – stärker als eiserne Ketten. Der Zauber ihrer Reize, ihre Willenskraft und ihre Liebe waren stärker als sein eigenes Wollen; sogar hier – vor der Leiche Ustanes, die ihn so innig geliebt hatte, so innig, dass sie um seinetwillen in den Tod gegangen war! Doch wer will es wagen, den ersten Stein auf ihn zu werfen? Er wird es vor dem Richterstuhl des Ewigen zu verantworten haben, und Gott, hoffe ich, wird Milde walten lassen! Denn diese Versucherin war schöner als jede irdische Frau.

Als ich von Ustanes Leiche wieder aufblickte, lag mein stolzer Leo in ihren Armen, und ihre Lippen waren auf die seinen gepresst. Die Leiche Ustanes war der Altar, an dem er ihrer Mörderin die Treue schwur; die Treue schwur – für ewig.

Plötzlich entschlüpfte Ayescha Leos Armen und sagte mit einem triumphierenden Spottlächeln. »Sagte ich nicht, dass du mir bald zu Füßen liegen wirst? Und sieh; hat es lange gedauert?«

In dieser Beschämung ließ er nur ein Stöhnen hören. Obwohl mit Leib und Seele in ihren Banden, war er sich seiner Schwäche doch sehr bewusst, und sein besseres Ich suchte auch jetzt noch dagegen anzukämpfen.

Ayescha zog ihr Gewand wieder an, und auf einen Wink von ihr ging ihre Dienerin, die verwundert alles mit angesehen hatte, hinaus, um gleich darauf mit zwei Dienern wiederzukehren. Auf einen Wink von Ayescha ergriffen diese beiden Ustane an den Armen und zogen sie aus dem Alkoven hinaus. Ein Weilchen sah Leo der Leiche noch nach, dann bedeckte er sein Gesicht mit den Händen, während Ayescha ernst und feierlich sagte:»Da geht es hin, das tote Einst.«

Und in einem plötzlichen Wechsel der Stimmung warf sie ihr Kleid wieder ab und stimmte nach der altpoetischen Sitte ihrer arabischen Heimat einen Lobgesang auf die Liebe an, eine Art Hochzeitslied.

Aus einem allgemeinen und einem persönlichen Teil bestehend hatte das Lied folgenden Gedankengang:

»Die Liebe blüht auch in der Wüste. Sie gleicht der schönen Aloe: nur eine Blüte, dann der Tod. Sie blüht auch in des Lebens Öde. Ihr Glanz erstrahlt in öder Wüste, wie Sternenglanz in Sturmgebraus. Bei jedem Schritt erblüht die Liebe, dem Wanderer ihre Schönheit zeigend. Er pflückt den roten Honigkelch und trägt ihn froh von dannen .Er trägt ihn durch den Wüstensand bis an den Saum der Wüste, sich freuend ihres holden Dufts, bis, ach, die Blume welk ist. In unseres Daseins Wildnis blüht nur eine Blume; die Blume heißt die Liebe! Im Nebel unserer Wanderung glänzt nur ein Gestirn am Himmel; und dies Gestirn heißt Liebe! Im Dunkel der Verzweiflung winkt nur eine Hoffnung; die Hoffnung heißt die Liebe! Und alles sonst ist trügerisch, ist Schatten auf den Wassern, ist eitel Wind und nichtig.«

Dann legte sie Leo die Hand auf die Schulter und fuhr noch triumphierender fort:

»Dich habe ich schon so lange geliebt und stets mit gleicher Liebe. Vor langen Jahren sah ich dich, doch du wurdest mir entrissen. Auf dich habe ich so lange geharrt – und heute kommt die Belohnung! In Gräbern säte ich trübe Saat, die Saat des langen Duldens. Ein milder Schein nur fiel darauf, die Sonne meines Hoffens. Mit Reuetränen tränkte ich sie, der Furcht entgegenharrend. Und sieh, heut` ist die Saat erblüht, erblüht im finsteren Haus der Toten. Erblüht aus ödem Grabeshauch und hat doch süße Frucht getragen .Heut` ist der Tag der Ernte! Drum jauchzt mein Herz in

vollem Jubel, die Zukunft winkt so schön und hold. Auf grünen Pfaden lass uns schreiten, dahin durch Fluren, bunt und lachend! Die Nacht entflieht ins finstere Tal, der Stunde unseres Glückes weichend. Die Morgensonne küsst die Bergesgipfel; sanft ruhen wir aus und schreiten leicht dahin. Der Könige Reif wird unser Haupt umkränzen, der Erde Völker werden uns bewundern. Denn unsere Macht wird nie vergehen, wird herrschen ohne Ende. Wir ziehen dahin in Sieg und Pracht, der Sonne gleich am Himmel. Und weiter geht`s von Sieg zu Sieg, zu immer schönerem Leben. Und weiter geht`s auf stolzer Bahn, wo helle Sterne blinken. Und weiter geht`s ohne Unterlass, von höchstem Glanz umgeben. Bis endlich uns die Stunde schlägt, auch wir in Nacht versinken.«

Sie hielt ein Weilchen inne, dann sagte sie: »Du glaubst mir doch, Kallikrates? Du denkst doch nicht, dass ich dich verspotte, als lebte ich nicht zweitausend Jahre und seiest du nicht aufs Neue geboren? Nein, wirf sie ab, des Zweifels Blässe; der Irrtum hat hier keinen Raum! Es würde eher die Sonne wanken, die Schwalbe nicht ihr Nest mehr finden, ehe jetzt ich eine Lüge spräche und nochmals sie mich von dir trennte. Ja, nähmest du mir der Augen Licht, umhülltest mich mit tiefem Dunkel, so würden meine Ohren dich doch an der Stimme erkennen, die stärker an die Sinne pocht als schmetternde Trompeten. Wenn deine Hand mich nur berührte – und wäre ich blind und taub und stumm – so würde doch mein Geist erzittern und jubelnd meinem Herzen rufen: ›Der Nächte Wachen sind beendet! Der, den du suchtest in der Nacht, dein Morgenstern, ist aufgegangen: Kallikrates steht vor dir!‹«

Nach einer Pause fuhr sie fort: »Und bist du jetzt noch nicht bereit, der großen Wahrheit Raum zu geben, und forderst noch ein weiteres Pfand, so will ich dir auch dieses geben. Kommt mit und nehmt euch jeder eine Lampe!«

Wir folgten ihr, jeder eine Lampe in der Hand. Hinter dem Vorhang am Ausgang ihres Zimmers begann eine Steintreppe, wie es deren hier so viele gab. Beim Hinabsteigen gewahrte ich sogleich, dass die Stufen in der Mitte stark ausgetreten waren, ja, dass einige dort statt der ursprünglichen Höhe von etwa zwanzig Zentimetern nur noch eine solche von etwa der Hälfte hatten; ein an sich recht geringfügiger Umstand, und er fiel mir auch nur deswegen auf, weil alle anderen Treppen, die ich hier bisher gesehen hatte – wurden sie doch nur bei Bestattungen benutzt – auch nicht die leiseste Spur eine Abnutzung verrieten.

Am Fuße der Treppe blieb ich stehen und blickte sinnend zu diesen Stufen empor. Ayescha, die sich umwandte, bemerkte meine Verwunderung und sagte: »Du wunderst dich, wessen Füße den Fels so tief ausgetreten haben? So wisse, es sind die meinen, es sind einzig meine Füße! Ich weiß noch wohl, wie diese Stufen vor Zeiten glatt und eben waren. Doch länger als zweitausend Jahre bin ich täglich hinabgestiegen – und dies ist die Folge!«

Ich war sprachlos. Von Ayeschas überwältigendem Alter hatte mir nichts bisher eine so klare Vorstellung zu geben vermocht wie jetzt diese paar armseligen Stufen. Wie viele Male, wie viele Millionen von Malen musste sie hier auf und nieder gegangen sein!

Nachdem wir noch einen kurzen Gang durchschritten hatten, kamen wir vor einen teppichverhangenen Eingang, und sofort hatte ich den Eindruck, das eigenartige Muster dieses Teppichs schon einmal vor Augen gehabt zu haben. Wo war es doch gewesen? Bei Gott, schaudernd fiel es mir ein, es war derselbe Teppich, hinter dem ich Zeuge jener schrecklichen Nachtszene geworden war. Ayescha trat ein, und wir beide folgten.

21 Der Tote und der Lebende

Ayescha nahm Leo die Lampe aus der Hand und hielt sie in die Höhe. »Sieh diesen Raum, Kallikrates – zweitausend Jahre lang mein Schlafraum!«

In der Mitte des Bodens sah ich eine kleine Vertiefung – dieselbe, aus welcher in jener Nacht die weiße Flamme emporgeschossen war. Jetzt aber brannte dort kein Feuer.

Wieder sah ich auch die Bahre zur Linken mit dem verhüllten Körper und die zur Rechten mit den gestickten Decken. Dann legte Ayescha ihre Hand auf die Bahre zur Rechten. »Und dieser Stein hier war mein Lager in all der Zeit der langen Nächte, und nichts hat mich im Schlaf bedeckt als nur ein dünner Mantel. Wie konnte ich weich und sanft hier ruhen, wenn des Geliebten Lager dort so hart ist? So ging ich jede Nacht zur Ruhe, bis, wie du siehst, auch dieser Stein – genau wie jene Stufen dort – allmählich dünner wurde. Erkennst du nun, wie treu ich dir in all den Jahren war? Und jetzt sollst du ein wahres Wunder sehen! Deinen eigenen Körper sollst du sehen, zweitausend Jahre lang von mir behütet! – Bist du bereit, Geliebter?«

Entsetzt und sprachlos blickten wir einander an. Ayescha ergriff einen Zipfel des Bahrtuches. »So seltsam es auch klingen mag – wir alle lebten früher schon in der Gestalt von heute. Der Sonne ist sie wohlbekannt, wir selbst aber kennen uns nicht mehr – wir haben uns vergessen! Wie aller Ruhm dem Staub verfällt, so auch der Leib des Menschen. Doch deinen Leib habe ich gerettet. Denn durch die Kunst der Kôrer, vor Zeiten hier von mir erforscht, und schließlich auch durch eigene Kraft, gelang es mir, ihn zu erretten und so das schöne liebe Bild getreulich festzuhalten. Der Tote hier und du, der lebt – jetzt trefft ihr zusammen, und der Schoß der Zeit wird überbrückt – ihr seid noch ganz die Gleichen. Persönlichkeit trotzt aller Zeit, nur dass der gnädige Schlaf, der Tod, uns des Geistes Tafel verwischt und so die Sorgen daraus vertilgt, die sonst ewig währen würden. Die Hülle des Schlafes schwindet jetzt – wie Wolken vor dem Sturme. Die Stimme, ach, so lange erstarrt, sie tauet jetzt in Wohllaut auf – wie Schnee im Sonnenstrahl. Und Freude und Trauer alter Zeit werden jetzt wie einst erschallen, vom harten Fels der Ewigkeit zu uns zurückgeworfen. Die Lebensbahnen, einst getrennt, jetzt werden sie ein einig Glied, zum festen Stab sich formend, an dem hinfort wir sicher gehen zum Endziel unseres Schicksals. Drum fürchte nicht, Kallikrates, wenn du, der Neugeborene, lebend dein totes Ich erblickst, das früher schon, vor langer Zeit, auf

Erden einst gelebt hat. Vom ganzen Buche deines Seins wende ich nur das eine Blatt und zeige dir so am eigenen Ich, was Schicksalshand geschrieben hat. – Nun sieh, Kallikrates!«

Mit schneller Hand riss sie das Leichentuch hinweg und ließ das Licht auf den Toten fallen.

Entsetzt prallte ich zurück. Trotz allem, was sie soeben gesprochen hatte, war es ein über alle Maßen unheimlicher Anblick. Ihre Worte waren über unseren beschränkten Menschenverstand hinausgegangen und selbst jetzt, im Angesicht der nackten Tatsächlichkeit, vermochten sie den furchtbaren Eindruck nicht abzuschwächen.

Was dort im weißen Totenkleid vor uns lag, war nichts anderes als der Körper Leo Vinceys. Von Leo, der hier lebend neben mir stand, starrte ich auf Leo, der dort tot vor mir lag – und konnte keinen Unterschied entdecken. Es sei denn schließlich den, dass Leo auf der Bahre ein ganz klein wenig älter aussah. Zug um Zug – sie waren die Gleichen, sogar in ihrer Fülle der kurz gewellten goldenen Locken, die meinen Leo doch von allen anderen Menschen so herrlich unterschieden. Bei näherer Betrachtung schien es mir sogar, als ob der Ausdruck im Gesicht des toten Leo dem Ausdruck gliche, den ich zuweilen auf dem Gesicht meines lebenden Leo beobachtet hatte, wenn er in tiefem Schlafe lag. Ich muss gestehen, dass ich auch noch niemals Zwillinge gesehen habe, die so ähnlich gewesen wären wie dieser Lebende und dieser Tote.

Auf Leo selbst wirkte der Anblick seines toten Ichs wie ein betäubender Schlag. Sprachlos starrte er den Toten einige Minuten lang an und brach endlich in die heftigen Worte aus: »Deckt ihn zu! Kommt, lasst uns gehen!«

Ayescha aber sagte: »Nein, warte noch! Du musst noch mehr sehen! Dich, Holly, bitte ich, auf der Brust des Toten Kleid zu öffnen; vielleicht, dass mein Gebieter selbst sich scheut, sich zu berühren.«

Mit zitternden Händen gehorchte ich ihr. Als ich das Ebenbild des lebend neben mir Stehenden berührte, hatte ich ein Empfinden, als ob ich mich einer ruhelosen Entweihung schuldig machte. Dann aber lag die breite Brust entblößt vor uns, und auf ihr, gerade über dem Herzen, sah ich eine tiefe Wunde, offenbar von einem Speer geschlagen.

»Sieh diese deine Wunde hier!«, sagte Ayescha nun im Tone tiefsten Schmerzes, »und wisse nun, dass ich es war, die dich einst getötet hat. Am Ort, wo ich das Leben fand, da gab ich dir selbst den Tod. Warum ich es tat? Weil du die andere liebtest, die listige Amenartas. Sie selbst konnte ich nicht so treffen – vielmehr, ich wusste es da noch nicht – wie jetzt jenes Mädchen. In bitterem Groll erschlug ich dich und bitter habe ich darum geweint und treu geharrt – bis heute. Doch jetzt kann uns nichts mehr trennen, statt des Todes gebe ich dir jetzt das Leben! Nicht ewiges Leben – das kann niemand geben, doch Leben von vielen tausend Jahren und mit ihm Reichtum, stolze Macht, wie kein Mensch sie zuvor besessen hat. – Aber genug davon für den Augenblick. Du musst dich ausruhen, zum großen Tag des Lebens rüsten. Zuvor ist nur noch eines nötig. Sieh diesen deinen Körper hier, so lange mein Trost und mein Gefährte! Von jetzt an brauche ich ihn nicht mehr, jetzt habe ich dich ja lebend! Darum muss er zum Staube werden, zum Staub, vor dem ich dich so lange bewahrte.«

Damit schritt sie zur anderen Bahre und nahm eine zweihenkelige Glasurne herab, die durch eine Blase verschlossen war. Nach einem leisen Kuss auf die Stirn des Toten nahm sie die Blase ab und sprengte den Inhalt vorsichtig auf den ganzen Körper des Toten.

Sofort stieg dichter Dampf empor, so dass die Kammer bald mit erstickendem Rauch erfüllt war und wir die Wirkung nicht beobachten konnten. Von der Bahre stieg zugleich ein starkes Zischen und Prasseln auf, das jedoch bald aufhörte. Der Rauch verzog sich allmählich, dann schwebte noch ein Wölkchen davon über dem Körper, und als auch dieses verschwand, war die Bahre nur noch mit einem dampfenden Pulver – vielleicht einigen Handvoll – bedeckt. Die Säure, denn eine solche musste es ja sein, hatte den ganzen Körper zerstört und stellenweise sogar das Gestein angegriffen.

Ayescha nahm ein wenig von dem Pulver in die Hand und

warf es ernst und feierlich in die Luft. »Der Staub dem Staube, der Tote dem Toten! Die alte Zeit sinkt tief hinab ins große Meer der Zeiten, Kallikrates von einst ist tot, er ist jetzt neugeboren!«

Tief ergriffen verharrten wir in ehrfurchtsvollem Schweigen. Endlich sagte Ayescha: »Verlasst mich jetzt und versucht zu schlafen, Freunde! Ich selbst muss wachen, muss Erinnerung sammeln. Denn morgen Abend soll der Aufbruch sein, und es ist eine lange Zeit vergangen, seitdem ich auf dem Pfad, dem wir folgen müssen, zuletzt geschritten bin.«

Mit einer Verbeugung verabschiedeten wir uns.

Auf dem Rückweg blickte ich in Jobs Kammer, um zu sehen, wie es ihm gehe. Er lag in tiefem Schlaf, und ich war froh, dass ihm die Schlussszenen dieses Tages erspart geblieben waren. Dann erst betraten wir unser eigenes Zimmer, wo Leo seinen seelischen Schmerzen freien Lauf ließ. Jetzt erst überkam ihn das volle Empfinden für das Schaurige aller Erlebnisse dieses Tages, und in einem wahren Orkan von Reue verfluchte er die Stunde, wo ihm die Scherbe vor Augen gekommen war, und vor allem seine eigene Schwäche.

Er lehnte sein Haupt an meine Schulter und stöhnte: »Was mache ich jetzt bloß? Ich konnte doch wirklich nicht verhindern, dass sie die Arme tötete! Und gleich darauf lag ich in den Armen der Mörderin, und die Tote lag noch neben mir! Bin ich nicht ein ganz gemeiner Lump geworden? Aber sie – kann mit mir machen, was sie will! Selbst wenn ich sie nie wieder sähe, an eine andere könnte ich doch nicht mehr denken! Und dann – dieser Tote, dieser Tote!«

Ich gestand ihm, dass es mir selbst nicht besser ginge – und er sprach mir sein Mitleid aus. Eifersüchtig schien er nicht zu sein. Was war von einem »Pavian« auch zu befürchten?

Dann schlug ich ihm die Flucht vor, aber wir gaben den Gedanken daran bald als völlig aussichtslos wieder auf, und offen gestanden – hätte sich eine höhere Macht jetzt erboten, uns ungefährdet nach Cambridge zurückzubefördern, wir würden wahrscheinlich doch nicht gegangen sein. Wir konnten ihr ebenso wenig entkommen wie eine Motte dem Licht, das sie verbrennt. Wir waren wie zwei Opiumesser; in unseren vernünftigen Momenten waren wir uns der tödlichen Natur unseres Verlangens voll bewusst, doch wir waren nicht in der Lage, unsere schrecklichen Freuden aufzugeben.

Kein Mann, der diese Frau einmal unverschleiert gesehen, der die Musik ihrer Stimme einmal gehört und die bittere Weisheit ihrer Worte einmal gekostet hatte, wäre freiwillig bereit gewesen, auf ihren Anblick zugunsten eines ganzen Sees sanfter Freuden zu verzichten. Und erst recht war dies – von mir selbst ganz zu schweigen – bei Leo der Fall, dem dieses außerordentliche Geschöpf seine Liebe und absolute Unterwerfung erklärt, und bewiesen hatte, dass diese bereits seit zweitausend Jahren andauerten.

Zweifellos war sie eine böse Person, und zweifellos hatte sie Ustane umgebracht, weil diese ihr im Wege stand; doch auf der anderen Seite war sie sehr treu, und die Natur des Mannes neigt nun einmal dazu, die Verbrechen einer Frau zu verzeihen, besonders dann, wenn die Frau schön ist und das Verbrechen aus Liebe zu ihm begangen hat.

Und überhaupt: Wann hatte sich jemals zuvor einem Mann eine solche Chance geboten, wie sie jetzt in Leos Händen lag? Es stimmte zwar, dass er sein Leben durch eine Vereinigung mit dieser furchtbaren Frau dem Einfluss einer geheimnisvollen Kreatur mit bösen Absichten aussetzte; doch das Gleiche konnte ihm auch in jeder normalen Ehe passieren. Andererseits konnte er durch keine normale Ehe eine solch herausragende Schönheit, eine solch göttliche Hingabe, eine solche Weisheit und Macht über die Geheimnisse der Natur erlangen, und nicht die Stellung und Macht, die sie ihm brachten, und schließlich nicht die königliche Krone nie endender Jugend, falls sie ihm diese wirklich geben konnte. Nein; trotz der Scham und der Reue, die er fühlte, hätte Leo wirklich wahnsinnig sein müssen, wollte er einem solch glücklichen Schicksal entfliehen.

Erschüttert und fassungslos saßen wir mehr als zwei Stunden lang zusammen und berieten uns. Wie ein wüster Traum erschien uns alles – und war dennoch nüchterne

Wirklichkeit! Die alte Inschrift beruhte also auf völliger Wahrheit, und gerade wir beide waren dazu ausersehen, nicht nur diese Wahrheit festzustellen, sondern auch die geheimnisvolle Königin selbst zu finden, die in den Gräbern Kôrs geduldig unserer Ankunft harrte. Und in Leo gar hatte sie den so lange Erwarteten erkannt, dessen früheren Erdenleib, ganz unversehrt erhalten, sie seit zwei Jahrtausenden in ihrer Kammer bei sich aufbewahrte.

Ein Zweifel war also nicht mehr möglich, und so gingen wir denn zur Ruhe – demütigen Herzens und tief durchdrungen von der Unzulänglichkeit menschlichen Wissens, das alles, was nicht der täglichen Erfahrung entspricht, einfach für unmöglich erklärt.

22 Job ahnt Unheil

Am nächsten Morgen gegen neun Uhr – Leo war schon ausgegangen, um sich, wie er sagte, einen klaren Kopf zu holen – kam Job zu mir und war hocherfreut, dass wir, Leo und ich, noch am Leben waren – woran er schon stark gezweifelt hatte. Als ich ihm von Ustanes Tod erzählte, freute er sich erst recht, dass wir mit heiler Haut davongekommen waren, war aber andererseits, obgleich er sich mit Ustane nicht gerade gut verstanden hatte, wie vor den Kopf geschlagen.

Nachdem er sein Mitgefühl ausgiebig zum Ausdruck gebracht hatte, sagte er:»Na, Mr. Holly, ich will ja keinem zu nahe treten, aber das muss ich Ihnen doch sagen: Diese so genannte Königin hier, die ist sicher der Teufel selbst – oder vielmehr seine Großmutter, oder wenn das nicht, dann seine Frau; eine Frau muss er doch haben, nicht wahr? Soviel Gemeinheit kriegt einer allein doch gar nicht fertig! Wissen Sie, Mr. Holly, ich glaube wahrhaftig, die ist imstande und weckt in diesen blödsinnigen Höhlen hier die ganzen Erzväter wieder auf und macht davon nicht mehr Aufhebens, als wenn ich Petersilie im Blumentopf zöge. Nee, was ist dies nur für ein verdammtes Land! Diese Königin – das ist eine richtige Hexe, wie sie im Buche steht, das ist die oberste von

allen. Wenn wir hier wieder rauskommen – nee, Mr. Holly, das glaube ich nicht; – die sieht nicht so aus, als wenn sie einen hübschen jungen Kerl wie Mr. Leo wieder aus den Fingern ließe.«
»Na, Job, lass gut sein, sie hat ihm aber das Leben gerettet.«
»Ja, und die Seele nimmt sie ihm dafür! Sie sollen sehen, den macht sie noch zu ihrem Gehilfen! Mit solchen Menschen ist nicht gut Kirschen essen. Gestern Abend konnte ich nicht einschlafen, und da suchte ich mir die kleine Bibel raus, die mir meine alte Mutter beim Abschied mit auf den Weg gegeben hat, und dann las ich darin, wie es Zauberinnen und ähnlichem Pack geht, bis mir die Haare zu Berge standen. Ach du meine Güte, was würde meine arme Mutter bloß für Augen machen, wenn sie sehen könnte, wo ihr Job hingeraten ist!«
»Ja, Job, ein wunderliches Land ist das hier, und wunderliche Leute sind es auch«, gab ich seufzend zu.
»Sehen Sie wohl, Mr. Holly? Und wenn Sie mir versprechen, mich nicht für übergeschnappt zu halten, dann will ich Ihnen jetzt, wo Mr. Leo nicht hier ist, etwas sagen: Ich weiß, dass ich hier nicht wieder lebend herauskomme. Ja, ja, ich habe es heute Nacht ganz lebhaft geträumt. Ich träumte nämlich, mein alter Vater, Gott habe ihn selig, kam hierher und hatte bloß so ein langes Nachthemd an, wie sie es hier als Uniform tragen, und in der Hand hatte er eine Bumskeule, wissen Sie, so einen Schilfkolben, wie sie draußen am Teich wachsen. ›Job‹, sagte mein Alter ganz ernst und salbungsvoll, und dabei doch seelenvergnügt, wie ein alter Pferdejude, wenn er beim Viehhandel ein paar hundert Emmchen profitiert hat, ›jetzt bist du bald am Ende, Job! Aber dass du mich so in Schweiß bringst, und dass ich dich in diesem alten Loch aufsuchen muss, weißt du, Job, das hätte ich dir nicht zugetraut, das ist nicht nett von dir. Überall habe ich nach dir herumgefragt. Und was einem hier alles für ein Gesindel über den Weg läuft!‹«
»Er hat dich bloß zur Vorsicht mahnen wollen«, warf ich ein.

»Gewiss, Mr. Holly, und das war auch sehr freundlich von ihm. Ich habe ja die Halunken hier zur Genüge kennen gelernt und weiß, wozu hier die Töpfe gut sind. Jedenfalls aber wusste mein Alter, dass es bald aus mit mir ist, und als er wieder wegging, sehen Sie, da sagte er noch, wir würden uns bald wieder sehen und vielleicht länger, als uns lieb sei. Sie müssen nämlich wissen, wir haben uns früher nie so recht vertragen können, und nachher wird dann die alte Kabbelei wohl wieder losgehen.«

»Aber Job, du glaubst doch nicht im Ernst, dass du bald sterben musst, bloß weil du von deinem toten Vater geträumt hast? Was soll denn den Leuten passieren, die von ihrer toten Schwiegermutter träumen?«

»Ach, Mr. Holly, Sie wollen mich wohl verulken? Aber da kennen Sie meinen Alten schlecht. Ja, wenn es ein anderer gewesen wäre, zum Beispiel meine Tante Marie, die nicht von jedem Quark gleich so ein Aufhebens machte, dann hätte ich mir wohl nichts dabei gedacht. Aber mein Alter hat die Arbeit auch nicht erfunden. Wenn es was zu tun gab, drückte er sich nicht mehr als gerne darum, trotz seiner siebzehn Kinder. Nein, der hätte sich sicher nicht die Mühe gemacht, mich hier aufzusuchen, nur um ein bisschen mit mir zu schwatzen und sich mal die Gegend anzusehen. Nein, nein, das hat was zu bedeuten. Na, ich kann es nicht ändern, wir kommen ja alle mal an die Reihe. Aber hier zu sterben, wo man nicht man ein ehrliches Begräbnis haben kann, der Gedanke ist mir doch schrecklich. Ich habe mich zeitlebens bemüht, ehrlich und rechtschaffen durch die Welt zu kommen und immer auf dem Posten zu sein, und wenn mein Alter heute Nacht nicht auch noch so von oben herab getan hätte, als ob er mich für einen Taugenichts hielte, dann würde ich mir vielleicht auch nicht viel dabei denken. Aber, Mr. Holly, das müssen Sie doch sagen; bei Ihnen und Mr. Leo habe ich mir wirklich nichts zuschulden kommen lassen. Ach ja, war eine schöne Zeit früher! Wie ich mit unserem Kleinen in den Anlagen spazieren ging und lustig mit der Peitsche knallte – das weiß ich noch genau wie heute. Und wenn Sie mal aus diesem Loch herauskommen – und das glaube ich auch, denn von Ihnen und Mr. Leo hat mein Alter ja nichts gesagt – dann behalten Sie mich doch in Andenken, nicht wahr, und denken auch mal an meine armen Knochen, die hier vermodern müssen? Aber, wenn ich mir das erlauben darf, mit griechischen Inschriften und kaputten Blumentöpfen – da lassen Sie sich nicht wieder drauf ein!«

»Ach was, Job«, hielt ich ihm da ernsthaft vor, »das ist ja lauter Unsinn, was du da redest. Solche Grillen schlag dir aus dem Kopf – wenn wir hier auch allerhand erlebt haben und vielleicht noch mehr erleben werden.«

»Nein, Mr. Holly«, erwiderte Job mit dem Brustton der Überzeugung, »das ist kein Unsinn! Mein Stündlein wird bald schlagen, ich spüre es, und das ist so ein verdammt unbehagliches Gefühl, wenn man nicht weiß, wie es mal zu Ende gehen wird. Beim Mittagessen denkt man an Gift, und dann bekommt einem das Essen nicht. Beim Spazierengehen in diesen Fuchslöchern oder draußen denkt man an Dolche, und dann kriegt man eine Gänsehaut. Na, und mir soll es ja egal sein, wenn es schnell geht, wie bei diesem Mädel da. Ach ja, jetzt, wo die tot ist und dazu noch auf eine so hundsföttische Art, tut es mir Leid, dass ich sie öfter so angeschnauzt habe. Aber das mit der Heirat, das müssen sie doch auch sagen, das war denn doch kein hübscher Zug von ihr, das ging doch ein bisschen gar zu fix.«

Mit einem Male wurde er noch blasser im Gesicht. »Ach, Mr. Holly, wenn ich das bloß sicher wüsste, dass sie mir nicht auch so einen heißen Topf über den Kopf stülpen!«

»Tu mir einen Gefallen, Job, und rede nicht solchen Blödsinn! Diese verrückte Idee schlag dir ja wieder aus dem Kopf!«

»Meinetwegen, Mr. Holly, mir kommt es ja nicht zu, mit Ihnen herumzustreiten, aber darum möchte ich Sie bitten, wenn Sie mal von hier weggehen, lassen Sie mich hier nicht allein zurück! Wenn es so weit ist, dann möchte man doch gern einen um sich wissen, der es gut mit einem meint. Dann fällt es einem doch nicht so schwer. Na, nun will ich man gehen und das Frühstück besorgen.«

Er ließ mich in sehr unbehaglicher Stimmung zurück. Ich hatte ihn wirklich lieb, den guten, pflichtgetreuen Kerl; er war nicht nur unser Diener, er war auch unser Freund geworden, und schon der Gedanke, dass ihm hier etwas zustoßen könnte, war mir ganz unerträglich. Bald darauf gab es Frühstück, und da zugleich auch Leo zurückkam, der spazieren gegangen war, wurde ich, Gott sei Dank, von meinen trüben Gedanken wieder abgelenkt.

Nach dem Frühstück ging ich mit Leo aus und sah beim Säen des Getreides zu, aus dem man hier das Bier braute. Es geschah ganz auf biblische Art. Der Säemann schritt einfach das Feld ab und streute dabei aus einem um die Hüften gebundenen Sack aus Ziegenfell die Saatkörner aus. Es war eine schlichte, Frieden atmende Tätigkeit, die mir einen die Seele befreienden Anblick gewährte; war sie doch gewissermaßen ein Bindeglied zwischen diesen Menschen und allen übrigen Erdbewohnern.

Bei der Rückkehr kam uns Billali schon entgegen, um uns mitzuteilen, dass die Herrin uns sofort zu sprechen wünsche.

Wir wurden ohne weiteres bei ihr eingelassen. Nachdem die Dienerinnen sich zurückgezogen hatten, legte sie den Schleier ab und forderte Leo auf, sie zu umarmen, was er sich natürlich nicht zweimal sagen ließ. Dann blickte sie ihm forschend in die Augen und sagte endlich: »Mir scheint, ich sehe, dass du wissen willst, wann wir einander ganz gehören werden. – Erst musst du sein wie ich, Geliebter; unsterblich nicht – das bin ich auch nicht, doch so gefeit, so gewandelt, dass niemals mehr der Zahn der Zeit des Lebens Panzer feindlich angreifen kann. Noch darf ich mich dir nicht verbinden, noch sind wir allzu sehr verschieden, mein Augenstrahl versengt dich bald – darum ist es auch besser, wenn ich mich verhülle.«

Trotz dieser Worte legte sie den Schleier nicht an, sondern fuhr fort: »Nein, nein, du sollst nicht lange warten. Noch heute Nachmittag brechen wir auf und morgen stehen wir an geweihter Stätte – ich hoffe, dass der Weg noch frei ist. Dort nimmst auch du das Bad des Lebens und dann darfst du dein Weib mich nennen, und ich – nenne dich meinen Gatten!«

Bei dieser erstaunlichen Ankündigung vermochte Leo nur etwas Unverständliches zu murmeln, Ayescha aber, die über seine Verwirrung lächelte, wandte sich zu mir und sagte: »Auch dich, Holly, will ich dort erfreuen – so wirst du dann ein Baum, der immer grün ist. Und weißt du auch, warum? Das tu ich, weil du mir gefällst und weil du doch nicht ganz ein Tor bist. Zwar bist du auch ein kluger Weiser und gerade so töricht wie die Alten, doch wenn ein Weib dir wohl gefällt, so weißt du, nett zu plaudern.«

Da flüsterte mir Leo mit einem Rippenstoß auf Englisch zu: »Du hast ihr wohl Komplimente gemacht!«

»Nein, Ayescha, ich danke dir«, erwiderte ich zurückhaltend. »Wenn es wirklich ein feuriges Element gibt, das den Tod fernhält – ich möchte nicht daran teilhaben. Für mich ist die Welt kein so weiches Nest gewesen, dass ich ewig darin liegen möchte. Unsere Mutter Erde hat ein steinernes Herz, und Steine sind es, die sie ihren Kindern reicht, Steine als Nahrung, bitteres Wasser für den Durst und harte Schläge zur Erziehung. Wer möchte das mehr als ein Menschenleben lang ertragen? Vor dem Sensemann und dem durchs Leichentuch verhüllten Jenseits schreckt man zwar unwillkürlich zurück, aber noch härter muss es sein, immer weiter zu leben, im Laube frisch und grün, aber morsch und tot im Kerne und immer mit dem nagenden Wurm der Erinnerung am Herzen.«

»Mag sein, – doch bedenke, dass langes Leben, Kraft und Schönheit auch Macht und alles sonst bedeuten, was Menschen hoch bewerten.«

»So? Was sind denn das alles für Dinge? Sind es nicht lauter Seifenblasen? Ist Ehrgeiz nicht eine endlose Leiter, deren letzte Sprosse keiner erklimmt? Wo ist ein Halt zum Rasten? Und Reichtum – wird man seiner nicht bald satt? Und Weisheit? Hat denn die ein erreichbares Ende? Im Gegenteil, je mehr wir dazulernen, umso klarer erkennen wir unsere ganze Unwissenheit? Und wenn wir wirklich zehntausend Jahre lebten, könnten wir dann hoffen, die Geheimnisse der Sonnen und des Weltenraumes zu ergründen und die der starken Hand des Schöpfers? Wäre unsere Weisheit nicht dem ewig nagenden Hunger gleich? Gliche sie nicht einem Licht in diesen großen Höhlen, das, und wenn es auch noch so hell brennt, uns doch die Dunkelheit ringsherum nur umso klarer zeigen würde? Und was für Schönes gibt es denn noch, das wir durch langes Leben erreichen könnten?«

»Die Liebe gibt es, die Liebe! Sie ist es, die die Welt verschönt. Mit Liebe fließt das Leben herrlich hin von Jahr zu Jahr, Musik der Sphären gleichend, bei der das Herz auf Adlers Schwingen schwebt, ob irdischer Scham und Torheit hoch erhaben.«

»Mag sein; doch wie, wenn der Mensch, den wir lieben, sich als unwert erweist, als eine taube Nuss, die uns das Leben verbittert und wertlos macht? Oder wenn wir vergeblich lieben, weil wir nicht erhört werden? Wer möchte solchen Kummer verewigen? Nein, nein, Ayescha, ich lebe meine Zeit und werde dann von der Welt vergessen! Denn wisse, ich hoffe auf eine Unsterblichkeit, gegen die die Spanne, die du mir vielleicht schenken kannst nur wie eine Fingerlänge gegen die Weltachse ist. Die Unsterblichkeit, die mir mein Glaube verheißt, wird frei sein von all den Ketten, die den Geist hier fesseln. Solange das Fleisch Bestand hat, bestehen auch die Sorgen und Leiden und die Gewissensbisse. Sind wir aber vom Fleisch erlöst, dann wird der Geist in der Klarheit des ewigen Lichts strahlen und einen so reinen Hauch edelster Gedanken atmen, dass unsere höchsten irdischen Ziele, selbst das reinste Gebet, nicht darin bestehen können.«

»Du willst ja hoch hinaus! Du siehst durch das Glas der Phantasie, du siehst mit deines Glaubens Augen. Das gefärbte Glas der Phantasie, der bunte Farbenstift des Glaubens, was die für schöne Bilder dir beglückend vor die Seele zaubern! Ich könnte dir – nein, wozu? Wozu dem Narren die Peitsche rauben? Du lehnst die große Gabe ab? Ich fürchte sehr, dass wenn das Alter kommt, dich auch der Tag der Reue bald erreicht. Doch so ist es stets auf Erden. Der

Mensch ist nie zufrieden. Die Lampe wirft er fort, bloß weil sie kein Stern ist! Die Schönheit? Ach, die gilt ihm nichts. Gibt es nicht noch süßere Lippen? Und Reichtum? Nein, es gibt noch vollere Säckel! Und Ruhm? Es gibt ja noch viel größere Männer! Das hast du selbst vorhin gesagt, ich gebrauche nur deine eigenen Worte. Wohlan, du träumst, du wirst den Stern dir pflücken. Ich sage dir: Nein, du bist ein Tor und wirfst die schöne Lampe fort!«

Da ich ihr, zumal in Leos Gegenwart, unmöglich zugestehen konnte, dass ich sie selbst nie würde vergessen können und ein Leben ohne Gegenliebe nicht zu verlängern wünschte, – so schwieg ich jetzt.

Mit plötzlichem Stimmungswechsel gab Ayescha dem Gespräch eine andere Wendung. »Und nun erzähl mir, Geliebter! Wie kam es denn, dass ihr mich hier suchtet? Als ich gestern den Namen Kallikrates nannte, da sagtest du, dass er dein Ahnherr sei. Wie kam denn das? Erzähl es mir doch! Gesprächig bist du gerade nicht!«

So bestürmt, erzählte ihr Leo die Geschichte unserer alten Scherbe, deren Inschrift uns zu ihr geführt hatte. Sie hörte gespannt zu und sagte schließlich: »Nun, Holly, sieh, was sagte ich dir? Aus Bösem kommt oft auch Gutes, aus Gutem kommt oft auch Böses. Da sieh nun Amenartas an! Sie wünschte mir den Tod – und schickt mir den Geliebten! Wie stimmt denn das zu deinem Kreis, zum Kreis von Gut und Böse?«

Da ich schwieg, fuhr sie nach einer Pause fort: »Dem Sohn befahl sie, mich zu töten, weil ich den Vater ihm erschlug. Kallikrates, du bist der Vater, doch bist du zugleich auch der Sohn und möchtest nun – nicht wahr, Geliebter? – das Unrecht rächen.«

Dabei glitt sie vor ihm auf die Knie und zog ihr Mieder noch tiefer herab. »Sieh, hier schlägt mein treues Herz, und dir zur Seite hängt ein Messer, so lang und scharf und recht geschaffen, ein irrend Weib damit zu töten. So räche dich doch! Stoß zu und stoße gut! Dann ist dein Wunsch erfüllt, dann bist du glücklich!«

Leo hob sie empor und sagte traurig: »Steh auf, Ayescha!

Du weißt, ich kann dich nicht töten, auch nicht um derentwillen, die du gestern getötet hast. Dich sollte ich töten? Nein, lieber mich selbst!«

»Ei, du fängst schon an, mich zu lieben! Doch nun erzähle mir von deiner Heimat! Ihr seid ja wohl ein großes Volk, wie es einst die Römer waren? Du willst es doch gern wieder sehen? Ja, das ist recht; denn auch ich möchte nicht, dass du hier bleibst, im Lande der Höhlen. Nein, sobald du ganz bist wie ich, dann wird es heißen: Leb wohl, du Land der Höhlen. Sei unbesorgt, ich werde es schon machen. Dann trägt das Schiff uns in ein anderes Land – in deine Heimat, in dein England. Und du – du wirst das Land beherrschen!«

»Nein, nein«, rief Leo sogleich, »wir haben schon eine Königin.«

»Was schadet das? Die wird gestürzt!«

Wir waren aufs Höchste entrüstet und erklärten beide wie aus einem Munde, dass wir uns eher selbst umbringen würden.

»Ein Volk, das seine Königin liebt? Die ganze Welt scheint wie umgewandelt!«

Wir machten ihr klar, dass nicht die Welt, sondern das Wesen der Herrscher sich verändert habe und dass unsere Herrscherin von allen rechtlich denkenden Bürgern ihres großen Reiches geliebt und verehrt werde. Dann setzten wir ihr auseinander, dass die tatsächliche Macht bei uns in den Händen des Volkes ruhe, dass wir in Wirklichkeit durch die Stimmen der niederen Volksklassen regiert würden.

»Aha, ihr habt Demokratie! Dann ist da sicher ein Tyrann! So war es stets; Demokratien – die wissen nie recht, was sie wollen, und schließlich kommt dann ein Tyrann und wird vom Volk vergöttert.«

»Ja«, sagte ich, »Tyrannen, die haben wir.«

»Nun also – doch seid unbesorgt, die werden bald vernichtet. Und dann regiert Kallikrates.«

Ich eröffnete ihr, dass man in England das »Vernichten« nicht so ungestraft betreiben könne und dass jeder derartige Versuch durch ein Gesetz geahndet würde, wahrscheinlich auf dem Schafott. Da lachte sie verächtlich: »Gesetz!

Verschont mich mit Gesetzen! Begreift ihr nicht, wie hoch ich über allem stehe – ich selbst und mit mir auch mein Gatte? Für uns ist alle Menschensatzung nicht mehr als Nordwind fürs Gebirge. – Doch nun verlasst mich bitte! Ich muss zur Reise rüsten. Auch ihr und euer Diener. Und nehmt nicht allzu Vieles mit! Drei Tage – dann sind wir wieder zurück, und dann entwerfe ich den Plan zur Abreise von hier. – Ja gewiss, Geliebter, du darfst mir die Hand küssen!«

So gingen wir denn, und ich begann über das neue und unheimliche Problem nachzusinnen, das sich da vor uns aufrollte. Ayescha wollte nach England fahren! Wahrlich, schon der Gedanke flößte mir ein Grauen ein. Ihre Macht und ihre Fähigkeiten hatte ich zur Genüge kennen gelernt und ich hegte nicht den leisesten Zweifel, dass sie sie auch in England ausüben würde. Eine Zeitlang würde man sie vielleicht in Schranken halten können, aber ihr Stolz und Ehrgeiz würden bald alle Fesseln sprengen und sich dann für die lange Einsamkeit schadlos halten. Sollte die Macht ihrer Schönheit nicht ausreichen, würde sie sich jegliches Ziel durch Vernichtung vermöge ihrer Willenskraft erzwingen, und da sie nicht eines natürlichen Todes sterben und – soviel ich wusste – auch nicht getötet werden konnte[22], so wusste ich nichts in der Welt, was sie auf ihrer Bahn hemmen konnte. Schließlich würde sie ganz Britannien, vielleicht sogar die ganze Erde unter ihre Herrschaft zwingen, und wenn sie unser Reich auch sicher zu dem größten der Weltgeschichte machen würde, so würde das doch schrecklich viele Menschenleben kosten.

Schließlich aber kam ich zu der befreienden Einsicht, dass Ayescha, nachdem sie so lange durch die Liebe gefesselt worden war, jetzt von der Vorsehung dazu ausersehen sein mochte, die bisherige Weltordnung umzustoßen und der

---

[22] Ob sie auch gegen Verletzung durch Unfall gefeit war, habe ich leider nicht feststellen können. Wahrscheinlich aber war sie es; denn sonst würde ihr im Laufe der Zeiten doch wohl einmal irgendetwas zugestoßen sein. Zwar forderte sie Leo auf, sie zu töten, aber vermutlich war dies nur eine Probe auf seine Gesinnung ihr gegenüber.

Menschheit durch Aufrichtung einer noch nie da gewesenen, völlig unumstößlichen Macht ein neueres und besseres Dasein zu bescheren.

23 Der Tempel der Wahrheit

Unsere Vorkehrungen waren bald getroffen. Außer frischer Wäsche und Reservestiefeln, die in meinem Koffer Platz fanden, nahmen wir nur unsere Revolver und die Expressflinten mit, sowie einen tüchtigen Vorrat an Munition – eine Vorsichtsmaßregel, der wir noch so manches Mal das Leben verdanken sollten. Alles Übrige blieb zurück.
Kurz vor der verabredeten Zeit trafen wir bei Ayescha ein. Sie stand reisefertig da, im schwarzen Mantel.
»Bereit zum großen Wagnis?«
»Ja, Ayescha«, antwortete ich, »aber, offen gestanden, ich habe nur wenig Vertrauen.«
»Du gleichst den alten Juden, die alles, was sie nicht verstanden, empört von sich wiesen. Du wirst ja sehen. Wenn mein Spiegel, das Wasser dort, die Wahrheit spricht, so ist der Weg noch ganz wie damals. Nun auf zum neuen Leben! – Wer weiß, wo einst sein Ende ist?«
Am Ausgang der Höhle erwarteten uns sechs Diener mit einer Sänfte und – zu meiner Freude – Billali. Außer Ayescha selbst sollten wir alle zu Fuß gehen, was uns aber nach dem Aufenthalt in den Höhlen nicht unlieb war.
Bald schritten wir flott über die mit ihren grünen Feldern und den umsäumenden Felsen einem eingefassten Riesensmaragd gleichende Ebene dahin. Wieder musste ich über das eigenartige Gelände staunen, das die Kôrer für ihre Hauptstadt auserwählt hatten, und erst recht über die ungeheuer mühsame Arbeit, über all den Scharfsinn und die technische Geschicklichkeit, die sicher erforderlich waren, um eine so große Wasserfläche trockenzulegen und vor Versinterung zu schützen.
Die übliche Abendkühle war uns ein wahres Labsal. Allmählich wurden die Ruinen Kôrs immer deutlicher erkenn-

bar. An Größe freilich konnte sich Kôr, da es etwa nur eine gute Quadratmeile Flächenraum bedeckte, mit Theben, Babylon und anderen Hauptstädten des Altertums nicht messen. Bald erkannten wir, dass die Stadtmauer verhältnismäßig niedrig, vielleicht zwölf Meter hoch, und infolge Bodensenkung oder aus anderen Gründen stellenweise auch schon eingestürzt war. Vor feindlichen Angriffen war Kôr eben durch viel stärkere Mauern, als Menschenhand errichten konnte, geschützt gewesen und man hatte diese Mauer wohl nur zum Schutze bei inneren Unruhen und vielleicht auch zum Schmucke erbaut. Dafür aber war sie gewaltig breit, fast ebenso breit wie hoch, und vollständig aus behauenen, beim Ausschachten der Höhlen gewonnenen Steinblöcken hergestellt. Umgeben war sie von einem nicht weniger als fünfzehn Meter breiten Graben, der zum Teil noch jetzt mit Wasser gefüllt war.

Diesen Graben erreichten wir eine Stunde vor Sonnenuntergang. Wir stiegen hinab und mussten beim Durchschreiten über die dort angehäuften Trümmer einer großen Brücke hinwegklettern. Dann gingen wir nicht ohne Schwierigkeit die Mauerböschung hinauf und gelangten auf die Oberfläche. Könnte ich doch von der Großartigkeit des sich uns von hier aus bietenden Anblicks ein Bild entwerfen! Im roten Widerschein der untergehenden Sonne lagen lange Reihen von mächtigen Trümmerhaufen vor uns, von Säulen, Tempeln, Altären und herrlichen Palästen, die hier und da von grünem Buschwerk unterbrochen waren. Die Dächer waren natürlich längst eingestürzt und verschwunden, aber bei der Gediegenheit der Bauart und bei der Dauerhaftigkeit des Materials standen viele Säulen selbst jetzt noch hoch aufgerichtet da[23].

Die vor uns liegende breite und regelmäßige Straße war offenbar die Hauptverkehrsader gewesen. Auch sie war

---

[23] Man erinnere sich, das Kôr ja nur infolge einer Pest von den Einwohnern verlassen worden war. Da Regen und Wind hier eine Seltenheit sind, so hatte die verödete Stadt fast nur gegen den Zahn der Zeit anzukämpfen gehabt, der auf so massive Bauten natürlich nur sehr langsam einzuwirken vermag. L.H.H.

ganz aus behauenen Steinblöcken angelegt und daher selbst jetzt erst wenig mit Gras oder Gestrüpp bewachsen, da solches hier ja nicht recht Wurzeln schlagen konnte. Die einstigen Park- und Gartenanlagen jedoch bildeten ein undurchdringliches Dickicht. Schon von weitem konnten wir daher den Lauf der Straßenzüge an dem spärlichen, wie abgebrannt aussehenden Gras erkennen. Beiderseits der Hauptstraße lagen und standen gewaltige Trümmerstücke, und zwischen ihnen, wo sicher einst Gartenland gewesen war, stand dichtes Buschwerk. Beim Durchschreiten der Hauptstraße konnten wir im schnell abnehmenden Tageslicht noch eben erkennen, dass alle Gebäude aus gleichfarbigem Gestein und dass die meisten von ihnen mit Säulen geschmückt waren. Übrigens bin ich fest überzeugt, dass wir seit Jahrtausenden die ersten Menschen waren, die diese Straße betraten[24].

Plötzlich standen wir vor einem riesigen Massenbau von mindestens vier Morgen Flächenraum. Es war der große Tempel. Etwa ebenso groß wie der von Karnak bei Theben, war er in quadratischen Plätzen angeordnet, deren jeder einen kleineren in sich schloss. Zwischen je zwei Mauern standen lange Säulenreihen, und alle diese Säulen hatten eine ganz eigentümliche, vielleicht einzig dastehende Form, indem sie nämlich nach der Mitte zu in sanftem Bogen immer dünner wurden. Zuerst glaubten wir, man habe hier die weibliche Gestalt symbolisieren wollen, ein Versuch, der ja bei religiös veranlagten Architekten des Altertums mehrfach

---

[24] Wie schon Ustane erzählt hatte und wie auch Billali jetzt sagte, können sich die Amahagger, da sie glauben, dass die Stadt jetzt von bösen Geistern bewohnt sei, nicht entschließen, sie jemals zu betreten. Auch Billali und die Träger taten es sicher nur deshalb, weil sie sich unter Ayeschas Schutz wussten. Natürlich ist es auffällig, dass ein Volk, das inmitten von Toten lebt und die Körper der Toten sogar als Brennstoff benutzt, vor den einstigen Wohnungen dieser Toten solche Scheu empfindet. Ersteres aber ist einfach die Macht der Gewohnheit, und letzteres ist eine Inkonsequenz, eine Ungereimtheit, wie man sie bei Wilden so häufig findet.

zu beobachten ist. Am nächsten Tag aber fanden wir auf der gegenüberliegenden Felswand eine Anzahl stattlicher Palmen, deren Stämme die gleiche eigenartige Gestalt hatten, weshalb ich jetzt der Ansicht bin, dass der erste Erbauer jener Säulen sein Vorbild in diesen Palmen fand – oder vielmehr in den einstigen Palmen, die sicher schon vor Jahrtausenden diese Abhänge schmückten. Durch das Messen einiger der größten Säulen stellte ich fest, dass sie gut zwanzig Meter hoch waren und an der Basis einen Durchmesser von fünf bis sechs Metern hatten.

Vor der Vorderseite dieses Tempels machten wir Halt, und Ayescha stieg aus. Sofort eilten wir herbei, ihr behilflich zu sein. Sich zu Leo wendend sagte sie: »Hier bin ich erst ein einziges Mal gewesen – vor zweitausend Jahren. Damals war hier ein Gelass, so recht zum Ruhen geeignet. Wir beide haben dort geruht – mit ihr, der Schlange aus Ägypten. Ob das Gelass wohl noch erhalten ist? Ich will doch sehen; folgt mir nach!«

Sofort schritt sie eine breite, arg verfallende Treppe zum äußersten Hofquadrat empor, und wir anderen folgten ihr nach. Oben sah sie sich in der Dunkelheit um, und plötzlich schien ihr die Erinnerung zu kommen. Sie wandte sich nach links, ging einige Schritte an der Mauer entlang und blieb dann stehen, indem sie uns zurief: »Hier ist es noch!«

Sie winkte die beiden Träger unseres Gepäcks zu sich heran. Einer von ihnen suchte eine Lampe hervor und setzte sie mithilfe seines Kohlenbeckens in Brand, das man hier auf Reisen zumeist mit sich führt, um jederzeit Feuer zur Hand zu haben. Der Brennstoff bestand aus angefeuchteten Stücken einer Mumie, die, wenn die Befeuchtung im rechten Verhältnis erfolgt war, viele Stunden lang glimmen konnte.

Dann betraten wir den Raum, vor dem Ayescha stehen geblieben war. Es war eine Nische in der dicken Mauer, eine Art Kammer, in der sogar noch ein massiver Steintisch stand. Ich vermutete daher, dass es einst der Wohnraum eines Torwächters gewesen war. Nachdem wir ihn einigermaßen gesäubert hatten, machten wir es uns am Boden bequem und verzehrten unser Abendbrot, während Ayescha wieder nur Obst zu sich nahm. Während wir aßen, stieg der Vollmond am Himmel empor und überflutete uns mit seinen Silberstrahlen. Ayescha, das Haupt in die Hände gestützt, betrachtete sinnend die große Mondscheibe und sagte endlich: »Was meint ihr wohl, warum ich euch hierher geführt habe? Wie seltsam sich alles fügt! – Ja, weißt du, wo du liegst, Geliebter? Du liegst da an derselben Stelle wie damals als Toter, als ich und sie, die Falsche, die nicht von uns ging, gemeinsam dich zur Halle trugen! Wie klar mir das Bild vor die Seele tritt! Ein Bild des Schreckens – und des Grauens!«

Entsetzt sprang Leo auf und nahm schnell einen anderen Platz ein. Sie aber, indem sie auf unser Bratenfleisch blickte, fuhr unvermittelt fort: »Beeilt euch! Wenn ihr fertig seid – ach Lieber, könntest du dich doch auch entschließen, nur noch Obst und Kuchen anzurühren! –, doch das kommt sicher nach dem Bade, – nachher, sobald ihr fertig seid, zeige ich euch das schönste Bild, das Menschen je erblickten; den Tempel Kôrs im Glanz des Vollmonds und in ihm seine hehre Göttin.«

Natürlich erhoben wir uns nun sofort und machten uns auf den Weg.

Wir durchschritten lange Reihen von Tempelhöfen; Quadrat kam auf Quadrat und eine Säulenreihe nach der anderen. Was wir da sahen, überstieg alle Begriffe, selbst in diesem Zustand des Verfalls. Manche Säulen, besonders die an den Eingängen, waren von oben bis unten mit Skulpturen bedeckt. Die Leere sämtlicher Gemächer regte die Fantasie vielleicht noch lebhafter an, als wenn die Straßen dicht bevölkert gewesen wären. Über allem aber schwebte die Stille des Grabes, das Bewusstsein vollkommener Einsamkeit, der Geist vergangener Zeiten. Kaum ein lautes Wort getrauten wir uns zu sprechen. Selbst Ayescha war tief ergriffen, weilten wir hier doch im Angesicht einer alten Zeit, gegen die sogar ihre eigene Lebensdauer verschwindend klein war. Unser Flüstern schien von Säule zu Säule zu springen, bis es im stillen Luftmeer verhallte. Hell schien der Mond auf Säulen, Höfe und Trümmer herab, alle Spalten und Lücken mit seinem Trümmerkleid bedeckend. Es war wie ein Märchenbild. Der tote Planet dort oben, die tote Stadt hier unten – wie lange mochten sie einander schon betrachtet und in der Einsamkeit des Weltenraums das längst erloschene Leben, den längst verklungenen Ruhm verkündet haben? Und unsere Schatten auf den Höfen – wie Geister von alten Priestern krochen sie dahin, wie Geister, die sich von den Stätten ihres Dienstes noch nicht trennen konnten.

Die Erhabenheit des Bildes, die Majestät des Todes drangen tief in unsere Seelen ein und sprachen lauter als Triumphgeschrei und Heldengesang von einer stolzen Pracht, die, ach so lange schon, ins Grab gesunken war. »Nun kommt, ihr sollt noch mehr erstaunen!«, hörte ich endlich Ayeschas Stimme, und ohne weiteres führte sie uns zum Innenhof des alten Tempels.

Und hier standen wir plötzlich vor einer großartigen allegorischen Schöpfung, vielleicht der großartigsten, die die Welt jemals besessen hat. Genau in der Mitte des etwas fünfzig Meter langen Quadrats ruhte auf einem Steinsockel eine riesige schwarze Steinkugel von mindestens zwölf Meter Durchmesser, und auf dieser Kugel stand eine etwa sechs Meter hohe geflügelte weibliche Figur, deren Schönheit geradezu bestrickend war. Die Zartheit der Linienführung war so wunderbar, dass die Schönheit der Figur durch ihre gewaltige Höhe eher noch vermehrt als verringert wurde. Sich sanft vorüberbeugend und auf den halbausgebreiteten Flügeln schwebend, wie um das Gleichgewicht zu bewahren, und die Arme ausstreckend, wie um den Geliebten zu umfangen, erweckte die ganze Figur den Eindruck innigsten Flehens. Sie war vollkommen nackt, mit Ausnahme – und das war das Seltsame an ihr – des Kopfes, der durch einen dünnen Schleier verhüllt war, so dass die Gesichtszüge nicht deutlich erkennbar waren. Eines der Enden des Schleiers fiel auf die linke Brust herab, deren Umrisse darunter hervortraten; das andere, jetzt leider abgebrochen, hatte ursprünglich wohl hinter ihr in der Luft geflattert. Die ganze Statue war aus einem so reinen und weißen Marmor geschaffen, dass sie selbst jetzt noch im Mondenschein ganz hell erglänzte. »Was stellt sie dar, Ayescha?«, fragte ich endlich, sobald ich meine Augen von der Statue abzuwenden vermochte.

»Wie, Holly, das errätst du nicht? Die Wahrheit ist es, die Göttin der Kôrer. Sie steht hier auf der Erdenkugel und fleht die ganze Menschheit an, ihr den Schleier zu heben. Betrachte die Schrift am Postament! Sie stand wohl einst im heiligen Buch der Kôrer.«

Auf dem Postament befand sich eine noch deutlich erkennbare Inschrift, von der uns Ayescha folgende Übersetzung gab: »›Will niemand mir den Schleier lüften? Oh, heb ihn auf, dann folge ich dir! Und schenk dir reichen Wissens Kinder, und Friede und Freude, und gute Werke.‹ Da schallt es laut von oben her: ›So viele der Menschen dich begehren, sie müssen dies erkennen: Die Jungfrau, die du bist, die bist du bis an der Ende Zeiten! Den Schleier kann dir niemand lüften. Nur einer kann`s, der Tod!‹ Die Wahrheit steht in tiefem Schmerz – und ewig doch vergeblich.«

Ayescha fuhr fort: »Die Wahrheit war die Göttin der Kôrer, die Wahrheit war es, die sie alle suchten. Man wusste wohl, dass man sie niemals finden würde, und doch, man suchte sie – man suchte.«

»Und so ist es heute noch«, fügte ich betrübt hinzu.

Endlich ein letzter Blick auf diesen zu Stein erstarrten Dichtertraum, und wir kehrten zum Hütergemach zurück, wo wir die Nacht verbrachten.

Leider habe ich die Statue nicht wieder gesehen, was ich heute umso mehr bedaure, als auf der Kugel allerhand Linien gezogen waren, in denen wir, wenn es heller gewesen wäre, wahrscheinlich eine Karte der Erde, soweit sie den Kôrern bekannt war, entdeckt hätten. Jedenfalls aber legte schon die Kugel selbst die Vermutung nahe, dass diese uralten Verehrer der Wahrheit in der Wissenschaft tüchtig vorgeschritten und schon von der Kugelgestalt der Erde überzeugt waren.

24 Über die Schlucht

Die Diener weckten uns schon vor dem Morgengrauen. Wir wuschen uns in einer Quelle, die noch in den Überbleibseln eines großen Marmorbeckens des äußersten Quadrats rieselte, und fanden dann Ayescha, zum Aufbruch bereit, schon neben der Sänfte stehen. Sie schien verstimmt zu sein, als sie uns begrüßte, und Leo fragte, wie sie geschlafen habe.

»Ach, schlecht – ich habe so schlecht geträumt. Mir ist, als sollte ich Übles leiden. – Doch wie kann mich Übles treffen?« Dann aber sagte sie mit plötzlicher Zärtlichkeit: »Und wenn mir nun ein Übel geschieht, so dass ich bald in Schlaf versinke und von dir gehen muss, während du ein Leben von vielen Jahren vor dir hast – sag, wirst du liebend meiner gedenken und mich erwarten – wie ich dich?« Ohne eine Antwort abzuwarten, fuhr sie fort: »Doch kommt! Es ist höchste Zeit! Wir müssen heute noch am Ziel sein – der Weg ist weit und sehr beschwerlich.«

Bald darauf zogen wir von neuem durch die große Trümmerstadt, die im Dämmerlicht auf allen Seiten über uns emporragte. Bei Sonnenaufgang erreichten wir das entgegengesetzte Tor der Stadtmauer. Ein letzter Blick auf die alte Säulenpracht, ein Seufzer des Bedauerns, dass wir sie nicht noch gründlicher erforschen durften – Job freilich wusste von solchen Empfindungen nichts, ihm hatten Ruinen nichts zu verkünden –, dann durchschritten wir den breiten Graben und betraten die jenseitige Ebene.

Mit der Sonne stieg auch Ayeschas Stimmung, und bald war sie wieder ebenso heiter wie sonst und schob ihre anfängliche Verstimmung einzig auf die trüben Erinnerungen, die sie mit der Kammer, in der sie die Nacht verbracht hatte, verband. »Den Wilden ist die Trümmerstadt ein Ort, wo böse Geister hausen. Fast möchte ich das selber glauben! So schlecht wie diese Nacht habe ich noch nie geschlafen! Ja doch, jetzt fällt mir ein, ein einziges Mal im ganzen Leben, und das war auch in jener Kammer. Ein Ort von bösem Omen!« Nach einer kurzen Frühstücksrast schritten wir wieder tüchtig aus und standen gegen zwei Uhr nachmittags am Fuße der fünfhundert bis sechshundert Meter schroff vor uns aufragenden Felswand. Dass wir hier Halt machten, wunderte mich nicht, schien es mir doch unmöglich, einen Schritt weiterzugehen.

Ayescha stieg aus.»Nun beginnt unsere Mühe«, sagte sie.»Die Diener lassen wir hier zurück.« Sie wandte sich zu Billali.»Du bleibst mit diesen Sklaven hier und wartest unsere Rückkehr ab! Bis Morgen sind wir wieder hier – wenn nicht, so müsst ihr länger warten.«

Billali erwiderte, sie würden, wenn es sein müsste, bis zu ihrem Tode warten.

Dann wies Ayescha auf Job.»Und dieser Mann – am besten bleibt er auch hier und wartet. Denn wenn es ihm an Beherztheit fehlt, so kann es ihm schlecht ergehen, und was wir weiter sehen und tun, ist nichts für Alltagsmenschen.«

Ich übersetzte Job den Rat Ayeschas, aber flehentlich bat er mich, ihn nicht mit diesen Menschen allein zurückzulassen, da diese sofort die Gelegenheit benutzen würden, ihm einen heißen Krug aufzustülpen.

Nachdem ich wieder den Dolmetscher gespielt hatte, zuckte Ayescha mit den Achseln.»Also gut, mag er mit uns kommen. Ich aber habe dann keine Schuld. Er kann uns eine Lampe tragen – und dies hier.« Damit wies sie auf ein schmales, etwa fünf Meter langes Brett, das an einer Tragstange ihrer Sänfte befestigt war. Ich hatte dieses Brett schon beim Aufbruch bemerkt, aber angenommen, es gehöre irgendwie zu der Sänfte, und mir deshalb keine weiteren Gedanken darüber gemacht. Jetzt aber stellte sich heraus, dass es einem besonderen, mir noch unbekannten Zweck auf unserer Wanderung dienen sollte.

Job musste also dieses zwar harte, aber nicht allzu schwere Brett sowie eine Lampe an sich nehmen; die andere Lampe, nebst einem Krug voll Öl nahm ich selbst auf den Rücken, während Leo die Vorräte und einen kleinen, mit Wasser gefüllten Sack aus Ziegenfell bekam.

Billali und die Diener erhielten den Befehl, sich hinter ein nicht weit entferntes Magnoliengebüsch zurückzuziehen

und dort bei Todesstrafe zu warten, bis wir verschwunden waren. Alle sieben verbeugten sich und verließen uns dann. Beim Abschied schüttelte mir Billali noch die Hand und flüsterte mir zu, er sei froh, dass er nicht selbst weiter mitzugehen brauche. – Fast wünschte ich mir das Gleiche.
Ayescha blickte an der Felswand empor und fragte, ob wir bereit seien.
»Herr du meine Güte«, sagte ich zu Leo, »hier sollen wir hinaufklettern?«
Während Leo noch, erwartungsvoll und in sein Schicksal ergeben, die Achseln zuckte, begann Ayescha schon, flink emporzusteigen, so dass wir ihr natürlich folgen mussten. Die Leichtigkeit und Grazie, mit der sie von einem Felsblock zum anderen sprang und an den scharfen Felskanten entlang eilte, war geradezu erstaunlich. Zum Glück war der Aufstieg nicht ganz so schwer, wie es mir zuerst geschienen hatte; hin und wieder jedoch kamen ganz schreckliche Stellen, wo es wahrlich nicht ratsam war, sich auch nur umzublicken. Job hatte natürlich durch das Mitschleppen des Brettes seine ganz besondere Mühe. Am Anfang war die Böschung noch nicht gar zu steil, allmählich aber wurde sie schroffer und gefährlicher. So gelangten wir zunächst etwa fünfzehn Meter über den Ausgangspunkt hinauf; dann schlängelten wir uns durch mehrfaches Seitwärtsgehen ein gutes Stück vom Ausgangspunkt nach links und kamen so an eine eigentümliche Felskante, die anfangs ziemlich schmal war, allmählich aber immer breiter wurde und sich blumenblattartig nach innen senkte. Dann gerieten wir in eine Art Furche, die immer tiefer wurde und sich gleichsam zu einer Gasse im Gestein entwickelte, und uns damit den Blicken von etwa Untenstehenden vollkommen entzog.

Diese Gasse, offenbar ein Werk der Natur, war fünfzig bis sechzig Schritte lang und mündete plötzlich in eine rechtwinklig zu ihr verlaufende Höhle, die gleichfalls ein Naturgebilde war; wenigstens schloss ich dies im Nachhinein aus ihren zerklüfteten Wänden und ihrem gewundenen Lauf, die beide nur durch eine Explosion von Gasen entstanden sein konnten.

Am Eingang dieser Höhle hielt Ayescha an und befahl, Licht zu machen. Sofort steckte ich beide Lampen an, und die, welche Job getragen hatte, nahm Ayescha jetzt an sich. Dann ging sie uns voran in die Höhle hinein, und zwar mit größter Vorsicht, da der sehr ungleichmäßige Boden mit Steinen übersät war und hier und da sogar tiefe Löcher hatte, in denen man sich leicht ein Bein brechen konnte. Das Durchschreiten dieser viel gewundenen tunnelartigen, vielleicht vierhundert Meter langen Höhle dauerte etwa eine halbe Stunde; dann kamen wir endlich an den Ausgang. Während ich versuchte, das vor uns liegende Dunkel mit den Augen zu durchdringen, fuhr plötzlich ein heftiger Windstoß in beide Lampen und ließ sie erlöschen.

Auf Ayeschas Ruf krochen wir zu ihr heran und wurden bald durch ein in seiner Dunkelheit und Großartigkeit überwältigendes Bild belohnt. Vor uns lag, zackig und zerfetzt, eine gewaltige Schlucht, die wohl schon in grauer Vorzeit durch irgendeinen furchtbaren Vorgang in der Tiefe des Berges entstanden war. Es sah fast aus, als sei der Fels durch eine lange Aufeinanderfolge von mächtigen Blitzschlägen zerklüftet worden. An unserer Seite war die Schlucht von einer steil abstürzenden Wand begrenzt, was vermutlich auch an der gegenüberliegenden, uns unsichtbaren Seite der Fall war. Die Breite der Schlucht war zwar nicht erkennbar, aber aus der hier herrschenden Dunkelheit glaubte ich schließen zu dürfen, dass diese nicht allzu groß sei. Von den Umrissen des Schlucht war nicht viel zu erkennen, da wir uns mindestens fünfhundert Meter unterhalb der Oberfläche des Felsens befanden, so dass von dort her nur ein ganz schwacher Lichtschimmer zu uns herabdrang. Am Ausgang der Höhle setzte ein höchst eigenartiger, etwa fünfzig Meter langer Felssporn an, der frei schwebend über den vor uns liegenden Abgrund hinausragte. Dieses einem Hahnensporn vergleichbare Felsgebilde war also ganz ungestützt und hing nur am Ausgangspunkt mit dem Urgestein zusammen.

»Hier geht es nun weiter«, sagte Ayescha. »Gebt Acht, dass ihr nicht schwindlig werdet und dass der Sturm euch nicht hinabweht! Der Abgrund dort ist bodenlos.« Und sofort schritt sie trotz der den Sporn umtosenden Windstöße unbedenklich auf ihn hinaus, so dass wir ihr wohl oder übel folgen mussten. Ich selbst ging hinter ihr, dann kam Job, mühsam das Brett hinter sich her schleppend, und den Schluss bildete Leo. Wie Ayescha unerschrocken dahin schritt, war im höchsten Maße erstaunlich anzusehen. Ich selbst sah mich durch den Luftdruck und die Angst vor einem Fehltritt bald gezwungen, auf alle viere niederzugehen und weiter zu kriechen; und Leo und Job ließen sich das nicht zweimal vormachen. Ayescha jedoch fiel so etwas überhaupt nicht ein. Kraftvoll stemmte sie sich den Windstößen entgegen und schien auch nicht einen Augenblick aus der Ruhe zu kommen.

Als wir auf dieser grässlichen, immer schmaler werdenden Brücke vielleicht zwanzig Meter zurückgelegt hatten, kam plötzlich ein besonders heftiger Windstoß, der zwar von Ayescha nicht minder glatt überwunden wurde, aber das Innere ihres Mantels erfasste und ihr diesen vom Leibe riss, so dass er wie ein angeschossener Adler dahin flatterte und in der Finsternis bald unseren Blicken entschwunden war.

Mich fest anklammernd, sah ich mich um und fühlte plötzlich mit Schaudern, wie der lange Sporn unter uns mit einem tiefen, fast tierischen Brummen ins Zittern geriet. Unter uns gab es nur finster gähnenden Abgrund, über uns das Wolkenmeer, in weiter Ferne einen schmalen Streifen blauen Himmels – und in diesen Abgrund, über dem wir schwebten, fuhr heulend die Windsbraut hinab, allerhand Gewölk und Dunstschwaden vor sich her treibend, so dass wir zeitweise wie blind und kopflos waren.

»Nur weiter, Freunde, weiter!«, rief Ayescha, die in ihrem weißen Mieder jetzt einer Sturmelfe glich. »Sonst stürzt ihr ab und seid verloren! Seht zu Boden und haltet euch gut fest!«

Weiter ging es auf dem Schauerpfad. Nur selten, wenn unbedingt nötig, warfen wir einen Blick zur Seite und kamen so endlich an das Ende des Spornes, einer wie auf Sprungfedern auf und nieder schwankenden Felsplatte, kaum größer als ein gewöhnlicher Tisch. Hier legten wir uns auf den Bauch, hielten uns, so gut es ging, an den Kanten fest und versuchten, Umschau zu halten, während Ayescha, des Abgrunds kaum achtend und sich dem Wind entgegenstemmend, mit der Hand auf etwas vor ihr Befindliches deutete, das wir aber nicht erkennen konnten. Dabei ging mir dann auch plötzlich auf, wozu das mitgeschleppte Brett bestimmt war.

Dann sagte Ayescha: »Wartet ein Weilchen, dann kommt Licht.«

Licht? Was in aller Welt sollte das heißen? – So lagen wir dann da und warteten ab. Und – plötzlich kam das Licht. Ein Sonnenstrahl, ein Strahl der untergehenden Sonne. Durch die Finsternis schoss er heran und fiel gerade auf unsere Felsplatte, Dunkel und Schwaden wie ein feuriges Schwert durchschneidend, Ayeschas schöne weiße Gestalt verklärend.

Wie war das möglich? Mit Sicherheit weiß ich es heute noch nicht, wahrscheinlich aber war in der gegenüberliegenden Felswand ein schmaler Spalt, durch den der Strahl bis zu uns zu dringen vermochte. Es war ein so helles und grelles Licht, dass man in ihm die Äderung des Gesteins erkennen konnte, während dicht an seinem Rande schon wieder vollkommene Finsternis herrschte.

Auf diesen Lichtstrahl hatte Ayescha gewartet, und da sie wusste, dass er zu dieser Jahreszeit seit Jahrtausenden bei Sonnenuntergang hier eintraf, so hatte sie nach ihm die ganze Wanderung berechnet. In ihm erkannten wir auch das Etwas, welches drüben vor uns lag.

Es war ein zuckerhutartig geformter Felskegel, der offenbar aus der Tiefe des Abgrundes emporstieg und dessen Spitze uns gerade gegenüberlag. Diese Spitze war abgeflacht, kreisrund und oben ausgehöhlt; aber sie allein hätte uns schwerlich etwas nützen können; der uns nächste Punkt ihres Umfanges war vielleicht noch zwölf Meter von uns entfernt! Auf dem uns zugewandten Rand dieser ausgehöhlten Spitze jedoch ruhte – etwa wie ein Taler auf dem Rande eines Weinglases – ein mächtiger flacher Stein, einem Gletscherstein ähnlich, der er vermutlich auch war, und die uns nächste Kante dieses Steines war nur drei bis vier Meter entfernt. Und diesen auf dem Rande des Kegels ge-

nau im Gleichgewicht schwebenden Schaukelstein sahen wir bei den Stößen des Windes im grellen Lichtschein deutlich auf und ab schwanken.
»Das Brett!«, rief Ayescha sogleich. »Jetzt heißt es hinübereilen, der Lichtstrahl geht bald wieder fort!«
Job schob mir das Brett zu und ächzte kläglich: »Ach! Hierauf sollen wir hinübergehen?«
»Na, selbstverständlich, Job!«, tröstete ich ihn mit reinstem, echtestem Galgenhumor.
Dann schob ich Ayescha das Brett zu, und diese warf es sogleich in kühnem Schwung über den Abgrund hinweg, so dass gleich darauf das eine Ende auf dem schaukelnden Stein, das andere auf dem zitternden Felssporn ruhte. Dann setzte sie einen Fuß auf das Brett und wandte sich zu mir um.
»Der Halt des Steins hat nachgelassen! Ich weiß nicht, ob er uns noch trägt, und will darum selbst zuerst hinüber. Ihr wisst ja, mir kann nichts geschehen!«
Und schon schritt sie leichten, aber festen Fußes über die schwankende Brücke dahin, stand gleich darauf auf dem Schaukelstein und rief uns von dort aus fröhlich zu: »Es geht! Es ist noch sicher! Jetzt, Holly, halte du das Brett, und ich trete hier aufs andere Ende, damit der Stein nicht kippen kann. Schnell, Holly, komm, das Licht verschwindet!«
Ich rutschte auf die Knie, und wahrlich, nie im Leben war mir so erbärmlich zumute wie in diesem Augenblick. Ich zögerte und konnte mich nicht entschließen. Ayescha aber, die auf dem höchsten Punkt des Schaukelsteins stand und ihn so im Gleichgewicht hielt, rief: »Was sehe ich, Holly, hast du Angst? Dann lass Kallikrates heran!«
Das wirkte. Ich biss die Zähne zusammen und stand im nächsten Augenblick auf dem schmalen, sich schrecklich biegenden Brett, hoch über dem Abgrund. Schwindelfrei war ich zwar nie gewesen, aber den vollen Schauder eines so hohen Standpunktes lernte ich erst jetzt kennen. Ein Schwindel erfasste mich, und schon glaubte ich, ich müsste fallen, und Kälteschauer krochen mir durch Mark und Bein. Mitten auf dem Brett war es mir ganz, als stürzte ich schon, und als ich schließlich merkte, dass ich auf der Felsplatte

lag, war meine Freude unaussprechlich, und doch schwankte diese Platte auf und nieder, wie ein Boot im Wellengang! Ich weiß nur noch, dass ich kurz, aber umso inniger, ein Dankgebet gen Himmel schickte.

Nun kam Leo an die Reihe. Er machte zwar auch eine wahre Leichenbittermiene, kam aber trotzdem wie ein Seiltänzer stolz herüberbalanciert. Ayescha ergriff ihn sofort bei der Hand und sagte fröhlich: »Geliebter, das war brav gemacht! Der Griechengeist lebt immer noch.«

Jetzt war nur Job noch drüben. Er kroch ans Brett heran und brüllte wie wahnsinnig: »Ich kann es nicht, nein, ich kann es nicht! Ich stürze runter!«

»Du musst, Job!«, rief ich ihm ermutigend zu. »Du siehst ja; es ist kinderleicht.«

»Ich kann es nicht, nein, ich kann es nicht!«

»Wenn euer Diener jetzt nicht kommt, so bleibt er da und ist verloren«, sagte Ayescha. »Ihr seht, das Licht verschwindet gleich.«

Sie hatte Recht. Die Sonne stieg jetzt offenbar unter den Rand des Spaltes, durch den das Licht zu uns kam – wenn es in der Tat in gerader Linie durch einen Spalt zu uns gelangte. »Wenn du dableibst, Job«, rief ich ihm daher energisch zu, »musst du sterben. Das Licht verschwindet schon.«

»Komm, Job«, brüllte auch Leo, »sei ein Mann! Es ist ganz leicht!«

So von uns allen bestürmt, stürzte sich der Arme mit einem grässlichen Schrei der ganzen Länge nach aufs Brett herab. So fing er denn an, in kurzen Rucken hinüber zu kriechen, und die zappelnden Beine baumelten zu beiden Seiten in die Tiefe hinab. Durch diese ruckartigen Stöße wurde der Schaukelstein natürlich in immer heftigere Schwingungen versetzt, und als Job gerade in der Mitte des Brettes war, erlosch das Licht, und dichte Finsternis umgab uns wieder.

»Weiter, Job! Um Gottes willen weiter!«, schrie ich in Todesangst, weil der Stein schon so heftig schwankte, dass wir alle Gefahr liefen, heruntergeschleudert zu werden.

»Gott sei mir gnädig!«, brüllte Job im Dunkeln; und dann plötzlich: »Oh Gott, oh Gott, das Brett rutscht weg!«

Ich spürte ein heftiges Gestrampel und glaubte schon, es sei aus mit uns. Im gleichen Augenblick aber stieß seine Hand, in Todesangst ausgreifend, gegen die meine. Ich packte zu und zog – und zog – mit aller Kraft zog ich, die eine gnädige Vorsehung mir so reichlich geschenkt hat, und im nächsten Augenblick lag Job keuchend und ächzend an meiner Seite. Aber das Brett? Ich fühlte, wie es rutschte; dann hörte ich, wie es unten auf irgendeine Felszacke schlug, und wusste, dass es für uns verloren war.

»Großer Gott«, entfuhr es mir, »wie kommen wir nachher zurück?«

»Keine Ahnung!«, antwortete Leo lakonisch. »Ein jeder Tag hat seine Plage. Sei froh, dass wir hier sind!«

Da rief Ayescha mir zu, ihre Hand zu ergreifen und hinter ihr her zu kriechen.

25 Der Geist des Lebens

Mit Furcht und Zittern wurde ich gewahr, dass sie mich an den entgegengesetzten Rand des Steines führte. Als ich mich dort erhob und mit den Füßen vorwärts tastete, fühlte ich, dass sie ins Leere traten.

»Oh Gott, ich falle!«, stieß ich, indem ich zurückschrak, hervor.

»Nun, so lass dich fallen! Wie – kannst du mir nicht vertrauen?«

Wer unsere Lage recht bedenkt, der wird mir zugeben, dass das eigentlich ein bisschen viel verlangt war. Konnte sie nicht die Absicht haben, mich jetzt einem schrecklichen Tode zu überantworten? Doch man ist ja des Öfteren im Leben gezwungen, blindlings zu vertrauen.

»Nur zu, so lass dich fallen!«, rief sie noch einmal.

Was blieb mir also anderes übrig?

Ich ließ mich fallen.

Ein Stückchen glitt ich an der schrägen Kante des Steines hinab und kam dann ins Leere.

Ich gab mich verloren. Doch nein! Im nächsten Augenblick stießen meine Füße auf steinigen Grund. Ich merkte sogar, dass ich hier vor dem Winde geschützt war.

Während ich noch dastand und dem Himmel für diese neue Rettung dankte, kam von oben ein Geschurre und Gestrampel, und plötzlich fiel Leo neben mir zu Boden.

»Na, auch schon hier? Jetzt wird es interessant, nicht wahr?«

Und dann kam auch Job herab – mit schrecklichem Gebrüll und uns gerade auf die Köpfe fallend, so dass wir übereinander purzelten. Von Ayeschas Herabkommen jedoch gewahrten wir kaum etwas.

Als wir uns wieder aufgerichtet hatten, trat sie zwischen uns und befahl, die Lampen anzustecken. Ich holte meine Schachtel mit den Wachszündhölzern hervor und riss eines an; es brannte hier genauso lustig wie zu Hause. Die Lampen und auch der Ölkrug waren zum Glück ganz unversehrt geblieben.

Die gleich darauf schwelenden Lampen zeigten uns ein seltsames Bild. Wir befanden uns dicht zusammengedrängt in einer kleinen Felsenhöhle, und wir Männer sahen fast wie Vogelscheuchen aus, während Ayescha ruhig und gelassen, schön wie immer, mit verschränkten Armen dastand und wartete, dass sich die Flammen erholten. Die Höhle maß etwa drei Meter im Quadrat und schien teils eine natürliche, teils aus der Spitze des Felskegels, in dem wir uns jetzt befanden, herausgehauen zu sein. Das Dach des natürlichen Teils bildete der über uns schwebende Schaukelstein oder vielmehr ein Teil desselben, – das des abschüssigen Hintergrundes aber war offenbar künstlich geschaffen worden. Im Übrigen war die Höhle warm und trocken und nach dem Schaukelstein und dem Felssporn ein wahrer Hafen der Geborgenheit.

»Da sind wir denn«, sagte Ayescha gelassen. »Ich dachte schon, der Stein würde kippen und mit euch in die Tiefe stürzen. Der Rand des Kegels ist schon bröckelig.«

Dann zeigte sie achselzuckend auf Job, der noch am Boden saß und sich mit seinem roten Taschentuch den

Schweiß abwischte. »Und jetzt, wo dieser Dummkopf dort das Brett hat fallen lassen, muss ich sinnen, was zu tun ist; die Rückkehr wird sehr schwierig sein. Ihr aber ruht euch jetzt erst aus und seht euch diese Höhle an! Was mag dies sein? Was meint ihr wohl?«
»Keine Ahnung«, sagte ich. »Man sollte es kaum für möglich halten, dass dies einst eine Wohnung war und dass ein Mensch hier jahrelang in stiller Einsamkeit gelebt hat.«
Ungläubig sahen wir sie an.
»Und doch, so war es – ich sah es selbst. Es war ein Mann mit Namen Noot, ein weiser Mann, fromm und heilig, vom ganzen Volke hoch verehrt. Zweimal im Monat begab er sich zum Tunnel, um sich Nahrung, Öl und Wasser zu holen, das vom Volk als Opfer dort bereitgestellt wurde. Mit vielen Wundern schon vertraut, entdeckte er auch die Feuersäule und erkannte, dass sie langes Leben spendet. Er selbst jedoch verschmähte alles. Des Menschen Los sei nicht, zu leben, zu sterben sei der Mensch bestimmt. Und deshalb auch verschwieg er alles, was er wusste. Als ich dann dieses Land erreichte – ihr wisst noch nicht, wie und wo? Ihr sollt es ein andermal erfahren –, da hörte ich bald von Noot, dem Weisen, und ging zum Tunnel, um ihn zu sehen. Ich sprach ihn an, er nahm mich mit – so schrecklich auch die Schlucht mir war – und sprach auch von der Feuersäule. Durch List, durch Schönheit und durch Schmeichelei bewog ich ihn, mich auch dorthin zu führen. Das Bad jedoch verbot er mir, und ich gehorchte – aus Angst. Im Stillen aber sagte ich mir, der Alte würde doch bald sterben, und als ich endlich alles wusste, verließ ich ihn und ging zurück. Dann aber, nicht lange danach, traf ich dich mit Amenartas. Ihr wart kurz vorher erst hier angekommen. Jetzt lernte ich auch die Liebe kennen – zum ersten und zum letzten Mal, für einmal und für alle Zeiten. Da fasste ich einen großen Plan, den größten meines Lebens; – mit dir zugleich das Leben zu erringen. Du warst bereit und schlossest dich mir an, doch sie, die Falsche, ließ nicht von dir ab und kam deshalb auch mit bis zur heiligen Stätte. Der Weg war ganz wie heute noch, und bald

war auch die Höhle hier erreicht. Und siehe, Noot war tot – war kurz zuvor gestorben!«

Dann wies sie auf die Stelle rechts neben mir. »Dort lag er, Noot, der Alte, von seinem langen weißen Bart bedeckt. Er ist jetzt natürlich längst zerfallen, vom Wind in alle Welt verweht.«

Unwillkürlich tastete ich mit der Rechten im Staube umher und stieß plötzlich an einen kleinen Gegenstand. Als ich ihn aufhob, sah ich, dass es ein Menschenzahn war. Ich zeigte ihn Ayescha, die lachte und sagte: »Kein Zweifel, ja – ein Zahn von ihm! Das ist nun alles, was von Noot und all der Weisheit übrig geblieben ist. Ein einziger kleiner gelber Zahn! Er konnte alles haben und wollte nichts von allem! – Und nun hört weiter, Freunde! Dann ging es hinab zur Feuersäule und allen Mut zusammenraffend, das Leben wagend um des Lebens willen, trat kühn ich in das Flammenmeer hinein – und seht, wie Recht er hatte! Eine hohe, stolze Lebenskraft durchdrang mich, die heute noch in mir wirkt, so dass ich nicht mehr sterben kann und schöner bin als jede andere. Da wollte ich dich, Kallikrates, als Braut, die nimmer stirbt, umfassen; doch du, von meinem Glanz geblendet, wandtest dich von mir fort und schlangst den Arm um jene andere! Da packte mich Grimm – ein wilder Zorn; ich riss dir den Speer aus der Hand und stieß ihn dir, rasend wie ich war, tief bis in das Herz hinein! Und ächzend sankst du in den Tod – an heiliger Lebensstätte! Dass schon mein Auge tödlich war, die bloße Kraft des starken Willens – das wusste ich nicht und griff deshalb zum Speer[25]. Mein Schmerz nachher war ohne Grenzen; du tot – und ich un-

---

[25] Hier weicht Ayeschas Darstellung von der auf der Scherbe ab. Die Inschrift sagt: »Da erschlug sie ihn im Zorn durch ihre Zauberkraft.« Der Körper des Kallikrates hatte aber eine Speerwunde in der Brust, was wohl Beweis für Ayeschas Darstellung ist, es sei denn, dass ihm die Speerwunde erst im Tode geschlagen wurde. Auch wie die beiden schönen Frauen in ihrem rasenden Schmerz es fertig brachten, den Körper ihres gemeinsamen Geliebten über den Abgrund zu schaffen, haben wir leider nicht erfahren. Es muss ein schauriges Bild gewesen sein. L.H.H.

sterblich! Ja, hätte ich da noch sterben können, mir wäre gewiss das Herz gebrochen! Und sie, die dunkelhäutige Ägypterin, verfluchte mich bei ihren Göttern, verfluchte mich bei Osiris und bei Isis, bei Nephtys und bei Hekt, bei Sekhet, der Löwenhäuptigen, und bei Seth, wünschte alles Böse auf mich herab, und ewige Einsamkeit. Ah, ich kann ihr dunkles Gesicht jetzt noch sehen, wie es sich wie der Sturmwind auf mich herabsenkt; doch sie konnte mir nicht schaden, und ich – konnte ihr nicht schaden; ich kannte meine Macht noch nicht, die Macht des starken Willens. Ich habe gar nicht erst versucht, sie zu töten. Was hätte es mir auch genützt in meinem großen Schmerz? Und endlich – ich weinend und sie fluchend – verließen wir den heiligen Ort, wo Tod und Leben sich getroffen hatten, und trugen dich gemeinsam fort nach Kôr und dann zur Halle. Die Falsche selber ließ ich dann zum Strand des fernen Meeres bringen. Und jetzt sagt ihr, sie blieb am Leben – und dass sie einen Sohn gebar und späterhin die Inschrift schrieb, die nach des Schicksals ewigem Ratschluss dich endlich mir zurückgegeben hat. – Das war der Dinge Lauf, Geliebter; jetzt aber ist die Stunde, die sie krönen soll! Wie alle Dinge auf der Erde ist sie aus Bösem und aus Guten zusammengesetzt – vielleicht mehr aus Bösem als aus Gutem; und sie ist in blutige Lettern geschrieben. Es ist die Wahrheit; ich habe dir nichts verschwiegen, Kallikrates! Nur eines noch vor dem endgültigen Moment deiner Prüfung! Wir geben uns hinab in die Gegenwart des Todes, denn Leben und Tod gehören eng zusammen und wer weiß, ob nicht wieder etwas geschieht, das uns für eine neue Ewigkeit trennt. Auch ich bin nur ein Weib, und keine Prophetin, und kann nicht in die Zukunft sehen. Aber eines weiß ist – ich lernte es von den Lippen des weisen Noot –; dass mein Leben nur verlängert und strahlend ist, doch dass auch ich nicht ewig leben werde. Bevor wir daher zum Feuer treten, versichere mir, dass du mir verzeihst und mich von ganzem Herzen liebst! Sieh, Kallikrates; ich habe viel Böses getan – vielleicht war es böse, dass ich vor zwei Tagen das Mädchen tötete, das dich so sehr liebte –, aber sie gehorchte mir nicht und erzürnte mich, da sie mir Unglück prophezeite, und ich vernichtete sie. Sei vorsichtig, wenn du die Macht erhältst, dass nicht auch du dich in deinem Zorn zur Eifersucht hinreißen lässt. Deine Kraft ist in der Hand eines irrenden Mannes eine gefährliche Waffe. Ja, ich habe gesündigt – aus der Bitternis einer großen Liebe heraus – aber trotzdem weiß ich um Gut und Böse und mein Herz ist nicht völlig verhärtet. Deine Liebe, Kallikrates, soll das Tor zu meiner Erlösung sein, so wie vor Zeiten meine Leidenschaft der Weg war, auf dem ich zum Bösen schritt. Eine tiefe Liebe, die nicht erhört wird, ist die Hölle für edle Herzen; aber Liebe, die von der Liebe des Erwählten widergespiegelt wird, verleiht uns Flügel, die uns über uns selbst erheben und uns zu dem machen, was wir sein können. Deshalb, Kallikrates, nimm mich bei der Hand und hebe meinen Schleier, so ohne Furcht, als ob ich nur ein Bauernmädchen wäre und nicht die weiseste und schönste Frau in dieser weiten Welt, und schau mir in die Augen und sage mir, dass du mir von ganzem Herzen vergibst und mich von ganzem Herzen liebst.«

Sie machte eine Pause und die seltsame Zärtlichkeit in ihrer Stimme schien uns zu umschweben wie ein Angedenken. Ich fühlte, wie dieser Klang mich mehr bewegte als ihre Worte, er war so menschlich und so wunderbar weiblich, und auch Leo war seltsam berührt. Bisher war er wider sein besseres Urteil von ihr fasziniert gewesen, wie ein Vogel von einer Schlange fasziniert ist, aber jetzt war mir, als ob all dieses ihn verließ, und als ob er erkannte, dass er sie wirklich liebte, diese seltsame und herrliche Kreatur, so – ach – so wie auch ich sie liebte.

Seine Augen füllten sich mit Tränen und er nahm sie bei der Hand, hob den kleinen Gaze-Schleier von ihrem Gesicht und sagte, während er tief in ihre Augen blickte: »Ja, Ayescha, ich liebe dich von ganzem Herzen und soweit es in meiner Macht steht, vergebe ich dir Ustanes Tod. Das Übrige mache mit deinem Schöpfer ab! Davon weiß ich nichts, das ist nicht meine Sache. Ich weiß nur, dass ich dich liebe, wie ich nie zuvor geliebt habe, und dass ich dich bis an mein Ende lieben werde.«

Da antwortete sie mit stolzer Unterwürfigkeit: »Habe Dank dafür, dass du mich so sehr beglückst. So will ich mich nicht beschämen lassen, sondern als Zeichen dafür, dass ich dir gehorche, knie ich vor dir nieder!« Und sie nahm seine Hand und legte sie auf ihr schönes Haupt, und dann beugte sie sich langsam nieder, bis ein Knie den Boden berührte.»Als Zeichen, dass ich dich stets liebe, nimm diesen Kuss!« Dann stand sie wieder auf und küsste seinen Mund. Ihre Hand auf sein Herz liegend, fuhr sie fort: »Bei meiner Liebe, bei dem Geist des Schöpfers: Ich schwöre, dass ich dich nur liebe – und liebe bis zum letzten Tag, er komme, wann er wolle. Ich schwöre, dass ich von heute an nur der Pflicht folgen werde, die von deinem Wort geleitet wird. Ich schwöre, dass ich künftig das Böse meiden und nur noch Gutes üben werde. Ich schwöre – nein, es sei genug! Mit Worten selbst ist nichts getan, allein die Tat kann es beweisen. Noch heute wirst du deutlich sehen, dass Ayescha frei von allem Falschen ist. Ich habe es geschworen, und du, Holly, bist mein Zeuge. Wir sind nun vermählt, mein Gatte, vermählt bis an der Zeiten Ende. Das Dunkel ist unser Traualtar und die Windsbraut trägt das Ehegelübde zum Himmel hinauf und um den Erdball herum. Als Hochzeitsgabe kröne ich dich mit meiner Schönheit Krone, mit unbegrenzter Lebensdauer, mit Weisheit und mit großem Reichtum. Die größten Männer dieser Welt werden dir zu Füßen liegen, vor deinem Glanz verhüllen sich die schönsten Frauen – du stellst sie in den Schatten. Du thronst, der Sphinx Ägyptens gleich, in stolzer Höhe und gebietest, und aller Menschen Herzen sind vor dir wie offene Bücher. Du führst die Menschen, wie du willst, und keiner widerspricht dir; mit Staunen sehen sie deine Macht und flehen dich an, sie zu enthüllen, du aber schweigst und lächelst nur, und sie – sie müssen sich bescheiden. Und wieder küsse ich dich, zum Zeichen deiner Würde. Der König in der stolzen Burg, der Landsmann in der schlichten Hütte – sie alle sind dir untertänig. Wo Sonnenglanz im Äther zittert, wo Stürme durch die Lüfte brausen, des Himmels Bogen bunt sich wölbt – nur deine Macht herrscht aller Orten, nur du allein regierst auf Erden! Keine Furcht mit ihrem Eisesfinger, keine Krankheit,

Sorge oder Schmerz – kein Schatten ihrer Flügel wird jemals deinen Weg verdunkeln! Als ein Gott sollst du Gutes und Böses in deinen Händen halten, und auch ich selbst erniedrige mich vor dir. Dies ist die Macht der Liebe, die Hochzeitsgabe, die ich dir schenke, Kallikrates, – geliebt wie Râ, mein Gebieter und Gebieter des Alls. – Nun ist es getan, und ob Sturm oder Sonnenschein, ob Gutes oder Böses, nichts kann es jemals ungeschehen machen, es ist geschehen für immer. – Doch nun zum hehren Flammenmeer, damit allem die Erfüllung werde!«

Ohne weiteres ergriff sie eine der Lampen und schritt zum Ausgang der Einsiedlerklause.

Wir folgten ihr nach und bemerkten in der Wand des Felskegels alsbald allerhand vorspringende Gesteinszacken, die so behauen waren, dass sie zur Not als Treppe dienen konnten. Auf diese Zacken sprang Ayescha hinab, flink wie eine Gemse, und voller Anmut. Nach einem Dutzend solcher Stufen lief die Treppe in einen schrecklichen Abhang aus, der sich zuerst nach außen, dann nach innen wandte, wie auf der Innenseite eines Trichters.

Stellenweise fiel dieser gewundene Abhang fast ganz steil ab, ohne jedoch völlig unwegsam zu werden, so dass wir bei dem Licht der Lampen unversehrt immer tiefer hinabkamen.

Wohin dieser unheimliche Weg führte, wussten wir natürlich nicht, aber ich war überzeugt, dass wir in das Innere eines erloschenen Vulkans eindrangen.

Unterwegs übte ich die Vorsicht, mir nach Möglichkeit den Weg einzuprägen, was zum Glück nicht allzu schwer war, da hier viele eigenartige, fantastisch geformte Felsblöcke umher lagen, von denen einige im Dämmerlicht wie die Fratzen steinerner Wasserspeier an alten Dachröhren aussahen.

So gingen wir mindestens eine halbe Stunde lang hinab und erreichten schließlich die Spitze des Trichters. Dort aber begann ein schmaler und niedriger Gang, der uns anfangs zwang, tief gebeugt und im Gänsemarsch zu kriechen, allmählich jedoch immer breiter und höher wurde und plötzlich in einer Höhle auslief. Diese Höhle war so groß, dass wir weder ihre Wände noch ihre Decke erkennen konnten; dass es überhaupt eine Höhle war, erkannten wir am Echo unserer Schritte und an der vollkommenen Stille der stickigen Luft. In ehrfürchtigem Schweigen schritten wir hier minutenlang wie verlorene Seelen im Hades dahin, und Ayeschas schlanke Gestalt schwebte uns lautlos voraus.

Plötzlich lief die Höhle in einem neuen schmalen und niedrigen Gang aus, und dieser wieder führte zu einer zweiten, aber viel kleineren Höhle. Deutlich waren hier Wände und Decken erkennbar, und ihr furchtbar zerklüftetes Aussehen verriet uns, dass sie durch eine gewaltige Explosion von Gasen entstanden war, ganz wie der lange Tunnel, der uns zum Felssporn geführt hatte. Diese Höhle mündete in einen dritten schmalen Gang, den jedoch ein schwacher Lichtschein durchdrang.

Beim Anblick dieses Lichts stieß Ayescha einen deutlichen Seufzer der Erleichterung aus.

»Noch alles unverändert! Jetzt kommt ihr in den Schoß der Welt, wo alles Lebens Urquell ist in Mensch und Tier, in Baum und Blume!«

Sie flog nur noch so dahin, und voll Furcht und Neugier stolperten wir hinter ihr her. Was in aller Welt würden wir hier zu sehen bekommen? Das Licht im Gang wurde immer heller und schoss uns bald in grellen Büscheln entgegen, wie die Strahlen eines Leuchtfeuers über die dunkle Meeresoberfläche huschten; und zugleich mit diesem Licht kam ein tief erschütternder Laut wie von Donner und krachenden Bäumen.

Dann standen wir am Ende des Ganges. Wir traten in eine dritte Höhle, die vielleicht zwanzig Meter lang und hoch und halb so breit war. Die Wände waren glatt und eben, und der ganze Boden war mit einem feinen weißen Sand bedeckt. Das Wunderbarste aber war ein milder, den ganzen Raum erfüllender rosafarbener Lichtschein. Die Lichtstrahlen und der donnerähnliche Laut hatten bei unserem Eintritt aufgehört; doch während wir staunend und bestürzt vom Eingang aus das märchenhafte Bild betrachteten, geschah plötzlich etwas Schreckliches und doch zugleich erstaunlich Schönes: Vom anderen Ende der Höhle her ertönte ein rauschendes Krachen, so unheimlich, so Ehrfurcht gebietend, dass wir erzitterten und Job sogar in die Knie sank, und gleichzeitig flammte, grell wie der Blitz, bunt wie ein Regenbogen, eine mächtige Feuersäule empor. Sich langsam im Kreise drehend und dabei wie Donner brüllend, schoss sie empor, immer von neuem empor, vielleicht eine Minute lang, dann aber ließ sie allmählich nach und verschwand wieder – wohin, das weiß ich nicht zu sagen. Zurück blieb nur der rosige Schimmer.

»Kommt näher!«, rief Aescha in jubelnder Freude. »Seht hier den Quell, das Herz des Lebens, seht hier den Stoff, der allen Wesen der Erde Energie verleiht, den Flammengeist der Erdenkugel! So kommt doch näher, lasst euch von seiner Kraft durchfluten!«

Durch den rosigen Schimmer folgten wir ihr bis zum anderen Ende der Höhle und wurden uns dabei einer schrankenlosen, immer köstlicher werdenden Lebensfreude bewusst, eines herrlichen Empfindens energievoller Stärke, wie wir sie noch nie zuvor empfunden hatten. Mir selbst war zumute, als sei gleichsam Riesenstärke und Adlerschnelle über mich gekommen, und ich bin überzeugt, dass alles dies die Wirkung des Fluidums der Flamme, des feinen Äthers war, der hinter ihr, über den ganzen Raum verteilt, zurückgeblieben war. Am Ende der Höhle angelangt, blickten wir einander erstaunt an und brachen vor lauter Wonne in helles Lachen aus, selbst Job nicht ausgenommen, der doch seit Tagen alles Lachen so gänzlich verlernt hatte. Ich selbst hatte ein Empfinden, als seien plötzlich die verschiedenartigsten Geisteskräfte in mich übergegangen; ich glaube, jetzt hätte ich ohne weiteres in den schönsten Versen sprechen können; allerhand großartige Einfälle durchzuckten mich; mir war, als seien plötzlich die Fesseln meines Fleisches gesprengt und hätten dem Geiste freie Bahn gelassen, sich zur höchsten Sphäre aller ihm innewohnenden Kräfte emporzuschwingen. Die auf mich eindringenden Gefühle waren einfach unbeschreiblich. Zu allem, was auf Erden überhaupt im Bereich des Möglichen liegt, schien die Bahn jetzt frei und offen zu sein.

Während ich mich noch an meinem neu gefundenen Ich berauschte, kam plötzlich aus der Ferne ein schwaches donnerartiges Getöse, das immer stärker wurde und bald zu einem krachenden Gebrüll anschwoll, alles Schreckliche und alles Schöne auf dem Gebiet der Tonerzeugung in sich schließend. Immer näher kam es heran, und plötzlich erschien auch wieder die Strahlenwolke des vielfarbigen Lichts, die wunderbare Flammensäule, langsam sich im Kreise drehend, etwa eine Minute lang, um dann wieder langsam abzunehmen und mit der sie begleitenden Tonfülle an die uns unbekannte Stelle zu entschwinden. Es war ein so erstaunliches, so überwältigendes Phänomen, dass wir Männer uns zu Boden warfen und das Angesicht im Sand verbargen, während Ayescha sich noch höher aufzurichten schien und dem Feuer freudig die Hände entgegenstreckte.

Als Flamme und Donner verschwunden waren und wir uns wieder aufrichteten, rief sie Leo freudig zu:»Kallikrates, wir stehen am Ziel, des Glückes Stunde ist gekommen! Sobald die Flamme wiederkehrt, tritt schnell hinein zum Bad! Nur zieh dich aus, sonst verzehrt die Flamme deine Kleider. Dir selbst jedoch, dessen sei gewiss, wird nicht ein Haar beschädigt werden! Du musst so lange in der Flamme stehen, wie deine Sinne es ertragen. Und wenn die Flamme dich umarmt, dann sauge sie ein bis tief in dein Herz, und lass sie jeden Teil von dir umspielen, damit dir von ihrer Lebenskraft auch nicht ein Hauch entgehe! – Hast du mich verstanden, Geliebter?«

»Ja, Ayescha, ich habe dich verstanden. Ich bin kein Feigling, aber dies ist ein schreckliches Feuer! Wenn es mich nun dennoch tötet? Dann hätte ich doch alles verloren, mich selbst und dich noch dazu! Aber – ja, freilich, wenn du wirklich meinst, Ayescha – ja, dann werde ich es tun!«

Einen Augenblick sann sie nach.»Dein Zweifel – ich verstehe dich – gewiss, das ist begreiflich. Doch höre – wenn ich es selbst jetzt tue, und ohne allen Schaden – dann, denke ich, wirst du nicht mehr zweifeln?«

»Ja, Ayescha, ich gehe hinein, auch wenn es mich tötet! Ja, ich tue es!«

»Und ich tue es auch!«, rief ich selbst.
Ayescha lachte. »Holly, was muss ich hören? Du sagtest doch, du wolltest nichts von langem Leben wissen! Wie kommt das denn so plötzlich?«
»Ach, Ayescha, das weiß ich nicht, doch eine Stimme ruft mir zu, hier auch das Bad zu nehmen.«
»Ei, das ist recht, nun sehe ich doch, dass du nicht ganz ein armer Tor bist. Doch zuvor will erst ich selbst noch baden. Es könnte sein –, dass ich noch schöner werde. Und wenn das nicht mehr möglich ist, nun – gewiss kann es nicht schaden! Und außerdem habe ich noch einen anderen Grund. Beim ersten Bad, als auch die andere hier war, da war mein Herz voll bitteren Grolls, und das ist sicher schuld, dass oft, so sehr ich auch dagegen kämpfe, mich Hass und Zorn erfüllen. Doch jetzt ist alles anders! Mein Herz ist voll des reinsten Glücks, meine Seele klar und ohne Schlacken – so wie ich es mir für immer wünsche. So will ich denn noch einmal baden – damit ich deiner noch würdiger werde. Und auch du selbst, wenn du nachher dort stehst im Bad der Lohe, wirf alles Böse weit hinweg, denk an nichts anderes als Glück und Frieden! Gedenke des sanften Mutterkusses, gedenke des höchsten Glücks, das je seit frühester Jugendzeit im Traume dich umschwebt hat! Von der Saat, die du heute säest, erblüht die Frucht für alle Zeiten!«
Nach kurzem Sinnen – und es war mir, als ob ein Schatten der Ewigkeit ihre schönen Gesichtszüge umspielte, fügte sie triumphierend und doch in ernstem Ton noch folgendes hinzu: »Wohlan, nun rüste dich, nun sei bereit, Geliebter, wie wenn das Land der Schatten naht und nicht des Lebens Krone!«

26 Was wir sahen

Ehrfürchtig des Kommenden harrend, drängten wir Männer uns schweigend aneinander. Kurz darauf ertönte wieder das erste leise Donnergrollen. Ayescha löste den Schlangengürtel und legte ihr Mieder ab, und dann stand sie vor uns, wie

Eva einst vor Adam stand; – wie lieblich, ja, wie himmlisch schön war sie!

Und während das Donnergrollen immer näher kam, schlang sie den rechten Arm liebkosend um Leos Schulter und sagte:»Wirst du Ayeschas Liebe je ganz ermessen können?«

Dann drückte sie ihm noch einen leisen Kuss auf den Mund und trat ohne Zögern auf die Bahn der Flammensäule.

Das Donnergetöse war nun ganz in der Nähe und klang, wie wenn ein Wald, Grashalmen gleich, von einem mächtigen Sturm emporgehoben und einen Abhang hinuntergeschleudert würde. Jetzt kamen auch die ersten Strahlen, und gleich darauf erschien die Flammensäule selbst, der Ayescha zu freudigem Gruß sogleich wieder die Arme entgegenstreckte. Und schon im nächsten Augenblick war sie von wildem Flammengezüngel umhüllt. Deutlich sah ich, wie die feurigen Zungen an ihrer Gestalt emporliefen, während sie selbst, wie wenn sie Wasser schöpfte, mit offenen Händen hineingriff und sich die Flammen gleichsam über den Kopf goss. Und deutlich sah ich sogar – welch schrecklicher, welch wunderbarer Anblick! – wie sie mit weit geöffnetem Munde das Feuer tief in sich hinein sog.

Dann aber stand sie mit ausgestreckten Armen ruhig da, ein Engelslächeln auf dem Antlitz. Die geheimnisvollen Flammen umspielten sie vom Scheitel bis zu den Füßen, wanden sich wie goldene Strähnen durch ihr Lockengewelle, über die weiße Brust und die zarten Schultern. Längs des Halses zum Antlitz emporgleitend, schienen sie in den immer heller erstrahlenden Augen ihre Heimat zu finden. Wie schön war sie im Flammenbade! Kein Engelsbild aus Himmelshöhen könnte größeren Liebreiz haben.

Doch wie? Was war denn das? Was sahen meine Augen? Ganz plötzlich, ganz urplötzlich schien sich in ihren Zügen ein Wechsel zu vollziehen. Das sanfte Lächeln schwand dahin und machte einem harten Zuge Platz, der dürr und fremd hervortrat. Das eben noch so sanft gerundete Gesicht schien plötzlich spitz zu werden, wie wenn die Spuren einer großen Herzensangst auf ihm zurückgeblieben wären. Und der eben noch so helle Glanz der Augen schien plötzlich ganz erloschen. Und schien sogar die ganze Gestalt jetzt nicht minder zierlich, ja auch viel minder aufrecht zu stehen?

Voll Angst und Schrecken rieb ich mir die Augen. Litt ich an einer Wahnvorstellung? War es eine optische Täuschung, vom Widerschein des grellen Lichts hervorgerufen? Und während ich mir noch die Augen rieb, rollte die Flammensäule langsam wieder zurück, zurück zum Schoß der Mutter Erde.

Sogleich trat Ayescha – mir schien, ihr Schritt war nicht mehr so elastisch – wieder zu Leo heran und streckte ihre Rechte aus, um sie ihm auf die Schulter zu legen. Ich sah den Arm – wo war die zierliche Rundung, die ganze Schönheit dieses Arms? Und ihr Gesicht! Bei Gott, was soll ich sagen? Es wurde alt – und immer noch älter, vor unseren sichtlichen Augen!

Wie entgeistert trat Leo vor ihr zurück.

»Was hast du? Wie, was ist dir denn?«

Wo war das süße Vogelzwitschern, das sanfte Bachgeriesel? Die Stimme klang fast schrill und kreischend.

»Wie ist mir denn? Mir ist ganz schwindlig! Was ist mit meinen Augen? Ich sehe – so unklar –!« Die Hand zum Kopfe hebend, berührte sie ihr Haar – und der ganze reiche Schmuck fiel auf den Boden nieder!

Da schrie plötzlich Job schrill: »Ach Gott! Ach sehen Sie doch! Sie schrumpft ja ganz zusammen! Sie wird so klein wie ein Affe!« Und schäumenden Mundes stürzte er zu Boden und blieb ohnmächtig liegen.

In der Tat – sie schrumpfte zusammen. Der Gürtel, der ihr Haar gehalten hatte, fiel über die Hüften herab. Sie wurde immer kleiner, die Haut nahm eine andere Farbe an. Das zarte Weiß wurde zu einem schmutzigen Gelbbraun, wie von verdorrtem Pergament. Wieder fasste sie sich zum Kopf – die Hand war nur noch eine Klaue, gleich der einer schlecht erhaltenen Mumie.

Und jetzt erst schien sie die volle Bedeutung dieser Veränderung zu erfassen. Jetzt schrie sie auf – ach, Gott, wie schrie sie! – und wälzte sich im Sand am Boden. Bald war die Haut auch mit zahllosen Falten bedeckt, und das ent-

stellte Antlitz trug den Stempel unaussprechlichen Alters. Der Schädel zwar war wohl noch nicht kleiner geworden, das Gesicht aber war nicht mehr größer als das eines Kindes in der Wiege. Und hässlich war es – hässlich!
Wer hatte so etwas je gesehen? Wer seinen Verstand nicht verlieren will, der bete zu Gott, ihn vor einem solchen Anblick gütig zu bewahren.
Endlich lag sie fast still am Boden. Sie lag im Sterben, – und wir waren Gott für solche Gnade dankbar.

Plötzlich aber stütze sie sich auf die knochigen Hände und starrte um sich, den Kopf langsam hin und her bewegend – wie eine Schildkröte. Doch sehen konnte sie sicher nichts mehr, ihre Augen waren mit einem hornartigen Schleier bedeckt. Nur sprechen konnte sie noch eben – zitterig und schrill.»Kallikrates, vergiss mich nicht! Hab Mitleid, ach, ich komme wieder – schön wie immer. Das schwöre ich dir. Ich schwöre. – Oh, – oh – –!«
Dann fiel sie aufs Gesicht und lag unbeweglich.

An derselben Stelle, wo sie einst, vor mehr als zweitausend Jahren, den Priester Kallikrates niedergestoßen hatte, war sie jetzt selbst vor ihrem neu geborenen und wieder gefundenen Kallikrates zu Boden gesunken.

Von Grauen überwältigt, fielen auch Leo und ich in Ohnmacht.

Wie lange wir so gelegen haben, weiß ich nicht; wahrscheinlich viele Stunden. Als ich die Augen wieder aufschlug, lagen Leo und Job noch ausgestreckt im Sande. Die Flammensäule war gerade im Entschwinden begriffen. Siehe, da lag auch der kleine Affenleib – einst die strahlende ›Herrin des Todes‹. Also war es kein wüster Traum gewesen.

Was mochte die Ursache dieses unerhörten Wechsels gewesen sein? Hatte sich die Natur des Leben spendenden Stoffes verwandelt? Führte es von Zeit zu Zeit statt eines Lebensfluidums ein Fluidum des Todes mit sich? Konnte der einmal von seiner Wunderkraft erfüllte Körper keinen Zuwachs mehr ertragen, so dass bei einer Wiederholung die Vorgänge einander aufhoben und der Körper infolgedessen in den Zustand überging, in dem er sich bei fortgesetzter

Lebensdauer sonst zu dieser Zeit befunden hätte? Ja, nur so schien es erklärlich, dass der ganze Zeitraum ihrer mehr als zweitausend Jahre innerhalb weniger Minuten durch plötzliches Altern an ihr zur grausigen Wirklichkeit gelangt war.

Natürlich, was wirklich geschehen war, konnte niemand wissen. Allein die traurige Tatsache lag unzweifelhaft vor uns. Der Finger der Vorsehung schien mir unverkennbar. Mit so viel Schönheit und Weisheit, Erfahrung und Kraft hätte sie das Geschick des ganzen Menschengeschlechts umzuwandeln vermocht, doch so sich gegen das ewige Naturgesetz auflehnend, war sie durch eben dieses Gesetz ins Nichts zurückgeschleudert worden.

Nach solchem Grübeln, als die Kräfte wiederkehrten, zumal in diesem belebenden Äther, stand ich schnell auf, um meine beiden Gefährten ins Bewusstsein zurückzurufen. Zuvor aber hob ich noch Ayeschas Gürtel und Mieder auf, die einst ihren blendenden Liebreiz gekleidet hatten, um damit die von soviel Schönheit übrig gebliebene Schreckgestalt zu verhüllen.

Dann beuge ich mich zu Job hinab, der auf dem Gesicht lag. Aber schon als ich ihn umwandte, missfiel mir die Bewegung des schlaff herabfallenden Arms, und ein Blick in sein Gesicht genügte: Er war von uns gegangen! Beim letzten Schreckensbild waren seine Nerven vollständig zusammengebrochen, ein Schlaganfall hatte seinem Leben ein Ende gemacht.

In banger Sorge trat ich jetzt an Leo heran, aber bei ihm gelang es mir, wenn auch erst nach langen Bemühungen, ihn ins Bewusstsein zurückzurufen. Auch hier gab es jedoch ein neues Schrecknis: Das Goldblond seiner Haare war vollständig grau geworden. Und als wir, um das gleich vorwegzunehmen, nachher ins Freie kamen, war es sogar weiß geworden, zum reinsten Schneeweiß. Auch sein Gesicht war furchtbar gealtert.

Als ich ihm nun die neue Trauerkunde beibrachte, kamen ihm nicht Worte des Bedauerns, sondern nur ein tiefer Seufzer über die Lippen. Auch er stand einfach am Ende seiner Nervenkraft, der Worte war er nicht mehr fähig – wie auch eine Harfe selbst bei heftigster Erschütterung nicht über eine bestimmte Tonfülle hinauskommt.

Endlich fragte er mit hohler Grabesstimme: »Was nun?« »Jetzt heißt es wieder fort! Oder – willst du noch erst da hinein?«

Die Flammensäule kehrte soeben zurück.

»Ja, wenn ich wüsste – ja, gleich!«, sagte er mit schmerzlichem Lächeln. »Hätte ich ihr doch geglaubt! Aber jetzt? Was weiß ich? Ich hätte nicht soviel Geduld zu warten! Nein, lieber sterben – vielleicht finden wir uns in der anderen Welt. – Aber du? Willst du es probieren?«

Ich schüttelte den Kopf; jetzt hatte ich erst recht kein Bedürfnis nach einer Verlängerung meines Lebens mehr. Und überhaupt – die Wirkung auf Ayescha war nicht gerade ermutigend. »Na, dann los!«, sagte ich. – »Doch halt, die Lampen!« Ich hob sie auf – beide waren leer, aber die Dochte waren noch nicht ganz am Ende.

»Vielleicht ist noch Öl im Krug – wenn er nicht entzweigebrochen ist«, meinte Leo.

Nein, er war heil und enthielt auch gerade noch Öl genug für beide Lampen. Ich füllte sie also und steckte sie an.

Da kam wieder das erste Donnergrollen.

»Wollen wir es wenigstens nicht noch einmal ansehen?«, fragte Leo.

Nun, ich hatte nichts dagegen, und so sahen wir dem wunderbaren Schauspiel dann noch einmal zu. Und selbst jetzt fiel ich wieder ins Grübeln. Wie lange mochte dieses Phänomen im Schoße der Erde schon vor sich gegangen sein? Wie lange mochte es noch stattfinden? Würde ein Mensch es jemals wieder sehen – und hören? Ach, ich glaubte es schon damals nicht – und heute muss ich erst recht sagen, dass wir beide wohl die letzten Sterblichen sind, die von ihm Zeugnis geben können.

Dann traten wir den Rückweg an. Zuvor aber schüttelten wir noch Job die kalte Rechte – welche andere letzte Ehre hätten wir ihm auch erweisen können? Das Wesen unter dem Schleier jedoch noch einmal vor Augen zu haben, danach verlangte uns nicht. Aus den daneben liegenden Haaren zogen wir jeder eine Locke heraus – und diese Locken sind heute unser einziges Andenken an all die Herrlichkeit, in der wir Ayescha einst erblicken durften.

»Sie hat geschworen, dass wir uns wieder sehen«, sagte Leo, die Locke an die Lippen drückend, »jetzt schwöre ich, dass wenn wir lebend von hier wegkommen, ich nie wieder mit einem anderen Weib zu tun haben und ebenso treu warten will wie sie!«

›Ja‹, dachte ich bei mir, ›wenn sie in aller Schönheit wieder kommt! Was aber wäre, käme sie so zurück?‹

Dann machten wir kehrt und ließen das ungleiche Todespaar an der Stätte des Lebensquells zurück. Das Häuflein da – über zweitausend Jahre lang das herrlichste Geschöpf der ganzen Erde! Und dann der arme Job! Seine Ahnung hatte sich also doch erfüllt. Wenigstens hatte er eine ganz bevorzugte Grabstätte gefunden – neben den irdischen Überresten der »Herrin des Todes«.

Noch einen letzten Blick – und wir wankten schweren Herzens von dannen, zwei gebrochene Menschenkinder, die sogar auf die Möglichkeit verzichteten, sich hier ein unvergängliches Leben zu erringen. Was uns das Leben wertvoll gemacht hatte, war ja jetzt von uns gegangen. Wir fühlten beide, dass wir Ayescha niemals, niemals würden vergessen können, und dabei hatte ich selbst – und das war noch mein sonderbarer Stachel – nicht einmal ein Recht dazu, auf solche Weise ihrer zu gedenken.

Manchmal ertappe ich mich dabei, dass ich Leo beneide. Wenn Ayescha Recht hatte, wenn ihre Weisheit sie nicht zu guter Letzt noch trog – was ich nicht glauben kann – dann darf Leo getrost in die Zukunft blicken.

27 Wir springen

Bis zur Spitze des Trichters war unser Rückweg fast mühelos, dann aber begannen die Schwierigkeiten. Ohne meine Merkmale an den Felsblöcken hätten wir uns schwerlich zurechtgefunden und wären wahrscheinlich bald liegen geblieben. Mehrmals schlugen wir denn auch ganz verkehrte Wege ein und einmal wären wir um ein Haar in eine große Felsspalte gestürzt.

In der unheimlichen Stille von einem Block zum anderen zu kriechen und beim matten Licht der Lampen Acht zu geben, ob sie mir vielleicht bekannt vorkämen, war keine Kleinigkeit für mich. Rein mechanisch, fast wortlos, stolperten wir dahin, oft fielen wir auch und zerschunden uns an den Steinen die Glieder. Bald waren unsere Lebensgeister erlahmt, und es war uns fast gleichgültig, was weiter mit uns geschah. Nur der Lebensinstinkt trieb uns noch vorwärts. Wie lange dies dauerte, weiß ich nicht; unsere Uhren waren stehen geblieben. Es müssen aber mindestens drei bis vier Stunden gewesen sein. Während der letzten Stunden waren wir wohl ganz vom Weg abgekommen, und ich fürchtete schon, wir seien in einen Nebel geraten.

Schließlich erkannte ich zufällig einen großen Block wieder, an dem wir im Anfang des Abstiegs vorbeigekommen waren; und es war noch ein Wunder, dass ich ihn überhaupt erkannte; auch zuvor schon waren wir, jedoch in falscher Richtung, an ihm vorbeigekommen, jetzt aber, als ich schon an ihm vorüber war, fiel mir noch nachträglich etwas an ihm auf, so dass ich umkehrte und ihn noch einmal besah, ganz genau besah – und das sollte dann in der Tat unsere Rettung sein.

Nun fanden wir auch die Treppe aus den behauenen Felszacken wieder und standen bald darauf in der Höhle des Einsiedlers Noot.

Sofort aber erwartete uns ein neues Grauen. In seiner Angst und Ungeschicklichkeit hatte Job das Brett in den Abgrund stürzen lassen; – wie sollten wir jetzt da hinüber kommen?

In der Höhle bleiben, hieß elend verhungern; also gab es nur eine Antwort: Wir mussten versuchen, hinüber zu springen! An sich war der Abstand zwar nicht allzu groß, nur dreieinhalb Meter, und ich hatte Leo als jungen Studenten fast sechs Meter weit springen sehen, aber man stelle sich doch unsere Lage vor: Zwei müde, völlig erschöpfte Männer, einer von ihnen am Ende der Vierziger, ein Schaukelstein als Sprungbrett, eine zitternde Felsspitze als Ziel, dazwischen ein bodenloser, von Stürmen durchtobter Abgrund! Und trotzdem mussten wir den Sprung versuchen, in ihm allein lag eine, wenn auch noch so kleine Möglichkeit der Rettung. Im Dunkeln natürlich konnten wir den Sprung unmöglich wagen. Also hieß es warten, bis wieder der Strahl der untergehenden Sonne erschien. Wie weit es aber noch bis Sonnenuntergang war, davon hatten wir auch nicht die leiseste Ahnung. Wir wussten nur das Eine: Der Strahl blieb nur wenige Minuten, und wenn er kam, mussten wir sprungbereit sein. Wohl oder übel entschlossen wir uns also, sogleich auf den Schaukelstein zu klettern und uns dort in Bereitschaft zu legen – was wir übrigens auch schon deshalb tun mussten, weil unsere Lampen jetzt den Dienst versagten; die eine war schon ausgegangen, die andere war dicht vor dem Verlöschen. In ihrem letzten Flackerlicht kletterten wir also sogleich aus der Höhle heraus und kamen glücklich zum Schaukelstein hinauf. Kaum oben aber, erlosch die Lampe.

Jetzt begann eine neue Schreckenslage. Hatten wir in der Klause das Toben des Sturmes nur über uns gehört, so waren wir hier oben, auf dem Bauche liegend und uns an die auf und nieder wogende Felsplatte klammernd, andauernd seiner vollen Kraft ausgesetzt. Bald aus dieser, bald aus jener Richtung kommend, fuhr er heulend zwischen den Felsplatten hindurch, sein Echo von einer Wand zur anderen werfend, und es klang fast, als seien all diese Sturmesstimmen auf den tiefen Unterton des Felssporns abgestimmt. Es schien uns ein Konzert der Hölle zu umbrausen, zuweilen im Piano, doch meist im gewaltigen Forte, stundenlang – wer weiß wie viele Stunden! Wären Wind und Temperatur nicht ziemlich mild und warm gewesen, wir wären sicher bald erstarrt und dann unfehlbar in die Tiefe gestürzt.

Da geschah plötzlich etwas ganz Seltsames, das unsere Fantasie zügellos entfesselte und unsere Nervenanspannung noch weiter erhöhte. Es war so seltsam, dass ich es kaum zu erzählen wage – und war doch reinster Zufall. Man erinnert sich, dass der Sturm Ayescha auf dem Felssporn den Mantel entriss. Dieser Mantel unserer Ayescha kam plötzlich aus der Tiefe emporgeflogen und fiel auf Leo nieder – gerade auf Leo, ihn fast völlig bedeckend, vom Kopf bis zu den Füßen. Zuerst erkannten wir ihn in der Dunkelheit nicht, aber genaues Betasten sagte uns bald, was wir da vor uns hatten. War es nicht wie ein letzter Gruß von der Toten? Auch Leos Fassungskraft war schon dahin, er brach in lautes Schluchzen aus. Offenbar war der Mantel an irgendeiner Felszacke hängen geblieben und jetzt durch einen Windstoß losgerissen und gerade zu uns emporgeweht worden.

Bald darauf und wieder ganz plötzlich schoss dann auch das grelle Flammenschwert durch die Finsternis. Wieder fiel es auf den Schaukelstein und streifte auch die Spitze des Felssporns drüben.

»Los!«, rief Leo sogleich. »Jetzt oder nie!«

Wir richteten uns auf und streckten die erstarrten Glieder, während wir auf die jetzt blutrot glänzenden Nebelschwaden und in den Abgrund blickten. Im Herzen verzagend, bereiteten wir uns auf den grausigsten Tod vor.

»Wer zuerst?«, fragte ich.

»Du, Onkel. Ich setze mich aufs andere Ende des Steines, damit er festliegt. Möglichst langen Anlauf und hoch springen! Und dann sei Gott uns gnädig!«

Durch bloßes Kopfnicken zeigte ich ihm mein Einverständnis an und tat dann etwas, was seit Leos Kindertagen nicht mehr vorgekommen war: Ich drückte ihm einen Kuss auf die Stirn – meinen Abschiedskuss. »Lebe wohl, mein Sohn! Auf Wiedersehen! Wenn nicht hier, so dort oben!«

Dann eilte ich zum entgegengesetzten Ende des Steines, wartete, bis einer der sich alle Augenblicke ändernden Windstöße mir in den Rücken blies, lief mit einem Stoßgebet die ganze, etwa zehn Meter betragende Länge des Steines an und sprang wie toll in die Luft hinaus.

War mir schon beim Absprung ganz entsetzlich zumute, so packte mich gleich darauf rasende Verzweiflung; denn ich sah sofort: Ich war zu kurz gesprungen! Mit dem Felsen kamen meine Füße überhaupt nicht in Berührung; nein, sie sausten dicht an ihm vorbei in die Tiefe hinab. Mein Leib und meine Hände jedoch berührten ihn noch eben. Mit lautem Aufschrei griff ich zu; die linke Hand aber rutschte ab, und nur die rechte gewann einen Halt, so dass ich eine halbe Wendung machte und mit dem Gesicht dem Schaukelstein zugewandt hängen blieb. Wie rasend fuhr ich sogleich mit der linken Hand empor, und diesmal gelang es mir, eine kleine Felszacke zu packen. Im grellroten Lichtstrahl hing ich nun über der endlosen Tiefe, mit beiden Händen mich am unteren Rand des Spornes haltend, während mein Kopf die Spitze desselben berührte. Mich hinauf zu schwingen, wäre mir daher unmöglich gewesen, selbst wenn ich noch die dazu erforderliche Kraft besessen hätte. Bestenfalls konnte ich vielleicht eine Minute lang so hängen, dann aber musste ich unfehlbar hinabstürzen.

Da hörte ich, wie Leo einen Schrei ausstieß, und sah ihn, einer Gemse gleich, weit in die Luft hinausspringen. In seinem wilden Schreck, in seiner tollen Verzweiflung gelang ihm ein ganz prächtiger Sprung. Den Abgrund überflog er nur so und kam voll und ganz auf der Spitze des Felsspornes hernieder, wo er sich, um nicht kopfüber hinabzustürzen, sofort auf das Gesicht warf. Unter der Wucht seines Stoßes fühlte ich den Sporn über mir erzittern, und im gleichen Augenblick sah ich, wie der Schaukelstein, durch Leos Absprung tief heruntergedrückt, jetzt, von Leos Gewicht befreit, heftig zurückschnellte, infolgedessen das Gleichgewicht verlor und mit gewaltigem Krach hinabstürzte, hinab in die alte Einsiedlerklause.

So ist denn wohl kein Zweifel möglich, dass seit diesem Augenblick der Zugang zur Stätte des wunderbaren Lebensfeuers für alle Zeit verschlossen ist – verschlossen durch einige Hundert Tonnen Gesteins.

Alles dieses geschah fast in einem und demselben Augenblick, und trotz meiner furchtbaren Lage – so seltsam es erscheinen mag – entging mir dennoch nichts von allem. Sogar der Gedanke schoss mir durch den Kopf, dass nun wohl niemand mehr den Schreckenspfad würde gehen können.

Aber schon im nächsten Augenblick fühlte ich, wie Leo mich mit beiden Händen am rechten Handgelenk ergriff;

sich flach auf die Felsspitze legend, konnte er gerade noch zu mir herunterreichen. Dann sagte er ganz ruhig und gesammelt: »Lass los und suche dich frei zu schwingen! Dann ziehe ich dich hoch! Geht es nicht, so stürzen wir beide ab! Bist du soweit?«

Als Antwort ließ ich erst mit der linken Hand los, dann mit der rechten und schwang mich so unter dem Felsen hervor, indem dabei mein ganzes Körpergewicht an Leos Armen hing. Ein neuer Augenblick des Schreckens. Leos Riesenkräfte waren mir nicht unbekannt; aber würden sie ausreichen? Man vergesse nicht, wie überaus ungünstig seine Lage gerade zum Emporziehen war!

Während er sich offenbar zu dieser gewaltigen Kraftleistung sammelte, schwang ich mehrmals hin und her und plötzlich hörte ich, wie alle seine Sehnen knackten und fühlte mich sogleich emporgezogen – so weit emporgezogen, dass ich den linken Arm um die Felsspitze legen konnte und meine Brust so eine Stütze fand. Das Übrige war dann nur noch ein Kinderspiel. Gleich darauf war ich oben. Nach Atem ringend, zitternd wie Espenlaub, mit kaltem Schweiß bedeckt, lagen wir nebeneinander.

Plötzlich, ganz plötzlich, erlosch das Licht und wieder waren wir von Finsternis umgeben.

Ohne ein Wort zu sprechen, lagen wir dort wohl eine halbe Stunde lang. Dann erst vermochten wir uns aufzurichten und begannen, auf dem Sporn dahin zu kriechen. Als wir uns endlich der Felswand näherten, ließen die Windstöße nach und wir kamen nun besser vorwärts.

Vor dem Tunnel aber begannen sogleich neue Sorgen: Wir hatten weder eine Lampe noch einen Tropfen Wasser. Den Rest des Wassers hatten wir in der Klause getrunken. Dort hatten wir auch beide Lampen zurückgelassen, und jetzt lagen sie, sicherlich zu Staub zermalmt, unter dem einstigen Schaukelstein. Aber freilich, auch wenn wir sie noch gehabt hätten, hätten sie uns, da alles Öl verbraucht war, doch nichts mehr nutzen können.

Wie sollten wir jetzt, vom Durst gequält, durch diese lang gewundene, mit Felsblöcken übersäte Höhle hindurch kommen? Auch warten durften wir nicht, da uns dann die Erschöpfung sicher um so eher übermannt hätte. So blieb denn nichts weiter übrig, als uns, auf unser Tastgefühl bauend, sogleich in die Höhle hineinzuwagen. Ein Weg unsäglichster Qualen begann. Fortgesetzt über Felsblöcke stolpernd und fallend stießen wir uns alle Glieder blutig, so dass wir bald Dutzende von Wunden hatten. Unsere einzige Richtschnur war die Wand, an der wir uns mit den Händen entlang tasteten. So ging es stundenlang weiter, und immer wieder verließen uns die Kräfte, so dass wir mehrmals anhalten mussten, um uns auszuruhen. Einmal schliefen wir dabei sogar ein, wahrscheinlich für mehrere Stunden, denn als wir erwachten, waren wir ganz steif geworden, und das Blut aus unseren Wunden war am Körper zu harten Klumpen geronnen. Dann schleppten wir uns wieder weiter, und endlich, als wir schon in hellster Verzweiflung waren, gewahrten wir einen matten Lichtschein und standen bald darauf am Ausgang des Tunnels, auf der aus einer Furche sich bildenden Gesteinsgasse, die, wie man sich erinnert, an der Innenwand des Berges in den Tunnel führte.

Dem Dämmerschein des Himmels nach, musste es früh morgens sein. Da wir den Tunnel eine Stunde nach Sonnenuntergang betreten hatten, hatte es also der ganzen Nacht bedurft, um durch diese eine Höhle hindurch zu kriechen, die wir mit Ayescha zusammen in einer halben Stunde durchschritten hatten.

Leo warf sich sogleich wie tot zu Boden, so dass ich ihn energisch anfeuern musste. Widerstrebend raffte er sich endlich auf, und aneinandergelehnt, uns gegenseitig stützend, kamen wir dann auch noch die hohe Böschung hinab. Ich weiß nur noch, dass wir schließlich wie zwei Unglückliche dalagen und dann nochmals weiter krochen, das Magnoliengehölz zu erreichen, wo Billali warten sollte.

Auf halbem Wege erschien plötzlich zwischen einigen Bäumen zur Linken einer der Diener Ayeschas, der dort wohl gerade einen Morgenspaziergang machte, und kam sogleich auf uns zugelaufen, offenbar um zu sehen, was da für Geschöpfe aufgetaucht seien. Immer wieder schlug er die

Hände über dem Kopf zusammen und rannte dann zum Wäldchen zurück.
Wir müssen schauderhaft ausgesehen haben.
Leos Locken waren schneeweiß, die Kleider hingen ihm in Fetzen am Leib, Gesicht und Hände waren eine einzige Masse von Rissen und Beulen, mit Schmutz und geronnenem Blut bedeckt. Und ich selbst sah sicher nicht anders aus. Noch zwei Tage später, als ich mein Spiegelbild im Wasser sah, hätte ich mich selbst kaum wieder erkannt.
Bald kam auch Billali herbeigeeilt. »Mein Pavian, mein Pavian, seid ihr es denn wirklich, du und der Löwe? Seine Mähne war doch reif wie Korn – und jetzt schneeweiß? Wo kommt ihr her? Wo ist das Mastschwein? Wo ist die Herrin?«
»Tot! Beide tot!«, stieß ich hervor. »Frage nicht! Gib uns Essen und Trinken, sonst sterben wir hier!«
»Tot! Die Herrin tot? Wie kann das sein? Unmöglich!«
Da inzwischen auch die anderen Diener gekommen waren, ließ er uns zu ihrer Lagerstätte tragen, wo zum Glück gerade die Morgensuppe auf dem Feuer stand. Da wir jedoch viel zu schwach waren, um selbst zu essen, flößte er uns selber die Suppe ein – und hat uns so, wie ich fest glaube, vor einem baldigen Tode durch völlige Erschöpfung bewahrt.
Dann wurden wir von den Dienern gereinigt und auf schnell zusammengetragene Grashaufen gelegt, wo wir sogleich in einen todesähnlichen Schlaf fielen.

28 Über den Berg

Beim Öffnen der Augen sah ich in Billalis Antlitz, der neben uns saß und sich den Bart strich. Leo schlief noch; seine Locken[26] und sein Gesicht riefen mir sogleich alles ins Gedächtnis zurück.

---

[26] Wunderbarerweise hat Leos Haar seit kurzem angefangen, wieder Farbe zu bekommen. Ich gebe mich daher der stillen Hoffnung hin, dass es mit der Zeit seine natürliche Farbe zurückgewinnen wird. L.H.H.

»Du hast lange geschlafen, mein Pavian.«
»Wie lange, mein Vater?«
»Eine Sonnenbahn und eine Mondbahn.«
»Gesegnet sei der Schlaf, er lässt uns vergessen.«
»Erzähle mir alles! Was soll das mit dem Tod der Herrin heißen? Besinne dich ja recht, mein Sohn! Ihr seid in größter Gefahr, wenn es wahr ist. Glaube mir, dann liegt der Krug schon im Feuer, dann lecken sich die Bestien schon den Mund nach eurem Fleisch. Du weißt, dass sie euch hassen, schon weil ihr Fremde seid, und jetzt erst recht, wo die anderen wegen euch auf die Folter gekommen sind. Hören Sie, dass von der Herrin nichts mehr zu befürchten ist, dann rüsten sie sogleich das Feuer. Doch lass hören!«

Somit erzählte ich ihm denn; – nicht alles natürlich, denn das war nicht ratsam, sondern nur eben so viel, wie nötig war, ihm begreiflich zu machen, dass Ayescha nicht mehr unter den Lebenden weilte: Sie sei in irgendein Feuer gestürzt und darin umgekommen. Die Wahrheit hätte er ja doch nicht begriffen. Auch von einigen unserer schrecklichen Erlebnisse auf dem Rückweg erzählte ich, und sie machten großen Eindruck auf ihn. An Ayeschas Tod aber glaubte er nicht. Dass wir sie für tot hielten, ja, das glaubte er uns wohl, ihr Verschwinden jedoch erklärte er einfach damit, dass es ihr eben beliebt habe, uns auf ein Weilchen zu verlassen. Schon bei Lebzeiten seiner Mutter sei sie einmal ein halbes Jahr lang verschwunden gewesen und nach einer alten Überlieferung sei sie vor vielen Jahrhunderten ein ganzes Menschenleben lang nicht gesehen worden, dann aber plötzlich wiedererschienen und habe ein Weib, das sich inzwischen ihre königliche Stellung angemaßt hätte, einfach vernichtet. In alledem schüttelte ich natürlich nur traurig den Kopf.

»Was nun, mein Sohn?«
»Das weiß ich nicht, mein Vater. Können wir nicht fort von hier?«
Nun schüttelte er selbst den Kopf. »Das ist schwer – sehr schwer. Über Kôr dürft ihr nicht wieder gehen. Sehen sie euch allein, dann –«, und er machte die Gebärde des

Hutaufsetzens. »Aber es gibt einen Weg über den Berg, wo das Vieh nach außen auf die Weide getrieben wird. Ich habe es dir schon erzählt, nicht wahr? Ihr müsstet dann hinter den Weideplätzen drei Tage durch die Sümpfe wandern. Ich weiß aber nicht, was dann kommt. Sieben Tagesreisen weiter soll ein großer Fluss sein, der zum schwarzen Wasser führt. Ja, das ginge. Aber wie dorthin gelangen?«

»Billali, du weißt, ich habe dir einst das Leben gerettet. Jetzt kannst du dich erkenntlich zeigen und uns auch das Leben retten. Das wäre dir einmal, wenn deine Stunde kommt, ein tröstender Gedanke; das wäre etwas, was du vielleicht in die Wagschale werfen könntest. Und wenn die Königin sich nur ein Weilchen verborgen hält, dann wird sie dich gewiss nachher dafür belohnen.«

»Halte mich nicht für undankbar, mein Sohn! Ich werde nie vergessen, dass du mich gerettet hast, als ich am Ertrinken war und diese Hunde, meine Kinder, ruhig dabeistanden. Ja, ich will es dir lohnen, wenn es geht! Höre also: Haltet euch morgen, ganz früh, bereit! Inzwischen besorge ich Sänften und lasse euch dann forttragen, über den Berg und über die Sümpfe. Ich sage natürlich, dass die Herrin es befohlen hat. Nachher aber – da müsst ihr euch schon selber helfen! Sucht das große Wasser! – Sieh, der Löwe ist auch erwacht. Nun esst erst! Ich selbst habe es für euch zurechtgemacht.«

Nach dem Essen hinkten wir zu einem nahen Bächlein und nach dem Bade schliefen wir wieder bis zum Abend, um uns dann von neuem zu stärken. Billali aber war den ganzen Tag unterwegs, um Träger und Sänften zu beschaffen.

Mitten in der Nacht wurden wir durch die Ankunft einer Schar von Männern geweckt. Gegen Morgen erschien auch Billali und erzählte uns, es sei ihm – nicht ohne Schwierigkeiten – gelungen, die nötigen Träger und zwei Führer zu gewinnen. Dann riet er zum sofortigen Aufbruch und sagte uns zu unserem Schutz sogar aus freien Stücken seine Begleitung zu.

Von diesem Alten, der einer so verschlagenen und bösartigen Rasse angehörte, war es wahrlich eine ganz besondere Freundlichkeit, sich uns schutzlosen Fremden so rührend anzunehmen. Natürlich, da er überzeugt war, dass Ayescha bald wiederkehren und Rechenschaft über uns von ihm verlangen werde, mag auch ein gutes Stück Egoismus dabei im Spiel gewesen sein. Jedenfalls werden wir diesen guten alten Amahagger zeitlebens in bestem Andenken behalten.

Ein kurzes Mahl noch, und unsere Karawane brach auf. Körperlich fühlten wir uns nach dieser langen Ruhe wieder schön gestärkt, wie uns aber seelisch zumute war, möchte und brauche ich nicht zu erwähnen.

Bald kam der mühselige Aufstieg, meist auf einem wahrscheinlich schon von den alten Kôrern für das Vieh angelegten Zickzackweg. Die Sänften waren hier natürlich zwecklos, wir mussten zu Fuß gehen.

Gegen Mittag standen wir auf einem flachen Gipfel der Felswand und hatten von dort aus eine prächtige Aussicht auf die Ebene von Kôr, in deren Mitte wir deutlich die säulenreiche Trümmerstätte des Tempels der Wahrheit aufragen sahen. Auf der anderen Seite jedoch lag nichts als Sumpf, endloser Sumpf.

Die oben mindestens zwei Kilometer breite Felswand war offenbar einst der Rand des Kraters gewesen und war selbst jetzt noch hier und da mit Lavastücken bedeckt, Pflanzen aber fanden sich hier nicht, und die einzige Abwechselung boten die durch einen kürzlich niedergegangenen Regen gebildeten Wasserlachen.

Der etwas leichtere, aber halsbrecherische Abstieg dauerte bis Sonnenuntergang. In dieser ersten Nacht jedoch lagerten wir noch geborgen auf der mächtigen Böschung, die ins Sumpfgebiet überleitete.

Am folgenden Morgen begann die grässliche Sumpfdurchquerung. Drei lange Tage hindurch hatten wir wieder einen ununterbrochenen Kampf mit Morästen, mit Gestank und den unvermeidlichen Fieberdünsten zu führen, bis wir endlich aus diesem ohne kundige Führer völlig undurchschreitbaren Gebiet auf festen, wellenförmigen Boden kamen, der unbebaut und fast baumlos, aber von allerhand Wild bevölkert war. Und hier mussten wir am nächsten Mor-

gen nicht ohne herzliches Bedauern von unserem Freund Billali Abschied nehmen.
Sich wieder den langen Bart streichend, gab er uns feierlich seinen Segen.
»Lebe wohl, mein Sohn, mein Pavian, und auch du, Löwe, lebe wohl! Ich kann euch nicht weiter behilflich sein. Wenn ihr wirklich in eure Heimat zurückkommt, so hört auf meinen Rat und begebt euch niemals wieder in unbekannte Länder! Denn ihr kehrt sonst nicht zurück, und nur eure bleichenden Knochen zeigen dann an, wie weit ihr gekommen seid. Ich werde eurer noch oft gedenken, und auch du, mein Pavian, wirst mich hoffentlich nicht vergessen. So hässlich dein Gesicht ist, so treu ist dein Herz. Noch einmal – lebt wohl!«
Damit wandte er sich ab, und mit ihm schritten die wie immer finsteren, wortkargen Träger davon.
Jetzt gehörten die Amahagger für uns der Vergangenheit an. Bis die Sumpfnebel sie unseren Augen für immer entzogen, sahen wir ihnen noch nach; dann aber machten wir, jetzt einsam und in ungeheurer Wildnis mutterseelenallein, wieder kehrt, blickten uns um und sahen einander an.
Etwa drei Wochen zuvor waren vier Männer in das Sumpfland Kôrs eingedrungen; zwei von ihnen waren jetzt tot, und die beiden anderen hatten Abenteuer erlebt und Erfahrungen gesammelt von so seltsamer, so schrecklicher Art, dass selbst das Grauen des Todes dagegen verblassen musste. Drei Wochen – wie, nur drei Wochen? Wahrlich, man sollte die Zeit nach den Geschehnissen, nicht nach der Stundenzahl bemessen! Seit wir unser Boot zum letzten Mal gesehen hatten, schienen uns dreißig Jahre verstrichen zu sein.
»Wir müssen auf den Sambesi zu halten, Leo. Ob wir das wohl schaffen?«
Er nickte nur. Er war recht schweigsam geworden.
Wir brachen auf, und alles, was wir noch besaßen, waren die Kleider, die wir auf dem Leibe hatten, ein Kompass und unsere Revolver und Jagdbüchsen mit etwa zweihundert Patronen. Und hiermit, mit diesem Aufbruch, endete die Geschichte unseres Besuches in der einst so mächtigen, aber seit Jahrtausenden verfallenen Königsstadt der alten Kôrer.

*

Die Abenteuer, die wir danach noch erleben sollten, so mannigfaltig und wunderbar sie auch waren, habe ich mich nach reiflicher Überlegung entschlossen, hier nicht niederzuschreiben. Auf diesen Blättern habe ich nur versucht, in aller Kürze und doch möglichst genau ein Erlebnis festzuhalten, das nach meiner Überzeugung ganz ohnegleichen ist. Eine Veröffentlichung habe ich dabei nicht im Sinne gehabt, sondern ich habe nur alle Einzelheiten, solange sie uns noch frisch im Gedächtnis sind, zu Papier bringen wollen, da ich glaube, dass dieser Bericht, falls wir uns doch einmal zur Veröffentlichung entschließen sollten, das Interesse der ganzen Welt finden wird. Augenblicklich jedoch, wenigstens solange wir noch beide am Leben sind, gedenken wir von jeder Veröffentlichung abzusehen.

Das Übrige kann keine allgemeine Teilnahme mehr beanspruchen. Es sind ja nur Erlebnisse, wie sie auch schon mancher andere Reisende im Inneren Afrikas gehabt hat. Folgendes möge daher genügen: Nach unglaublichen Mühsalen und Entbehrungen erreichten wir den Sambesi, vielleicht vierunddreißig Meilen südlich der Stelle, wo uns Billali verlassen hatte. Dort wurden wir von einem wilden Stamm, der uns besonders wegen Leos jugendlichen Gesichtes und doch schneeweißen Haares für überirdische Wesen hielt, ein halbes Jahr lang gefangen gehalten. Schließlich entflohen wir, fuhren über den Sambesi, wanderten wieder südwärts und trafen endlich, vor Erschöpfung schon zusammenbrechend, einen Elefantenjäger, einen Halbblut-Portugiesen, der bei der Verfolgung einer Elefantenherde weiter als je zuvor landeinwärts gekommen war. Von diesem freundlichen Mann nach Kräften unterstützt erreichten wir schließlich nach weiteren unzähligen Leiden und Abenteuern die Delagoa-Bucht – mehr als eineinhalb Jahre nach unserem Abschied von Billali.

Am nächsten Tag bestiegen wir einen der Dampfer, die von dort aus um das Kap herum nach England fahren, hatten eine glückliche Rückreise und landeten im Jahr 1885 im

Hafen von Southampton, - fast genau zwei Jahre nach dem Antritt unserer mir damals so toll und lächerlich erscheinenden Forschungsreise.

Jetzt sind wir wieder in dem College-Zimmer, wo mich vor gut zweiundzwanzig Jahren mein armer Freund Vincey in der Nacht seines Todes mit dem Kasten besuchte. Soeben, beim Schreiben dieser letzten Zeilen, steht Leo hinter mir und blickt mir über die Schulter.

Dies ist das Ende dieser Geschichte, soweit sie die Wissenschaft und die Außenwelt angeht. Welches ihr Ende sein wird, soweit sie Leo und mich angeht, das liegt im Schoße der Zukunft verborgen; doch haben wir eine gewisse Empfindung, als ob dieses Ende noch nicht erreicht ist. Eine Geschichte, die vor mehr als zweitausend Jahren begonnen hat, kann leicht auch weit in die Zukunft reichen.

Ist Leo nun wirklich die Reinkarnation des alten Kallikrates, von dem die Scherbeninschrift spricht? Oder hat sich Ayescha durch eine seltsame Ähnlichkeit täuschen lassen? Über diesen Punkt und viele andere muss sich der Leser - falls diese Zeilen einst von anderen gelesen werden, selbst sein Urteil bilden. Mein Urteil jedoch steht fest: Sie hat sich nicht getäuscht.

Oft sitze ich abends allein und suche mit meinem geistigen Auge ins Dunkel der Zukunft zu dringen. Wie und in welcher Gestalt mag dieses große Drama einst seine letzte Lösung finden? Wo mag der Schauplatz des nächsten Aktes liegen? Dass es eine letzte Lösung einmal geben wird, erscheint mir einem fest geordneten Schicksal, einem unabänderlichen Weltenplan zufolge außer allem Zweifel. Welche Rolle mag dann wohl Amenartas spielen, die schöne Prinzessin, um derentwillen Kallikrates sein Gelübde brach und, von Isis` Rache verfolgt, nach Libyen floh, wo ihn bei Kôr das Schicksal ereilte?